EN VOTRE HONNEUR

Né à New York en 1947, James Patterson publie son premier roman en 1976. La même année, il obtient l'Edgar Award du roman policier. Il est aujourd'hui l'auteur de plus de trente best-sellers traduits dans le monde entier. Plusieurs de ses thrillers ont été adaptés à l'écran.

JAMES PATTERSON

En votre honneur

ROMAN TRADUIT DE L'ANGLAIS (ÉTATS-UNIS) PAR PHILIPPE HUPP

JC LATTÈS

Titre original :

DOUBLE CROSS
Publié par Little, Brown and Company.

© James Patterson, 2007.
Publié avec l'accord de Linda Michaels Limited,
International Literary Agents.
© Éditions Jean-Claude Lattès, 2011, pour la traduction française.
ISBN : 978-2-253-16635-1 – 1ʳᵉ publication LGF

Pour mon ami Kyle Craig, le vrai Kyle,
l'un des hommes les plus droits que je connaisse.

PROLOGUE

En votre honneur

1

Jugé à Alexandria, Virginie, pour avoir commis au moins onze meurtres, Kyle Craig, ancien agent du FBI et tueur en série, surnommé le « Cerveau », écoutait le sermon très condescendant du juge Nina Wolff. Du moins était-ce ainsi qu'il percevait l'énoncé de sa condamnation. Cette mise au pilori le heurtait profondément dans sa sensibilité.

— Monsieur Craig, vous êtes, selon tous les critères que je connais, l'être le plus malfaisant, le plus pervers que j'aie vu comparaître dans ce tribunal, et Dieu sait, pourtant, que bien des individus méprisables ont défilé ici. Je…

— Merci mille fois, juge Wolff, l'interrompit Craig. Vos paroles bienveillantes me touchent et m'honorent. Comment ne pas se féliciter d'être le meilleur ? Poursuivez, je vous prie. Vraiment, je me délecte.

Le juge Wolff hocha tranquillement la tête et reprit comme si le prévenu n'avait pas prononcé un mot :

— Pour avoir perpétré ces meurtres abominables et ces actes de torture répétés, vous êtes condamné à mort. Jusqu'à l'exécution de la sentence, vous passerez le restant de vos jours dans une prison de très haute sécurité où vous serez littéralement coupé du monde. Vous ne reverrez jamais le soleil. Emmenez-le hors de ma vue !

— Très théâtral, lança Kyle Craig tandis qu'on l'escortait vers la sortie, mais cela ne se passera pas ainsi. C'est vous qui venez de signer votre arrêt de mort, juge Wolff. Je reverrai le soleil, et je vous reverrai, vous pouvez me croire. Je reverrai également Alex Cross. Oui, je reverrai Alex Cross et sa charmante famille. J'en fais la promesse solennelle devant tous ces témoins, cette pathétique assemblée d'amateurs de sensationnel et de charognards qui se disent journalistes, et tous ceux qui me font l'honneur de leur présence aujourd'hui : vous n'avez pas fini d'entendre parler de Kyle Craig.

Dans le public, parmi les « amateurs de sensationnel » et les « charognards », se trouvait Alex Cross. Pour lui, les imprécations de celui qui avait été autrefois son ami n'étaient que des menaces en l'air. Ce qui ne l'empêchait pas d'espérer que l'ADX Florence, la prison la plus sûre des États-Unis, méritait sa réputation.

2

Quatre ans plus tard, jour pour jour, Kyle Craig était toujours détenu – confiné serait plus juste – à la prison de très haute sécurité de Florence, Colorado, à cent soixante kilomètres de Denver. En quatre ans d'isolement, il n'avait pas vu une seule fois le soleil. Son ressentiment nourri ne cessait de croître, pour atteindre des proportions de plus en plus inquiétantes...

Parmi ses codétenus se trouvaient Ted Kaczynski, le fameux Unabomber ; Terry Nichols, instigateur de l'attentat d'Oklahoma City, et des terroristes liés à al-Qaida, Richard Reid et Zacarias Moussaoui. Eux non plus n'avaient guère abusé de produits solaires ces derniers temps. Reclus vingt-trois heures sur vingt-quatre dans des cellules en béton de moins de deux mètres sur trois, ils ne voyaient que leurs avocats et leurs gardiens. Selon certains, l'isolement à l'ADX Florence revenait à « mourir chaque jour ».

Kyle lui-même reconnaissait que s'évader de cette prison relevait de la gageure, pour ne pas dire de la mission impossible. En fait, jamais aucun détenu n'avait réussi à s'échapper, ni de près ni de loin. Mais rien ne lui interdisait d'espérer, de rêver, de gamberger, de faire travailler son imagination. Rien ne l'empêchait, assurément, de concocter une petite vengeance…

Il avait fait appel du jugement. Son avocat, Mason Wrainwright, de Denver, venait le voir une fois par semaine. Ce jour-là, comme tous les autres jours, il arriva à seize heures tapantes.

Avec sa longue queue-de-cheval gris argent, ses vieilles bottes noires et son chapeau de cow-boy relevé, sa veste en daim, sa ceinture en peau de serpent et ses grandes lunettes à montures de corne, il évoquait un chanteur de country vaguement intello, ou à la rigueur un universitaire amateur de country. Il faisait un avocat assez improbable, mais Kyle Craig avait la réputation d'être extrêmement intelligent ; s'il avait choisi Wainwright, à n'en pas douter, il avait ses raisons.

À l'arrivée de l'avocat, ils se donnèrent l'accolade. Puis, comme chaque fois, Kyle murmura à l'oreille de Wainwright :

— On ne nous enregistre pas, dans cette pièce ? La règle est toujours en vigueur ? Vous en êtes certain, monsieur Wainwright ?

— Nous ne sommes pas enregistrés, le rassura l'avocat. Même dans ce misérable trou à rat, on respecte la confidentialité des échanges entre l'avocat et son client. Je suis désolé de ne pouvoir faire davantage pour vous. J'en suis sincèrement navré. Vous connaissez mes sentiments à votre égard.

— Je ne doute pas de votre fidélité, Mason.

Après les embrassades, Craig et son avocat s'installèrent de part et d'autre d'une grande table métallique grise dont les pieds, tout comme ceux des chaises, étaient rivés au sol.

Kyle posa à son avocat huit questions. Toujours les mêmes, lâchées à toute vitesse, sans laisser à Wainwright le temps de répondre. Et, comme chaque fois, l'avocat écouta, respectueusement.

— Truman Capote, qui a mis tant d'ardeur à réconforter les grands criminels, a déclaré un jour qu'il avait peur de deux choses, et de deux choses seulement. Laquelle est la pire : la trahison ou l'abandon ? commença-t-il.

Et aussitôt :

— À quelle occasion vous êtes-vous pour la toute première fois refusé à pleurer, et quel âge aviez-vous à l'époque ?

» Dites-moi, maître, au bout de combien de temps, en moyenne, une personne qui se noie perd-elle conscience ?

» Il y a une chose que j'aimerais savoir : statistiquement, les meurtres ont-ils plus souvent lieu à l'intérieur ou à l'extérieur ?

» Pourquoi n'a-t-on pas le droit de rire à un enterrement alors qu'on a le droit de pleurer à un mariage ?

» Peut-on entendre applaudir si la chair de la main a été enlevée ?

» Combien existe-t-il de manières d'écorcher un chat si on veut qu'il reste vivant jusqu'au bout ?

» Et tiens, oui, au fait, où en sont les Red Sox ?

Puis il y eut un silence.

Parfois, le détenu posait également d'autres questions, par exemple des détails concernant les Red Sox, l'équipe de baseball de Boston, ou les Yankees de New York, qu'il méprisait, ou bien un tueur intéressant opérant à l'extérieur et dont l'avocat lui avait parlé.

Au moment de se quitter, ils se donnèrent une nouvelle fois l'accolade et l'avocat chuchota contre la joue de Kyle :

— Ils sont prêts à entrer en action. Les préparatifs sont terminés. Des opérations importantes vont bientôt avoir lieu à Washington. Ce sera la revanche. Le spectacle devrait faire recette. Tout cela en votre honneur.

Kyle Craig ne prononça pas un mot. Il joignit ses index et appuya de toutes ses forces sur le crâne de l'avocat. Le message parvint instantanément au cerveau de Mason Wainwright.

Ses doigts étaient croisés. Une croix, pour Cross.

PREMIÈRE PARTIE

Le monde est un théâtre

1

WASHINGTON, DC.

Son premier scénario, un thriller, mettait en scène un soldat irakien et un auteur de romans policiers. Le soldat était devant une luxueuse résidence d'une douzaine d'étages, et songeait : *c'est donc ainsi que vivent les gens riches et célèbres. Bêtement, pour le moins, et en tout cas, très dangereusement...*

S'il voulait s'introduire dans les lieux, plusieurs possibilités s'offraient à lui.

À l'arrière de la très chic tour Riverwalk se trouvait une entrée de service que les résidents, et même leurs sinistres larbins, n'utilisaient quasiment jamais. Moins exposée aux regards que l'entrée principale ou le parking souterrain, elle était plus vulnérable.

C'était une simple porte blindée, nue, dont le châssis était sous tension.

Toute tentative d'effraction aurait déclenché un signal d'alarme à la conciergerie de l'immeuble, ainsi qu'au siège d'une société de gardiennage, quelques rues plus loin.

Les livraisons, entrées et sorties se faisaient sous l'œil de plusieurs caméras fixes.

À partir de dix-neuf heures, l'utilisation de l'entrée

de service était interdite, et on activait les détecteurs de mouvement.

Rien de tout cela ne serait un obstacle, songeait le soldat. Au contraire, il allait en tirer parti.

Yousef Qasim avait été douze ans capitaine dans les services de renseignement de Saddam, le fameux Moukhabarat. Il avait comme un sixième sens dans ce domaine, pour tout ce qui concernait l'illusion de la sécurité. Qasim voyait ce que les Américains étaient incapables de voir : l'amour de la technologie les avait rendus complaisants et aveugles au danger. Le meilleur moyen de pénétrer à l'intérieur du Riverwalk était aussi le plus facile.

La solution, c'était les ordures. Qasim savait que le camion passait les lundi, mercredi et vendredi après-midi, sans exception. L'efficacité, si prisée aux États-Unis, était aussi l'un des points faibles de la résidence.

Efficacité rimait avec régularité.

Et régularité avec vulnérabilité.

2

Et comme prévu, à seize heures trente-quatre, la porte de l'entrée de service s'ouvrit. Un employé noir, un type immense affublé d'une coiffure afro argentée et dont la combinaison verte était maculée de taches, accrocha le battant au mur extérieur à l'aide d'une chaîne. Son chariot surchargé d'énormes sacs-poubelles ne passait pas.

Sans trop se presser, le larbin transporta les sacs,

deux par deux, jusqu'aux bennes situées au bout du quai de chargement, qui était couvert.

Cet homme est toujours l'esclave des Blancs, songea Qasim. Regardez-moi ça : il traîne les pieds, il garde les yeux baissés. Il a conscience de sa situation. Il déteste son boulot, il déteste les pourritures qui vivent dans cette tour.

Qasim l'observa, et compta. Douze pas depuis la porte, neuf secondes pour jeter les sacs-poubelles.

Qasim profita de son troisième aller-retour pour s'introduire discrètement à l'intérieur de l'immeuble. Une casquette sur le crâne, il portait lui aussi une combinaison verte. Si cela ne suffisait pas pour tromper les caméras de surveillance, tant pis. Il se serait volatilisé bien avant que quiconque ne s'intéresse à cette intrusion.

Il n'eut aucun mal à trouver l'escalier de service, à peine éclairé. Il monta prudemment jusqu'au premier étage, puis gravit les marches quatre à quatre. Courir était un bon moyen de transformer son adrénaline, pour l'aider à rester concentré.

Au quatrième étage se trouvait un placard de service inutilisé. Qasim y déposa son sac de vêtements, puis il monta au douzième.

Moins de trois minutes et demie après être entré dans la tour, il était devant la porte de l'appartement 12F. Il calcula son emplacement par rapport au judas, approcha son index du bouton de sonnette, un bouton blanc enchâssé dans la brique peinte.

Il s'en tint là, il n'appuya pas.

Sans un bruit, il fit demi-tour et redescendit. En un instant, il retrouva le vacarme de Connecticut Avenue.

La répétition s'était parfaitement déroulée, sans problème, sans surprise. Qasim avait rejoint la foule à l'heure où les bureaux se vidaient. Un homme invisible parmi d'autres, au milieu du troupeau. Juste ce qu'il lui fallait.

Il n'était nullement impatient de procéder à l'exécution du douzième étage. Patience et impatience lui étaient étrangères. Ce qui comptait, c'était la préparation, le timing, le bouclage et la réussite de l'opération.

Le moment venu, Yousef Qasim serait prêt à entrer en scène.

Et il jouerait son rôle.

Un Américain après l'autre…

3

Je ne travaillais plus pour la police depuis un certain temps, et, jusque-là, je m'en portais fort bien.

Adossé au mur de la cuisine, je buvais à petites gorgées le café brûlant de Nana. Je lui trouvais un drôle de goût, et je me disais que ça tenait peut-être à l'eau, mais tout ce que je savais, c'était que mes trois enfants grandissaient beaucoup, beaucoup trop vite. C'est toujours la même chose, avec les enfants. Soit on n'ose même pas penser au jour où ils quitteront la maison, soit au contraire on l'attend avec impatience, et moi, je me rangeais indiscutablement dans la première catégorie.

Mon petit dernier, Alex Junior – Ali –, allait bientôt entrer à la maternelle. C'était un petit malin qui avait toujours quelque chose à dire sauf, bien entendu, lorsque c'était nous qui voulions le faire parler. En ce moment, il se passionnait pour *Most Extreme*, une émission animalière diffusée sur le câble ; l'équipe de baseball des Washington Nationals ; *Du sel dans les baskets*, la biographie de Michael Jordan, ainsi que tout ce qui avait trait à la science-fiction, et notamment une série télé très bizarre intitulée *Gigantor*, dont la musique encore plus bizarre me trottait constamment dans la tête.

Jannie, préado, commençait à prendre des formes, elle que je traitais encore de brindille quelques mois plus tôt. C'était l'artiste et la comédienne de la maison. Elle suivait des cours de peinture à l'école Corcoran.

Et Damon, qui serait bientôt aussi grand que moi, avait hâte d'entrer au lycée. Pour l'instant, il s'exprimait encore sans hurler et sans avoir recours à un langage ordurier. Il me paraissait plus mature que la plupart des jeunes de son âge, et deux écoles préparatoires de renom, dont une très ancienne institution du Massachusetts, se disputaient déjà sa candidature.

De mon côté aussi, il y avait du changement. Ma carrière de psychologue était en plein essor et, pour la première fois depuis bien des années, je n'avais aucun lien « officiel » avec les forces de l'ordre. Je n'étais plus dans le circuit.

Enfin, presque. Il y avait tout de même un inspecteur principal dans ma vie, Brianna Stone, du MPD, la police de Washington. Celles et ceux qui l'avaient côtoyée en service la surnommaient parfois le « Roc ». Je l'avais rencontrée au pot de départ à la retraite d'un ex-collègue. Ce soir-là, nous avions passé une première demi-heure à parler boulot, puis plusieurs heures à parler de nous. Surtout des choses légères, qui nous amusèrent beaucoup, comme sa façon de pagayer lorsqu'elle participait à une course de bateau-dragon, une sorte de pirogue chinoise, avec son équipe. Au bout de la nuit, je n'avais presque pas eu besoin de lui faire des avances et maintenant que j'y repense, c'est peut-être elle qui a fait le premier pas. Bref, une chose en entraînant une autre, je m'étais retrouvé chez elle et nous ne l'avions jamais regretté. D'ailleurs, oui, je crois bien que c'est elle qui m'a demandé de la raccompagner...

Bree était une femme qui s'assumait pleinement. Passionnée, sans être excessive. Et, ce qui ne gâtait rien, il y avait une vraie complicité entre elle et les enfants. Ils l'adoraient. En fait, en cet instant précis, elle était en train de pourchasser Ali à l'étage en rugissant – elle jouait apparemment le rôle d'une extraterrestre dévoreuse d'enfants – tandis que mon fils tentait de la tenir à distance avec son sabre-laser *Star Wars*. Je l'entendais crier : « Ton arme est sans effet sur moi ! Prépare-toi à mordre la moquette ! »

Ce matin-là, nous ne nous attardâmes pas à la maison. Pour tout dire, si nous étions restés, j'aurais sans doute été contraint d'attirer discrètement Bree dans ma chambre pour lui montrer mes estampes imaginaires, ou mon sabre-laser.

C'était une première : nous avions réussi à nous libérer l'un et l'autre pour une escapade de quelques jours. Je sortis en chantant à tue-tête la fin du premier grand succès de Stevie Wonder, *Fingertips Part 2* : « *Good-bye, good-bye. Good-bye, good-bye. Good-*

bye, good-bye, good-bye. » Je connaissais les paroles par cœur. Un don parmi d'autres.

Je fis un clin d'œil à Bree et lui octroyai un baiser furtif sur la joue.

— Toujours les faire rire avant de partir.

Elle me retourna le clin d'œil.

— Ou, du moins, les perturber...

Nous allions dans le parc de Catoctin Mountain, dans le Maryland. Les contreforts des Appalaches, pas trop loin de Washington, et pas trop près non plus. La région devait une bonne partie de sa notoriété à Camp David, mais Bree connaissait un endroit où on acceptait les simples mortels comme nous. J'avais hâte d'y être. Quelques jours d'intimité, enfin...

Sur la route du Nord, je sentais presque la rumeur de Washington s'estomper. J'avais baissé les vitres, et conduire ma R350 était un vrai plaisir, comme d'habitude. C'était ma meilleure acquisition depuis bien longtemps. J'avais mis un disque de l'immense Jimmy Cliff. Oui, en ce moment, c'était plutôt la belle vie.

— Pourquoi une Mercedes ? voulut savoir Bree.

— Elle est confortable, non ?

— Très confortable.

Je n'eus qu'à effleurer la pédale de l'accélérateur.

— Nerveuse, rapide.

— D'accord, j'ai compris.

— Mais surtout, elle est sûre. Le danger, je l'ai suffisamment côtoyé dans ma vie. Sur la route, je préfère l'éviter.

À l'entrée du parc, tandis que je payais les tickets, Bree se pencha vers le garde-forestier.

— Merci beaucoup. Nous respecterons votre parc.

Je redémarrai.

— Pourquoi lui as-tu dit ça ?

— Que veux-tu, je suis écolo…

Le point de bivouac, grandiose, méritait effectivement notre respect. Autour de la presqu'île, les eaux bleues miroitaient. Derrière nous, la forêt formait comme une impénétrable muraille verte. J'apercevais dans le lointain le site de Chimney Rock, objectif de la randonnée du lendemain. Et il n'y avait pas âme qui vive.

Personne à part Bree, la seule qui comptait pour moi en cet instant, la femme la plus séduisante que j'eusse jamais connue. Il me suffisait de la voir pour la désirer. Surtout ici. Nous étions seuls, absolument seuls.

Elle me prit par la taille.

— C'est merveilleux. Que demander de plus ?

Moi aussi, je voyais mal ce qui aurait pu gâcher notre petit week-end en amoureux, en pleine forêt.

4

Le roman à suspense allait s'enrichir d'un nouveau chapitre. Quarante-huit heures après la répétition, qui s'était déroulée sans la moindre anicroche, Yousef Qasim retourna au Riverwalk, chez les riches Américains qui se croyaient à l'abri de tout.

Aujourd'hui, il ne s'agissait plus d'un exercice. Qasim allait passer à l'action, et il avait un peu le trac. C'était un grand jour pour lui et pour sa cause.

Comme prévu, à seize heures trente-quatre, la porte

de l'entrée de service s'ouvrit et le même grand larbin sortit ses sacs-poubelles d'un pas léthargique. Pauvre Noir, songea Qasim. Toujours enchaîné. Rien n'a vraiment changé en Amérique, depuis des siècles…

Moins de cinq minutes plus tard, il était au douzième étage, devant l'appartement d'une dame nommée Tess Olsen.

Cette fois-ci, il sonna. À deux reprises. Il attendait cet instant depuis si longtemps. Depuis des mois, peut-être même depuis toujours, pour être tout à fait franc.

— Oui ?

L'œil de Tess Olsen glissa derrière le judas du 12F.

— Qui est-ce ?

Yousef Qasim fit en sorte qu'elle voie bien sa combinaison de travail et sa casquette. Pour elle, il ne pouvait ressembler qu'à n'importe quel autre agent d'entretien immigré. Étant donné sa profession – elle écrivait des romans policiers à succès –, elle était censée prêter attention aux détails, et il s'agissait là d'un élément déterminant pour la suite de l'histoire.

— Madame Olsen ? Il y a fuite de gaz dans votre appartement. Vous avez reçu appel bureau ?

— Pardon ? Pourriez-vous répéter ?

Il s'exprimait avec un accent à couper au couteau, comme si l'usage de l'anglais était pour lui un véritable supplice. Il parlait lentement, comme un demeuré.

— Fuite de gaz, madame ? Je peux réparer fuite ? Quelqu'un appeler vous ? Pour dire vous je viens ?

— Je viens de rentrer, lui répondit-elle. Personne n'a appelé. Je ne suis pas au courant. Je ne crois pas qu'on m'ait laissé de message, mais je peux aller vérifier.

— Vous préférez je reviens plus tard ? Je répare fuite plus tard ? Vous sentez gaz ?

La femme poussa un soupir qui ne dissimulait rien de son exaspération. Elle avait manifestement trop de choses sans intérêt à faire et pas assez de personnel.

— Bon, d'accord, entrez, mais faites vite. Vous avez bien choisi votre moment. Il faut que je finisse de m'habiller et que je sois partie dans vingt minutes.

En entendant le cliquetis du verrou, Yousef Qasim se prépara. Dès que la porte s'entrouvrit et qu'il vit les deux yeux de sa victime, il se jeta sur elle.

La brutalité dont il faisait preuve n'était pas nécessaire, mais extrêmement utile. Tess Olsen recula d'un bon mètre et tomba brutalement sur les fesses. Elle perdit ses chaussures à talons hauts, dévoilant de longs pieds anguleux aux ongles vernis couleur rouge vif.

Sans lui laisser le temps de revenir de sa surprise et de hurler, Qasim la plaqua au sol de tout son poids. Il prit le rectangle de ruban adhésif isolant argenté collé sur sa jambe et l'appliqua sur la bouche de sa proie, sans ménagement, pour bien lui montrer qu'il ne plaisantait pas et qu'elle avait tout intérêt à ne pas opposer de résistance.

— Je ne vous veux aucun mal, lui dit-il.

C'était le premier d'une longue série de mensonges.

Il la retourna, sortit de sa poche une laisse et un collier de chien qu'il attacha autour de son cou. La laisse jouait un rôle important dans le scénario. C'était une laisse rouge en nylon tressé, toute simple mais bien assez solide.

Elle constituait le premier des indices qu'il laisserait sur place à l'intention de la police et de quiconque s'intéresserait à l'affaire.

Tess Olsen devait avoir la quarantaine. C'était une fausse blonde. Sans doute faisait-elle du sport et de l'exercice pour rester mince, mais elle n'avait pas beaucoup de force.

Il lui montra quelque chose. Un cutter à l'aspect très menaçant. Parfaitement convaincant.

Elle écarquilla les yeux.

Il lui chuchota à l'oreille :

— Debout, espèce de froussarde mollassonne, où je vous découpe le visage en lamelles.

Il savait les murmures plus efficaces que les cris. Et son anglais, devenu subitement bien meilleur, ne pouvait qu'accroître le désarroi et la panique de sa victime.

Lorsqu'elle voulut se relever, il saisit sèchement le collier autour de son cou décharné. Elle se figea sur place, encore à quatre pattes.

— On s'arrête là, madame Olsen. On ne bouge plus d'un millimètre. On reste immobile, bien immobile, pendant que je me sers du cutter.

Il coupa le dos de la belle robe noire, qui tomba au sol. Saisie de tremblements, Tess Olsen aurait voulu hurler, malgré son bâillon. Elle était plus jolie sans ses vêtements. Son corps ferme avait sans doute un certain charme, mais pas aux yeux de Qasim.

— Ne vous inquiétez pas, je n'ai pas l'intention de vous prendre en levrette. Maintenant, avancez sur les genoux. Faites ce que je dis ! Même si votre temps est précieux, ça ne vous prendra pas la journée.

Elle se borna à émettre un gémissement sourd, mais un coup de talon dans les reins la rappela à ses obligations.

Elle commença à ramper.

— Alors, ça vous plaît ? lui demanda-t-il. Le suspense, c'est bien votre spécialité, non ? C'est pour ça que je suis là, vous savez. Parce que vous parlez de crimes dans vos bouquins. Réussirez-vous à élucider celui-ci ?

Ils traversèrent lentement la cuisine, la salle à manger, puis le vaste séjour. L'un des murs était entièrement tapissé de livres, dont une bonne partie signés Olsen. Des portes-fenêtres coulissantes séparaient la pièce d'une terrasse où trônaient un beau salon de jardin et un barbecue noir qui, visiblement, n'avait pas encore servi.

— Regardez-moi tous ces livres ! Je suis très impressionné. Vous avez écrit tout ça ? Et il y a aussi des éditions étrangères ! Vous faites parfois vous-même la traduction ? Non, bien sûr que non ! Les Américains ne parlent que l'anglais.

Qasim tira sèchement sur la laisse, et Mme Olsen bascula sur le côté.

— Ne bougez pas d'ici. Restez là ! J'ai du travail. Des indices à mettre en place. Vous êtes vous-même un indice, madame Tess Olsen. Avez-vous compris ? Avez-vous trouvé la clé de l'énigme ?

Il ne lui fallut pas longtemps pour arranger la pièce à sa manière. Puis il revint auprès de sa victime, qui n'avait pas bougé et semblait enfin endosser son personnage.

— C'est vous, là, au mur ? demanda soudainement Qasim, manifestement étonné. Ah, oui, c'est bien vous.

Du pied, il lui souleva le menton pour diriger son regard. Au-dessus du canapé, une grande toile représentait Tess Olsen vêtue d'une robe longue en lamé argent, la main posée sur le plateau verni d'une table ronde, à côté d'un arrangement floral exubérant. On lisait sur son visage austère une fierté qui n'avait rien de légitime.

— Ça ne vous ressemble pas. Vous êtes mieux en vrai. Vous êtes beaucoup plus sexy sans vos vêtements. Et maintenant, dehors ! Sur la terrasse. Vous allez être une dame extrêmement célèbre, je vous le garantis. Vos fans vous attendent.

5

Après que Qasim eut une fois de plus tiré violemment sur la laisse, Tess Olsen se releva tant bien que mal et écarta les bras pour marcher à reculons sans perdre l'équilibre.

Elle avait l'impression d'être en plein cauchemar. Tremblante, elle recula sur la terrasse jusqu'à ce que son dos heurte la rambarde d'acier.

Elle frissonna de tout son corps. Douze étages plus bas, dans Connecticut Avenue, les voitures roulaient pare-chocs contre pare-chocs. C'était la sortie des bureaux, et des centaines de piétons louvoyaient sur les trottoirs, la plupart tête baissée, ignorant ce qui se passait au-dessus d'eux. Une illustration parfaite de la vie à Washington…

Yousef Qasim arracha le bâillon de Tess Olsen.

— Maintenant, hurlez ! lui intima-t-il. Hurlez de toutes vos forces, hurlez comme si vous étiez totalement terrifiée ! Je veux qu'on vous entende jusqu'en Virginie, jusqu'en Ohio, jusqu'en Californie !

Au lieu de crier, elle se mit à bredouiller, par jets saccadés :

— Je vous en supplie, rien ne vous oblige à faire ça. Je peux vous aider, j'ai beaucoup d'argent. Vous pouvez prendre ce que vous voulez chez moi. J'ai un coffre-fort dans la deuxième chambre à coucher. S'il vous plaît, dites-moi juste...

— Ce que je veux, madame Olsen...

Qasim brandit un pistolet dont il colla le canon contre le lobe de son oreille, clouté de diamants.

— ... c'est vous entendre pousser des cris, des cris stridents. Et tout de suite ! Là, maintenant ! Vous me suivez ? C'est simple à comprendre, comme ordre : hurlez !

En fait de hurlement, elle ne laissa échapper qu'un malheureux sanglot vite emporté par le vent.

— Très bien, fit Qasim. Puisque vous insistez...

Il attrapa les jambes de Tess Olsen pour la faire basculer, d'un geste tout en puissance, par-dessus la rambarde, la tête en bas.

Cette fois-ci, les hurlements jaillirent, aussi nets, aussi stridents que le ululement d'une sirène. Tess Olsen tentait désespérément d'empoigner quelque chose, mais ses mains se refermaient sur le vide.

La laisse accrochée à son cou flottait dans le vent, tel un filet de sang s'échappant de sa veine jugulaire. Belle scène, joli mouvement, songea Qasim. C'était exactement ce qu'il recherchait. Il avait tout prévu.

Immédiatement, un attroupement se forma dans la rue. Les gens s'arrêtaient, pointaient le doigt. Certaines personnes téléphonaient, d'autres se servaient de leur mobile pour prendre des photos qui, somme toute, pouvaient s'apparenter à de la pornographie.

Au bout d'un moment, Qasim remonta Tess Olsen. Il la déposa sur la terrasse et lui dit, à mi-voix cette fois :

— Vous avez été très bien. C'était du beau travail, et je suis sincère. Vous avez vu tous ces gens prendre des photos ? On vit dans un drôle de monde.

— Oh, je vous en supplie, glapit-elle, je ne veux pas mourir comme ça. Il y a forcément quelque chose que vous voulez. Je n'ai jamais fait de mal à personne, je n'y comprends rien ! S'il vous plaît… arrêtez.

— Nous verrons. Ne perdez pas espoir. Faites très exactement ce que je vous dis, cela vaudra mieux.

— Oui, je vous le jure, je ferai ce que vous me dites.

Qasim se pencha au-dessus de la balustrade. En contrebas, la foule avait encore grossi. Il se demanda si tous ces gens au téléphone étaient en train d'appeler la police, ou bien des proches, histoire de frimer ou de les impressionner. « Je suis devant un truc dément, tu ne vas pas me croire. Tiens, regarde. »

Les badauds agglutinés dans Connecticut Avenue auraient, eux aussi, du mal à croire ce qui les attendait. Voilà pourquoi ils seraient des millions, un peu plus tard, à regarder les images en boucle à la télévision.

Jusqu'à ce que Qasim commette le meurtre suivant.

— En votre honneur, murmura-t-il. Tout cela, je le fais en votre honneur.

— Tu t'occupes du feu, proposa Bree. Et moi, je m'occupe de l'aménagement de la suite royale.

Je lui fis un clin d'œil.

— Je suis déjà en feu, si tu vois ce que je veux dire…

— Patience. Ça en vaut la peine. J'en vaux la peine, Alex. Pour l'instant, n'oublions pas la devise du chef scout : rien de grand ne s'improvise.

— Je n'ai jamais été scout, rétorquai-je. Et je suis trop excité pour être scout maintenant.

— Patience. Pour ne rien te cacher, moi aussi, je suis excitée.

Tandis que j'allais chercher du petit bois, Bree vida le coffre. À côté de son équipement, le matériel que j'avais récupéré au grenier avait l'air de sortir d'un magasin d'antiquités. Il ne lui fallut que quelques minutes pour monter une tente ultralégère dans laquelle elle installa un matelas gonflable, une couverture polaire et deux lampes à gaz. Elle avait même emporté un système de filtration, au cas où nous aurions envie de boire l'eau d'un torrent. Pour finir, elle accrocha sous l'auvent de la tente un joli petit carillon tibétain.

Pour ma part, j'avais prévu dans ma glacière, prêtes à griller, deux queues de langouste et deux belles entrecôtes bien persillées, dans leur marinade. Certes, nous risquions d'attirer des ours noirs, mais pour nous, pas question d'aliments déshydratés.

— Tu as besoin d'un coup de main ?

Mon feu était bien parti, et les étincelles fusaient vers le ciel. Bree venait de sortir de la voiture une bâche en nylon, sans doute pour nous procurer un peu d'ombre.

— Oui, je veux bien que tu ouvres la bouteille de cabernet. On y est presque.

Il ne lui fallut qu'un instant pour suspendre la toile à trois branches avec des nœuds coulissants, de manière à pouvoir régler la hauteur de notre parasol improvisé.

— Il faudra être prudent avec les provisions, me dit-elle. À cause des pumas et des ours, tu sais. Il y a des ours, dans le coin.

— C'est ce qu'on dit.

Je lui tendis un verre de vin.

— Tu sais que tu fais une parfaite maîtresse de maison.

— Et je suis sûr que toi, tu cuisines très bien.

Il m'arrivait de ne pas saisir tout ce que Bree me disait quand j'étais sous le charme de ses yeux noisette. C'était la première chose que j'avais remarquée chez elle. Certaines personnes ont des yeux extraordinaires. Évidemment, en ce moment, il n'y avait pas que les yeux qui me déconcentraient. Bree avait déjà envoyé balader ses chaussures, elle était en train de déboutonner ses manches. Puis la chemise. Elle était là, en slip et en soutien-gorge bleu ciel et moi, j'avais déjà oublié ses yeux, pourtant si beaux.

Elle me rendit le verre.

— Tu sais ce qui est génial, ici ?

— Non, pas vraiment, mais je pense que je vais bientôt être fixé. C'est ça ?

— C'est exactement ça.

J'ai toujours eu le sentiment que la vie flirtait avec l'absurde, qu'elle n'avait pas le moindre sens, et elle peut pourtant être si belle, sous le bon éclairage.

Ce début de soirée fut un enchantement. Nous courûmes main dans la main jusqu'au bord du Big Hunting Creek, trop tentant, en finissant de nous déshabiller avant d'entrer dans l'eau. Il nous fallut une ou deux minutes pour nous habituer à la fraîcheur de la rivière, puis ce fut comme une deuxième peau.

J'aurais pu rester là, ainsi, très longtemps. Je n'avais aucune envie de sortir. Nous étions collés l'un contre l'autre, à nous embrasser, avant de nager en nous éclaboussant comme des gosses. Non loin, des grenouilles-taureaux tentaient de nous jouer la sérénade en croassant à qui mieux-mieux.

— Vous trouvez ça drôle ? leur lança Bree. Remarquez, vous avez raison, c'est rigolo. Croaaa, croaaa !

Quelques baisers plus tard, un délice en entraînant un autre, nous en arrivâmes vite à la scène où, dans les vieux films, on voit le train filer dans le tunnel à toute vapeur. Si ce n'est que ni Bree ni moi n'étions pressés d'entrer dans ce tunnel, encore moins d'en ressortir. Elle me dit dans un souffle que j'avais les mains si délicates, et me demanda de la caresser du bout des doigts sur tout le corps, et surtout de ne pas m'arrêter. Ce que je fis avec plaisir, et je lui dis qu'elle avait un corps d'une incroyable douceur, ce qui était assez étonnant pour quelqu'un d'aussi musclé. Évidemment, cette exploration sensuelle réciproque ne pouvait que dégénérer…

Nous reculâmes de quelques pas et quand nous eûmes de l'eau jusqu'à la poitrine, Bree releva les jambes et les enroula sur mes hanches tandis que je la pénétrai. L'eau rendait tout un peu plus compliqué et plus lent, mais les meilleures choses doivent avoir une fin. Bree cria, moi aussi, et même les maudites grenouilles-taureaux voulurent bien se taire un instant.

Après, nous étendîmes une couverture sur l'herbe de la berge pour laisser aux derniers rayons du soleil le soin de nous sécher, en nous aventurant encore sur des terrains glissants. Puis, tranquillement, nous nous rhabillâmes. L'heure était venue de préparer le dîner.

— Tu sais qu'on pourrait facilement y prendre goût ? dis-je à Bree. Moi, je suis déjà accro.

Après le duo viande-langouste accompagné de ma fameuse salade verte, il y avait, en dessert, de diaboliques brownies préparés par Nana, qui voyait Bree d'un très bon œil. Moi, à ce stade, je me sentais prêt à essayer la tente avec ma compagne.

Il faisait nuit. Nous nous sentions tous les deux détendus et heureux. Le boulot était loin. Les ours et les pumas ne nous inquiétaient pas outre mesure.

Nichée au creux de mon corps, près du feu, elle paraissait aussi douce et fragile qu'elle était forte et imperturbable dans le travail.

— Tu es fantastique, lui murmurai-je. J'ai vécu cette journée comme un rêve. Ne me réveille pas, d'accord ?

— Je t'aime, me répondit-elle avant de se reprendre aussitôt : Oh, pardon.

Pendant quelques secondes, elle chercha ses mots. C'était la première fois que je la voyais hésiter.

— Ça m'a échappé. J'ai dit ça, moi ? Je suis désolée.

— Bree, je... tu n'as pas à t'excuser.

— Alex, c'est bon, n'en parlons plus. Non mais, regarde-moi ces étoiles !

Je lui pris la main.

— Tout va bien. Disons que tout ça va un peu vite pour toi comme pour moi. On n'a pas l'habitude, mais ce n'est pas forcément une mauvaise chose.

En guise de réponse, elle m'embrassa, puis se mit à rire, à rire encore. Peut-être, en d'autres circonstances, aurions-nous pu nous sentir mal à l'aise, mais nous nous sentions merveilleusement bien, au contraire. Nous échangeâmes encore un long baiser, puis je plongeai mon regard dans le sien.

— Non mais regarde-moi ces yeux !

Comment interpréter, alors, le fait que son pager se manifeste à cet instant précis ? Peut-être pourrait-on parler de justice poétique ? D'ironie du sort, en bonne et due forme ? Et dire que d'habitude, c'était toujours mon téléphone qui sonnait au mauvais moment...

Dans la tente, le pager se remit à couiner. Bree me regarda sans bouger d'un centimètre.

— Vas-y, fis-je. C'est le tien, il faut que tu répondes. Je connais la chanson.

— Je vais juste voir qui c'est.

— Pas de problème, va voir qui c'est.

Moi, j'étais déjà en train de me dire : quelqu'un est mort, il va falloir qu'on rentre à Washington.

Elle pénétra dans la tente en baissant la tête. Quelques secondes plus tard, je l'entendais parler au téléphone. « Bree Stone. Qu'y a-t-il ? »

J'étais content de voir Bree autant sollicitée. Très content même. Mon meilleur ami, l'inspecteur John Sampson, m'avait laissé entendre qu'elle menait bien sa barque et que tous les espoirs lui étaient permis. Mais, en attendant, ce message ne pouvait signifier qu'une chose. Je regardai ma montre. Nous pouvions sans doute être de retour à Washington vers vingt-deux heures trente, si nécessaire.

Quand Bree émergea de la tente, elle avait déjà troqué son short pour un jean, et elle refermait son sweat à capuche Georgia Tech.

— Tu n'es pas obligé de venir. Je ferai aussi vite que possible, je serai de retour pour le petit déjeuner, peut-être même avant.

J'avais déjà commencé à rassembler toutes nos affaires.

— C'est ça. Et le chèque est au courrier, et c'est juste une petite angine…

Elle rit. Enfin, presque.

— Je suis vraiment désolé, Alex. Merde, tu peux pas imaginer. Je suis vraiment dégoûtée.

— Il ne faut pas, lui dis-je. C'était une journée parfaite.

Puis, parce que c'était plus fort que moi, et que je savais que Bree ne s'offusquerait pas si je changeais de sujet, j'ajoutai :

— C'est quoi, ton enquête ?

Il y avait de quoi être déstabilisé, pour ne pas dire déprimé, par un tel changement de rythme et de cadre. Nous arrivâmes à l'appartement du Riverwalk à vingt-deux heures cinquante, cela faisait donc six heures que la scène de crime était froide. Bree avait proposé de me déposer chez moi avant, mais je savais qu'elle était pressée d'arriver. L'affaire ferait forcément la une de la presse, le lendemain matin.

Sur place, on s'agitait encore beaucoup et l'atmosphère avait quelque chose d'irréel. Je ne m'étonnais pas de voir autant de journalistes et d'équipes de tournage. Une femme riche et célèbre, auteur de romans policiers, tuée sauvagement dans un quartier réputé sûr : tous les ingrédients du sujet à sensation étaient réunis.

Le badge de Bree nous permit de nous garer quasiment au pied de l'immeuble. La voie d'accès en U se trouvait dans le périmètre d'interdiction car elle faisait partie de la scène de crime. C'était là, en effet, qu'était tombée la victime, jetée de sa terrasse devant des dizaines de témoins.

Une équipe de techniciens en combinaison blanche s'affairait encore autour du fourgon sur lequel elle s'était écrasée, tout près de l'entrée. Dans la lumière aveuglante des projecteurs, on aurait dit des spectres. De l'autre côté de la rue, des centaines de badauds se pressaient derrière une double barricade. Aucun des visages ne me semblait familier, mais cela ne signifiait rien. *Ce n'est pas ton enquête*, me répétais-je.

Bree descendit de voiture.

— Viens dormir chez moi, Alex. S'il te plaît. Après tout, personne ne t'attend. On pourrait se retrouver un peu plus tard et reprendre où on en était ?

— Ou alors, j'attends ici et je te récupère dès que tu as fini, lui répondis-je en abaissant le siège conducteur. Tu vois ? J'ai tout le confort, il y a de la place pour cinq personnes.

— Tu es sûr ?

Je savais que Bree culpabilisait. J'avais si souvent vécu ce genre de situation. Il m'en avait fallu, du temps, pour comprendre ce que pouvait ressentir ma famille.

— Tu ferais mieux d'y aller. La moitié de tes collègues doit être là-haut, en train de polluer ta scène de crime.

Deux hommes en tenue nous regardaient. Bree se pencha pour m'embrasser.

— Tu te souviens de ce que je t'ai dit tout à l'heure ? me chuchota-t-elle. Eh bien, je le pensais.

Puis elle se retourna et lança à ses collègues :

— Vous attendez quoi ? Au boulot, et vite ! Non, attendez, je n'ai rien dit. Indiquez-moi le chemin. Elle est où, ma scène de crime ?

Bree s'était littéralement métamorphosée. Même sa démarche avait changé. On sentait que c'était elle, la patronne. Elle me faisait un peu penser à moi dans ce type de circonstances, mais elle n'en restait pas moins la plus sexy des femmes que j'avais rencontrées.

Cette nuit-là, tandis que se poursuivait le ballet des voitures de police, noyés dans la foule des curieux parqués en face du Riverwalk, un homme et une femme en tenue de jogging admiraient leur œuvre.

Le fulgurant personnage qu'ils avaient créé, Yousef Qasim, s'était évanoui comme par enchantement, mais nul ne l'avait oublié. L'homme avait magnifiquement interprété son rôle, il avait séduit son public dès son apparition sur la scène de la terrasse. Apparemment, de nombreux spectateurs encore émus par ce morceau de bravoure l'évoquaient à mi-voix.

Ce rappel était parfaitement justifié. Tous ces badauds encore sur place des heures après le spectacle, ces admirateurs dont le nombre ne cessait de croître... Sans compter les médias : CNN et les autres grandes chaînes, la presse écrite, la radio, les vidéastes et les bloggeurs.

L'homme poussa la femme du coude.

— Tu vois ce que je vois ?

Elle tendit le cou, regarda à gauche, à droite.

— Où ça ? Il y a trop de monde, aide-moi.

— Là, à quatre heures. Tu vois ? L'inspecteur Bree Stone qui sort de la voiture. L'autre, à l'intérieur, c'est Alex Cross. J'en suis certain. Cross est venu, alors que c'est notre première représentation. Quel succès !

La première demi-heure, je voulus me convaincre que j'étais bien, là, en coulisse, dans mon monospace aussi confortable que le fauteuil de mon salon. J'écoutais la radio, passant d'une station à une autre avant de me caler sur les infos locales, *L'Histoire de l'amour* de Nicole Krauss sur les genoux. J'adorais ce livre, qui me rappelait mes premiers émois littéraires. Un autre excellent bouquin, *Un hiver de glace*, de Daniel Woodrell, m'attendait à la maison.

J'avais largement le temps de lire, maintenant que je n'étais plus dans le circuit. Officiellement, en tout cas.

D'une oreille distraite, je relevais quelques inexactitudes dans les reportages, dont la plus grave faisait du tueur du Riverwalk un terroriste, alors qu'il était bien trop tôt pour avancer de telles conclusions. Locale ou nationale, toute la presse était là, et chacun se battait pour trouver un angle original, ce qui entraînait généralement des erreurs. Personne ne s'en souciait, l'important étant de pouvoir énoncer une théorie attribuée à un quelconque « expert », voire à un confrère.

L'assassin, lui, n'avait sans doute que faire de ces détails. Pour moi, son but premier était manifestement d'attirer l'attention.

Je me demandais si la police avait chargé quelqu'un de suivre la couverture presse de l'affaire. Si j'avais dirigé l'enquête, c'eût été l'une de mes premières décisions. *Si*. Car il ne s'agissait pas de mon enquête, et je n'étais plus enquêteur. Cela ne me manquait pas, d'ailleurs, ou du moins me le répétais-je en regardant mes ex-collègues à l'œuvre.

L'agitation qui régnait sur la scène de crime avait pourtant réveillé de vieux réflexes. À peine arrivé, j'avais commencé à formuler des hypothèses, à échafauder des scénarios. C'était plus fort que moi.

De toute évidence, le tueur avait tout fait pour avoir un public. Les témoignages évoquaient un homme de type arabe. Que fallait-il en déduire ? Était-ce une nouvelle forme de terrorisme, version attentat de proximité ? Que venait faire là-dedans une romancière dont les polars se vendaient par millions ? Il y avait un lien, forcément. Le tueur avait-il longuement ruminé son geste ? S'était-il inspiré de l'œuvre de sa victime ? Quel malade mental pouvait rêver de balancer sa victime du douzième étage d'un immeuble ?

Ma curiosité finit par avoir raison de moi. Je descendis de voiture, levai les yeux, mais ne distinguai personne au dernier étage.

Bon, juste un petit coup d'œil, me dis-je. En souvenir du bon vieux temps. Y a pas de mal à ça, hein ?

12

Pourquoi me raconter des histoires ? Le Tueur de Dragons avait repris du service, et il se sentait dans son élément. Plus que jamais.

La plupart des chaînes télé avaient installé leurs caméras autour du PC de la police de Washington. En m'approchant, j'aperçus Thor Richter, le patron de la Violent Crime Unit, la brigade des crimes violents. Planté derrière une haie de micros, il répondait en personne à tous les journalistes.

Autrement dit, Bree était toujours là-haut, sans doute peu pressée de redescendre. Les relations publiques, les petites magouilles internes, très peu pour elle. Elle détestait Richter autant que moi. Ce connard sans scrupules, toujours prompt à se réfugier derrière les textes, était un lèche-cul de première. Et il fallait vraiment n'avoir honte de rien pour oser se prénommer Thor ! Bon, d'accord, mon jugement était peut-être un peu sévère, mais ce type m'écœurait.

Un calme relatif régnait dans le hall de l'immeuble. Deux hommes en tenue me reconnurent ; apparemment, ils ignoraient que j'avais quitté la police depuis un certain temps déjà. Je pris l'ascenseur, presque certain de ne pas franchir le dernier périmètre. Quelqu'un, là-haut, devait contrôler les plaques.

Et, en effet, je me retrouvai nez à nez avec Tony Dowell, un flic longtemps affecté à Southeast, dont je n'avais pas eu de nouvelles depuis de nombreuses années.

— Tiens donc, Alex Cross.

— Salut, Tony. Je pensais qu'on les mettait à la retraite, les types de ton âge. Bree Stone est dans le coin ?

Tony prit sa radio pour passer un appel, puis se ravisa.

— Au fond du couloir, m'indiqua-t-il en me tendant une paire de gants en latex. Mets ça d'abord.

13

J'étais à la fois fébrile et vaguement mal à l'aise. Curieuse impression que celle de retourner au front. À l'entrée de l'appartement 12F, un technicien que j'avais déjà vu, un petit Asiatique, était en train de relever des empreintes. J'en déduisis qu'à l'intérieur tous les indices avaient déjà été collectés.

Toute seule, au milieu du salon, Bree paraissait pensive, pour ne pas dire lointaine.

De longues traînées sombres zébraient la moquette ivoire – le sang de la victime, sans doute. La porte-fenêtre de la terrasse était ouverte, et un léger courant d'air faisait frémir les rideaux.

Ces détails mis à part, la pièce paraissait parfaitement rangée. Il y avait, de tous côtés, des rayonnages encastrés, chargés d'ouvrages reliés, des romans pour la plupart. Beaucoup étaient signés Tess Olsen, et je remarquais également des éditions étrangères. Pourquoi avoir tué une femme qui écrivait des polars ? Le type devait avoir ses raisons. Ou bien faisais-je fausse route ? Eh oui, à peine arrivé, j'étais déjà en train d'analyser la scène de crime comme s'il s'agissait de mon enquête...

— Alors, ça va ? demandai-je enfin.

Elle me lança un regard interrogateur, du style « comment as-tu fait pour passer ? », mais ne perdit pas de temps en banalités. Je ne l'avais encore jamais vue en service, et cette Bree-là était bien différente de celle que je connaissais.

— Apparemment, il est entré par la porte. Pas de

traces d'effraction. Il s'est peut-être fait passer pour un employé d'une société de service. Ou alors, elle le connaissait. Ses vêtements et son sac à main sont là.

— Il ne manque rien ?

C'était la première question qui, naturellement, me venait à l'esprit.

— Rien qui saute aux yeux, me répondit Bree. Je n'ai pas l'impression qu'il y a eu vol, Alex. Quand elle est passée par-dessus la balustrade, elle portait un bracelet et des boucles d'oreilles sertis de diamants. Comme quoi, on peut quand même emporter ses bijoux dans la tombe...

Je montrai les marques sur le tapis.

— Et pour ça, tu en sais plus ?

— D'après le médecin légiste, la victime avait les genoux en sang *avant* la chute. Et, tiens-toi bien, elle avait une laisse de chien autour du cou quand le type l'a poussée.

— À la radio, quelqu'un a parlé d'une corde. J'ai pensé à un nœud coulant, mais ça me paraissait tout de même curieux. Une laisse de chien ? Intéressant. Bizarre, mais intéressant.

Bree désigna la salle à manger. Séparée du salon par une arcade, elle renfermait plusieurs vaisseliers bien garnis.

— Les taches de sang commencent là-bas et s'arrêtent ici, au milieu de la pièce. Elle rampait, sous la menace de son agresseur.

— Comme un chien. Il avait donc besoin de l'humilier, et ce en public. Que pouvait-elle lui avoir fait pour mériter un traitement pareil ?

— Oui, on a vraiment le sentiment qu'il lui en voulait personnellement.

Et elle respira lentement avant d'ajouter :

— Tu sais, si tu étais encore dans la police, on te l'aurait sûrement confiée, cette enquête. Un meurtre spectaculaire, une victime célèbre, une affaire qui sent le psychopathe à plein nez...

Je ne lui dis pas que je m'étais déjà fait au moins six fois la même réflexion. Les affaires bizarres finissaient toujours, d'une manière ou d'une autre, par échouer sur mon bureau. Bree m'avait-elle remplacé ? Une question m'effleura : notre rencontre lors du pot de départ de notre collègue était-elle vraiment fortuite ?

— Elle vivait seule ?

— Son mari est mort il y a deux ans. Il y a une bonne, mais elle était de repos cet après-midi.

— Le tueur le savait peut-être.

— Sûrement.

Bree et moi étions sur la même longueur d'ondes, et, curieusement, je trouvais cela parfaitement normal. Je répertoriais nombre de détails. Un coussin barré d'une inscription brodée, sans doute un cadeau de fête des Mères. Une carte de vœux Hallmark ouverte sur la tablette de la cheminée. Elle n'était pas signée. Fallait-il y lire un indice ? Pas forcément, mais on ne sait jamais...

Je suivis Bree sur la terrasse.

— Il a tout le loisir de la tuer discrètement, mais il la force à venir ici et il la balance dans le vide.

Elle monologuait, en fait.

— C'est vraiment n'importe quoi. Je suis perdue.

De la terrasse, je voyais les deux autres résidences de luxe situées juste en face, et le zoo, un peu sur la gauche. Plus d'arbres que dans la plupart des grandes villes. C'était assez joli, ce scintillement de lumières criblant la nuit, et ces parcelles vert sombre illuminées comme pour un tournage de film.

Au pied du Riverwalk, on distinguait l'allée en U, une fontaine qui fonctionnait et, devant, un large trottoir. Ainsi que les centaines de badauds qui attendaient de l'autre côté de l'avenue.

Soudain, j'eus comme une intuition. Ou plutôt, l'idée qui me trottait dans la tête depuis un moment me parut brusquement s'imposer.

— Il ne l'a pas tuée pour des motifs personnels, Bree. Je ne le pense pas. Ses mobiles étaient différents.

Bree se retourna.

— Continue.

— Il aurait tout aussi bien pu tuer quelqu'un d'autre. Ce que je veux dire, c'est que, dès le départ, il a voulu procéder à une exécution publique. L'important, pour lui, était d'avoir un public. Il voulait qu'un maximum de gens le voient commettre son meurtre. Il s'agissait d'une prestation d'acteur. Le tueur est venu ici pour donner un spectacle. Si ça se trouve, il s'est posté en bas, un jour, pour choisir sa scène. Il a décidé que ce serait cette terrasse, et pas une autre.

14

Nous étions désormais trois.

Mon ami Sampson venait de débarquer, avec ses deux mètres et ses cent dix kilos. Je l'imaginais surpris de me voir, mais il fit comme si de rien n'était et me demanda, toujours aussi pince-sans-rire :

— Tu cherches à louer ? Il paraît que l'appart est libre. Le loyer devrait même baisser à partir de demain.

— Je ne fais que passer. Le quartier n'est pas trop dans mes moyens.

— Passer, ça ne paie pas autant que donner des consultations, ma poule. Il faut que tu te trouves un meilleur *business plan*.

— Alors, John, vous avez du nouveau ?

Bree l'appelait John et moi, je l'appelais Sampson depuis que nous étions gamins. Les deux usages semblaient lui convenir.

— Personne ne semble avoir vu notre type entrer ou sortir de l'immeuble. Des collègues sont en train de visionner les enregistrements des caméras de surveillance. Côté sécurité, le Riverwalk est extrêmement bien équipé. Sauf s'il est capable de traverser les murs, le client devrait apparaître sur une des bandes.

— Si tu veux mon avis, celui-là n'a rien contre le fait qu'on puisse voir sa gueule.

À cet instant, un flic en tenue apparut à l'entrée de la pièce.

— Excusez-moi, inspecteur ?

Instinctivement, chacun de nous se retourna.

— Euh, madame ? Inspecteur Stone ? Quelqu'un a une question à vous poser. Les collègues du labo, dans la pièce du fond.

Nous le suivîmes. Au bout d'un couloir étroit, il y avait un bureau. Des livres, encore des livres, des lithographies françaises, des encadrements coûteux, des photos de vacances. Tout, dans cet appartement, respirait le luxe, tout était lustré, huilé, molletonné. Près de la porte, je remarquai un carton de bouteilles d'alcool livré par Cleveland Park. L'homme que nous recherchions était-il le livreur ? Était-ce ainsi qu'il avait réussi à entrer ?

Dans un coin de la pièce, un canapé tapissier deux places faisait face à un téléviseur posé sur un meuble dont les portes ouvertes laissaient entrevoir un combiné lecteur DVD-magnétoscope.

Sur une étagère, j'aperçus une autre carte de vœux. Celle-ci non plus n'était pas signée.

— Il faudrait peut-être faire analyser ces cartes, Bree. Elles ne sont pas signées. Cela ne signifie pas forcément quelque chose, mais il y en avait déjà une dans le séjour.

Une jeune femme au coupe-vent siglé SCÈNE DE CRIME nous attendait près du téléviseur.

— Par ici, inspecteur.

— Qu'avez-vous trouvé ?

— Ce n'est peut-être rien… mais il y a une cassette dans le magnétoscope. C'est la seule qu'on ait vue dans la pièce. Vous voulez que je la passe, que je l'éjecte, ou quoi ?

Manifestement, la technicienne se sentait incapable de prendre la moindre initiative.

Gentiment, Bree lui demanda si tous les relevés d'empreintes avaient été effectués.

— Oui, madame.

— Les portes du meuble télé étaient ouvertes ou fermées à votre arrivée ? voulus-je savoir.

— On les a trouvées ouvertes, comme maintenant. Vous êtes le Dr Cross, c'est bien ça ?

La jeune femme était sur la défensive, mais Bree parut ne rien remarquer. Elle alluma la télévision, puis le magnétoscope.

Au début, il n'y eut que de la neige, puis un écran bleu apparut subitement. Nous y voilà, me dis-je.

Une image surgit. Des plus dérangeantes.

Un plan moyen. Un mur bleu foncé surplombé d'un drapeau, une chaise en bois, toute simple.

— Quelqu'un reconnaît ce drapeau ? demanda Bree.

Trois bandes rouge, blanc, noir, et trois étoiles vertes au milieu.

— Le drapeau irakien, fis-je.

Ce fut comme si une masse d'une tonne venait de s'abattre dans la pièce.

Bree eut la présence d'esprit d'arrêter immédiatement la bande.

— Tout le monde dehors. Maintenant.

D'autres flics s'étaient regroupés près de la porte pour voir ce qui se passait.

— Inspecteur, fit l'un d'eux, je suis en position deux sur l'enquête.

— C'est exact, Gabe. Vous savez donc que nous avons peut-être affaire à un document hautement sensible. Je veux que vous alliez voir toutes les personnes qui étaient présentes dans cette pièce. Faites en sorte que l'info ne sorte pas d'ici.

Elle referma la porte sans attendre la réponse de son collègue.

— Tu veux que je m'en aille ? lui demandai-je.

— Non, je veux que tu restes. John aussi.

Et elle remit la cassette en marche.

15

Un homme émergea de l'ombre et entra directement dans le plan. *Le tueur ? Qui d'autre ? Il avait laissé cette bande à notre intention.* Armé d'une Kalachnikov, vêtu d'une sorte de djellaba ocre, un keffieh noir et blanc autour du cou, il donnait l'impression d'en vouloir à la planète entière. En s'asseyant pour parler à la caméra, il posa son fusil d'assaut sur ses genoux et le recouvrit d'un pan de son vêtement.

Voilà qui était plus qu'étrange, et j'en restais véritablement bouche bée. Ce type de mise en scène m'était familier. Nous avions tous déjà vu des images de ce genre, envoyées par al-Qaida, le Hezbollah ou le Hamas.

Mon nœud à l'estomac se resserra. Nous allions en savoir davantage sur notre tueur, et quelque chose me disait que le pire était à venir.

« Il est temps que le peuple des États-Unis écoute, pour une fois. »

L'homme, qui s'exprimait avec un fort accent, avait le visage entièrement vérolé. Le nez busqué, la moustache, la couleur de la peau, la taille correspondaient au signalement donné par les témoins du drame.

C'était donc lui, notre type, celui qui avait balancé la romancière Tess Olsen dans le vide et qui, avant, avait jugé bon de l'humilier en la promenant au bout d'une laisse ?

« Chacun de vous, qui regardez ce film, est coupable de meurtre. Chacun de vous est aussi coupable que votre lâche président, aussi coupable que votre Congrès et que votre secrétaire à la Défense, expert en mensonges. Aussi coupable, bien évidemment, que les pitoyables soldats américains et anglais qui patrouillent mes rues et tuent mon peuple, parce que vous êtes persuadés que vous possédez le monde.

» Maintenant, vous allez payer de votre vie. Le sang des Américains va couler en Amérique, cette fois. Et c'est moi qui le ferai couler. N'ayez aucun doute là-dessus, un homme seul peut faire beaucoup. Et puisque aucun d'entre vous n'est innocent, désormais aucun d'entre vous ne sera en sécurité. »

L'homme se leva, s'approcha de la caméra et fixa l'objectif comme s'il nous voyait avant de nous infliger, de toutes ses dents, un sourire épouvantable. Une seconde plus tard, la neige était de retour.

Silence.

— Putain, lâcha Sampson. C'est quoi, ce délire de merde ? C'est qui, ce taré ?

Au moment où Bree allait arrêter la cassette, une autre image apparut à l'écran.

— Un deuxième film, fit Sampson. Au moins, avec lui, on en a pour notre argent.

16

Ça commençait par un plan flou : il y avait quelqu'un juste devant l'objectif. Lorsqu'il recula, nous vîmes qu'il s'agissait du même homme, mais qu'il portait maintenant une combinaison de travail verte et une casquette de base-ball noire sur laquelle on lisait MO.

La scène se déroulait dans le séjour de Tess Olsen.

Elle avait donc été tournée le jour même. En arrière-plan, nue, à quatre pattes, Mme Olsen tremblait. Bâillonnée à l'aide de ruban adhésif, elle portait autour du cou la fameuse laisse rouge.

Il avait tout enregistré, il avait interprété son rôle en sachant qu'il aurait un public.

Je sentis l'atmosphère se glacer encore davantage. Le tueur – ou le terroriste, comme je commençais à l'imaginer – s'approcha de Tess Olsen et tira violemment sur la laisse pour la forcer à se relever. Elle sanglotait sans retenue, sachant peut-être ce qui l'attendait. Cela signifiait-il qu'elle connaissait son agresseur ? Comment ? À cause d'un livre qu'elle était en train d'écrire ? Quel était le dernier projet auquel elle s'était attelée ?

Quelques secondes plus tard, il la faisait sortir sur la terrasse. Il lui enleva son bâillon, d'abord doucement, puis d'un coup sec. À cette distance, nous n'entendions rien. Jusqu'au moment où il saisit Mme Olsen pour la pousser au-dessus de la balustrade. Là, le micro de la caméra, qui devait se trouver à sept ou huit mètres, capta les cris perçants de la malheureuse.

Tout le temps que durait l'enregistrement, le tueur ne restait jamais plus de quelques secondes sans jeter de brefs coups d'œil en direction de l'objectif.

— Vous avez vu ? s'écria Bree. Il recule pour rentrer dans le plan. Sa mise en scène n'est pas destinée qu'aux passants, elle s'adresse aussi à nous, enfin, à ceux qui auront trouvé cette cassette. Regardez la tête de ce salopard.

Voilà qu'il souriait, maintenant. Même de loin, on ne pouvait se méprendre sur la nature de ce rictus inquiétant.

L'instant suivant parut durer une éternité. La victime avait dû avoir le même sentiment. Son bourreau la ramena à l'intérieur et la déposa sur le sol. S'imaginait-elle qu'il lui accordait un sursis ? Qu'il allait l'épargner ? Elle respira un grand coup, puis se remit à pleurer. Et une ou deux minutes après, il la tira de nouveau sur la terrasse.

— On y arrive, fit gravement Bree. Je ne veux pas regarder ça.

Mais elle le fit, comme chacun de nous.

Le tueur était un homme fort, bien bâti et de grande taille – sans doute plus d'un mètre quatre-vingt. Ébahi, je le vis soulever Tess Olsen comme des haltères, au-dessus de sa tête, et se retourner une fois de plus vers la caméra – oui, espèce d'enfoiré, on te regarde. Un clin d'œil, puis il jeta sa victime dans le vide.

— Mon Dieu, murmura Bree. Il nous a fait un clin d'œil, c'est ça ?

Son geste monstrueux accompli, il resta pourtant sur la terrasse, sans sortir du plan. À l'inclinaison de sa tête, je compris qu'il ne regardait pas l'endroit où Tess Olsen était tombée. Il regardait son public, les badauds attroupés dans la rue. Il prenait des risques inutiles.

En toute logique, c'était plutôt bon pour nous. Ce salaud n'hésitait pas à s'exposer, il fanfaronnait devant un auditoire improvisé ; c'est peut-être grâce à cela que nous parviendrions à le localiser et à l'arrêter.

Et je me fis la réflexion que j'étais déjà en train de m'associer à l'enquête. Je ne pensais pas *eux*, je pensais *nous*.

Puis le tueur s'adressa à la caméra, et là, j'eus du mal à en croire mes oreilles :

« Vous pouvez essayer de me capturer, mais vous échouerez… Dr Cross. »

Nous échangeâmes des regards.

Ni John ni moi ne pûmes articuler un mot. Seule Bree laissa échapper un « oh, putain, Alex ».

Prêt ou pas, j'étais de nouveau en piste.

17

J'allais vite me rendre compte que je ne l'étais pas. Enfin, pas encore. Quatre jours s'étaient écoulés depuis le crime du Riverwalk. Je pensais à mes patients, mais j'étais déjà tiraillé. J'essayais vainement de chasser de mon esprit la mort de Tess Olsen et son chapelet d'interrogations : qui était ce tueur sadique, comment pouvait-il me connaître, et surtout, qu'attendait-il de moi…

Inévitablement, je commençai la journée en consultant le site Web du *Washington Post*. Il ne s'était rien passé depuis, fort heureusement. Pas de nouveaux meurtres, pas d'hécatombe pour l'instant.

Les consultations de la matinée n'allaient pas me laisser le temps de cogiter, en tout cas. C'était ma grosse journée de la semaine, celle que j'attendais avec impatience, mais non sans une certaine appréhension. J'avais toujours l'espoir de faire du bien à quelqu'un, de débloquer une situation douloureuse. Et je pouvais aussi me casser les dents.

À sept heures tapantes, je recevais un pompier de Washington veuf depuis peu, partagé entre ses devoirs de soldat du feu, ses obligations de père de famille et le sentiment croissant que sa vie n'avait plus de sens, ce qui le conduisait à songer au suicide tous les jours.

Une heure plus tard, j'avais rendez-vous avec un ancien combattant ayant vécu l'opération Tempête du Désert qui luttait encore contre les démons ramenés d'Irak. Il m'avait été adressé par ma propre psy, Adele Finally, et j'avais de bonnes raisons de penser que je finirais par réussir à l'aider. Pour l'instant, hélas, nous traversions encore une phase de crise et il était trop tôt pour savoir si nous communiquions réellement.

Ensuite, je reçus une jeune femme qui, suite à une dépression post-natale, nourrissait des sentiments très contradictoires à l'égard de sa petite fille de six mois. Nous parlâmes de son enfant avant d'évoquer, un bref instant, mes propres sentiments à la perspective de voir Damon partir poursuivre ses études dans une école préparatoire. Flic ou psy, mes méthodes n'étaient jamais très orthodoxes, mais j'étais là pour parler aux gens, et le plus souvent je leur parlais tout à fait librement.

Une pause d'une demi-heure me permit d'appeler Bree, puis de consulter encore une fois le site du *Washington Post*. Rien de neuf, pas de nouvelle agression, rien qui pût expliquer le meurtre de Tess Olsen.

Ma dernière patiente, ce matin-là, était une étudiante en droit de Georgetown dont la mysophobie était devenue si aiguë qu'elle n'hésitait plus à incinérer ses propres sous-vêtements chaque soir.

Sacrée matinée. Assez satisfaisante, curieusement. Et relativement sécurisante – enfin, pour moi.

18

Bree m'appela alors que j'avalais un petit pain sans beurre avant mon rendez-vous de treize heures.

— On a étudié les bandes, on a fait des gros plans. Dis-moi ce que tu penses de ça, Alex. Il y a une cicatrice sur le front du type. En forme de demi-lune. Elle est très marquée.

Je réfléchis quelques secondes.

— Elle peut résulter d'un traumatisme crânien plus ou moins ancien. Je dis ça comme ça, mais ses lobes frontaux ont peut-être souffert. Ce genre de lésions explique parfois le côté agressif et impulsif de certaines personnes.

— Merci, docteur, me dit-elle. Ravie de vous avoir dans l'équipe.

Je faisais partie de l'équipe ? Depuis quand ? Avais-je donné mon accord ? Pas à ma connaissance.

Après mon simili-déjeuner et mon exquise conversation avec Bree sur l'affaire, j'accueillis ma dernière patiente de la journée, ma préférée, une jeune femme d'environ trente-cinq ans, Sandy Quinlan.

Sandy avait tout récemment quitté sa petite ville du nord du Michigan, près de la frontière canadienne, pour s'installer à Washington. Elle avait accepté un poste d'enseignante à Southeast, dans un quartier difficile, ce qui me l'avait immédiatement rendue sympathique.

Malheureusement, Sandy, elle, ne s'aimait pas.

— Je parie que vous avez une dizaine de patientes dans mon genre. Toutes ces femmes seules qui dépriment, perdues dans une capitale où le danger rôde constamment…

— Pas du tout, lui répondis-je en toute franchise, incapable de me défaire de mes vieilles habitudes. Vous êtes ma seule célibataire déprimée.

Elle sourit, et poursuivit :

— Moi, je trouve ça… pathétique. Presque toutes les femmes que je connais recherchent le même truc idiot.

— Le bonheur ? suggérai-je.

— J'aurais plutôt dit un homme. Ou une femme, peut-être. Quelqu'un à aimer.

Sandy ne se voyait pas comme je la voyais, moi. Elle faisait tout pour ressembler au stéréotype de la femme seule, portait des lunettes à montures noires et des vêtements sombres, bien larges, pour dissimuler son physique attrayant. Et pourtant, lorsqu'elle avait commencé à se sentir à l'aise avec moi, elle s'était révélée chaleureuse, intéressante et même très drôle si elle le voulait. Elle avait beaucoup d'affection pour ses élèves, dont elle me parlait régulièrement, toujours en bien.

— J'ai beaucoup de mal à vous trouver pathétique, finis-je par lui dire. Désolé, ce n'est qu'une opinion personnelle. Peut-être que je me trompe sur toute la ligne.

— Oh, on peut toujours discuter du choix des mots, mais quand votre psy est probablement votre meilleur ami…

Avant que je réagisse, elle eut un rire gêné.

— Ne vous inquiétez pas, je caricature, mais ce que je voulais dire, c'est que…

Instinctivement, j'aurais voulu me rapprocher d'elle, mais en tant que psy, je ne pouvais, ne devais pas le faire. Je lisais pourtant dans son regard une telle attente que je ne pus m'empêcher d'avoir une réaction double. Je voulais que Sandy sache que je prenais sa situation très à cœur, mais je devais également lever toute ambiguïté sur la nature de notre relation. Le ton de sa voix, la lueur dans ses yeux ne signifiaient peut-être rien. Et pourtant, n'avais-je pas souvent lu, dans les énormes pavés qu'on nous faisait lire à George-town et à Johns Hopkins, que tout avait une significa-tion ?

Il allait falloir que je me montre prudent. La séance s'acheva tranquillement, et Sandy rentra chez elle. Ma journée était terminée. Enfin, sauf si je considérais que j'avais un deuxième métier.

J'étais dans l'escalier quand mon portable sonna. Le numéro qui s'affichait ne me disait rien. Quoi encore ?

Je pris la communication.

— Je vous appelle de la part de Kyle Craig.

C'était une voix d'homme, et visiblement le type s'amusait franchement. Mon sang se figea aussitôt.

— Il ne peut pas vous parler pour le moment étant donné qu'il est en réclusion dans le Colorado, mais il tient à vous faire savoir qu'il pense à vous tous les jours et qu'il vous a préparé une surprise. Une grande surprise, ici même, à Washington. Vous connaissez Kyle, il a tout prévu. Ah, oui, il veut aussi que vous sachiez qu'il n'a pas vu le soleil depuis quatre ans, et que ça l'a rendu plus fort et plus efficace.

L'inconnu raccrocha.

Kyle Craig. Non, je devais rêver.

Comment interpréter ce message ? « Il vous a préparé une surprise. »

19

Je devais me convaincre que je n'avais pas de temps
à perdre avec des tueurs psychopathes que j'avais déjà
mis à l'ombre, alors qu'il y avait tant de souci à se
faire avec ceux toujours en liberté. D'ailleurs, personne n'avait jamais réussi à s'évader de l'ADX
Florence, et même les tentatives étaient rares et insi-
gnifiantes. Et ce n'était pas la première fois que Craig
me menaçait depuis sa cellule.

En outre, je ne faisais plus partie des forces de
l'ordre. Ce qui ne m'empêchait pas de sortir avec
l'inspecteur responsable d'une sale affaire. L'enquête
sur le meurtre du Riverwalk prenait chaque jour un
peu plus d'ampleur. La presse s'en faisait quotidien-
nement l'écho, et tout le monde ne parlait plus que de
cela. Même mes patients évoquaient le sujet. Toutes
les deux heures, les chaînes de télé et les stations de
radio les plus racoleuses émettaient une nouvelle
hypothèse, aussi absurde que les précédentes. Elles
vendaient de la peur vingt-quatre heures sur vingt-
quatre, sept jours sur sept, et le marché était porteur.
Le produit, je le connaissais bien, mais moi, au
contraire, je m'évertuais à le faire disparaître des
rayonnages. Enfin, je faisais ce que je pouvais, et le
meilleur moyen d'enrayer la panique, c'était encore de
mettre les criminels hors circuit.

Selon Bree, l'enquête était dans une impasse. Le visage de l'assassin ne figurait pas dans la base de données antiterroriste du FBI. L'analyse de la voix avait été confiée à un laboratoire spécialisé, celui qui traitait toutes les interventions d'Oussama ben Laden depuis les attentats du 11 Septembre. Rien de concluant, là non plus, mais il était encore trop tôt…

Le tueur n'avait pas invoqué la guerre sainte, ni revendiqué son appartenance à un groupe terroriste. Et même après la diffusion en boucle, dans tous les journaux télévisés, des photos prises au téléphone par les nombreux témoins du meurtre, la police ne disposait d'aucun élément nouveau.

Bree communiquait au FBI toutes les informations recueillies par ses équipes, tout en poursuivant sa propre enquête. Pour elle, cela revenait à faire des journées de seize heures.

Le jeudi soir, je fis un saut à son bureau, en espérant la convaincre de sortir manger un morceau avec moi. À Washington, la VCU occupe des locaux étonnamment discrets, derrière une galerie marchande de Southeast. L'avantage, c'est que ce ne sont pas les places de parking qui manquent, ce qui expliquerait, selon certains flics, que tout le monde veuille travailler là. Je me demande parfois s'il n'y aurait pas un fond de vérité dans cette plaisanterie.

Bree n'était pas dans son bureau, mais elle n'avait pas éteint son ordinateur. Je vis, collé sur l'écran, un Post-it sur lequel elle avait écrit *appeler Alex*. Je ne l'avais pas eue au téléphone de la journée. Que mijotait-elle ?

— Vous cherchez Bree ?

Dans le bureau contigu, un inspecteur fit un signe avec son reste de sandwich.

— Essayez la salle de conférences. Au bout de ce couloir, sur votre gauche. C'est là qu'elle campe.

Je la découvris assise, les pieds sur une chaise, une télécommande à la main, en train de se gratter la tête. La pièce était jonchée de dossiers, de notes, de photos de scène de crime, mais le simple fait de voir Bree me mettait dans un état d'excitation inavouable.

— Tiens, salut, me lança-t-elle en m'apercevant. Quelle heure est-il ?

Avant de lui faire la bise, je pris soin de refermer la porte derrière moi.

— L'heure de dîner, l'heure de faire une pause. Tu as une petite faim ?

— Une faim de loup ! Mais, avant, tu veux bien visionner ça avec moi encore une ou deux fois ? Je finis par loucher à force de regarder cette bande toute seule.

Ravi de venir à la rescousse, je ne fus finalement guère surpris de voir les « une ou deux fois » se transformer en « des dizaines de fois », et notre dîner chic chez Kinkead's remplacé par des *empanadas* achetées chez le petit mexicain du coin de la rue.

Chaque fois que je revoyais les effroyables images du Riverwalk, chaque fois que j'entendais mon nom, je ressentais le même malaise. Pour compenser, je concentrais toute mon attention sur l'assassin. Peut-être pouvais-je parvenir à déceler, dans sa façon de parler, dans sa gestuelle, des détails que personne n'avait encore remarqués. Je savais bien qu'il ne fallait s'attendre à aucune avancée significative pour l'instant, mais nous pouvions espérer progresser par petits pas, en établissant un lien entre certains éléments. Les romans policiers de Tess Olsen ? Les cartes de vœux trouvées dans son appartement ? L'exhibitionnisme du tueur, qui avait manifestement besoin d'un public ?

Pourtant, quelques minutes plus tard, à notre grande surprise, nous fîmes une découverte qui pouvait se révéler capitale.

20

Au début, ce n'était qu'une sorte de flash bleuté à peine perceptible, presque de l'ordre du subliminal, entre les deux enregistrements. À force de focaliser notre attention sur ce que le tueur voulait nous montrer, Bree et moi avions négligé de nous intéresser au reste.

— Attends une seconde, fis-je.

Je pris la télécommande, rembobinai un peu la bande et pressai la touche PAUSE.

— Là, tu vois ?

Ce n'était presque rien. Tout juste l'évocation d'une image, presque trop fugace pour l'œil humain, même au ralenti. Un spectre. Un indice. Laissé volontairement ?

— Cette cassette a déjà servi, déclarai-je.

Sans attendre, Bree enfila ses chaussures noires à talons plats.

— Tu connais quelqu'un au service de décryptage électronique du FBI ?

Pour tout ce qui concernait l'analyse de documents vidéo, la police dépendait énormément des Fédéraux. Je connaissais bien quelques noms, mais il était déjà vingt et une heures. Cela ne semblait pas gêner Bree outre mesure. Elle s'était levée, et arpentait nerveusement la pièce.

Elle finit par décrocher elle-même le téléphone.

— Je vais essayer Wendy Timmerman. Elle travaille tard.

— Wendy Timmerman travaille tard ? Tu parles d'un scoop...

Wendy dirigeait officiellement les services généraux, mais elle faisait également office d'arme secrète lorsqu'on voulait contourner le règlement sans enfreindre la loi. Elle connaissait tout le monde et tout le monde, semblait-il, lui était redevable à un titre ou un autre.

Elle n'avait aucune vie privée. Elle vivait pour ainsi dire dans son bureau.

Bien entendu, Wendy était là. Elle rappela Bree quelques minutes plus tard pour lui donner un nom et un numéro de téléphone.

— Jeffery Antrim, m'annonça Bree en raccrochant. Il habite à Adams Morgan. Il paraît que, dans le domaine, c'est un génie. Je crois qu'il bosse au *black*, chez lui, mais d'après Wendy, si on débarque avec des bières, il nous laissera pénétrer dans son antre. Dis, rappelle-moi de faire envoyer des fleurs à Wendy.

— Ne t'inquiète pas, rétorquai-je. C'est elle qui te rappellera le jour où elle aura besoin d'un service. Et ce sera autre chose qu'un petit bouquet de fleurs.

21

En chemin, comme l'avait suggéré Wendy Timmer-man, nous fîmes une halte dans une épicerie. Nous ne pûmes résister au besoin d'échanger quelques baisers frustrés dans la boutique, puis dans la voiture, mais déjà le devoir nous rappelait à lui. Maudite soit la vie de flic. Question âge, Jeffery Antrim me parut plus proche de Damon que de moi, mais il se montra assez sympa et nous laissa entrer dès qu'il vit les bières. Sa réputation de « petit génie » me laissait perplexe, mais quand je vis son minuscule appartement, un véritable laboratoire où il n'y avait pratiquement pas de place pour les meubles, mes doutes se dissipèrent. Le maté-riel électronique empilé un peu partout devait valoir une fortune. L'avait-il piqué dans les locaux du FBI ?

Nous passâmes quelques heures sur des chaises dépareillées, le temps de régler son compte au deu-xième pack de bières que j'avais apporté, pendant que Jeffery analysait la cassette dans la pièce d'à côté. Et il nous appela plus tôt que je ne le prévoyais pour nous montrer ce qu'il avait trouvé.

— Et voilà le travail ! Sur la piste déjà effacée, il n'y a presque que des ombres, alors j'ai capturé tout ce que je pouvais et je l'ai numérisé. Ça ne vous embête pas, je suppose, un composite d'images désen-trelacées ?

— Je crois que ça dépend, répondit Bree.

— De quoi ?

— De ce que vous venez de dire. C'est quoi, ce

charabia ? Vous parlez anglais ? Espagnol, peut-être ? Je me débrouille, en espagnol.

Jeffery sourit.

— Bon, c'est parti. Regardez ça. Je peux toujours revenir en arrière si vous voulez.

Il pianota encore quelques lignes de commande.

— Je suis en train de vous faire des tirages, mais vous pouvez tout voir là-dessus. Ouvrez bien l'œil.

Nous nous penchâmes sur l'un des petits écrans du mur d'appareils électroniques qui occupait la moitié de son bureau.

L'image était effectivement très sombre, mais on en distinguait malgré tout les détails. Et, immédiatement, nous reconnûmes la scène.

— Oh, merde, souffla Bree. Là, je n'y comprends plus rien.

— Ce ne serait pas Abou Ghraib ? fit Jeffery, posté derrière nous. C'est ça, hein ?

Le scandale de la prison d'Abou Ghraib, en Irak, remontait à plusieurs années. Il avait laissé des traces à Washington et dans le monde entier. Apparemment, le tueur du Riverwalk l'avait toujours en mémoire, lui aussi.

Il était difficile de savoir si l'image affichée sur l'écran était une photo ou l'extrait d'un journal télévisé, mais, à ce stade, cela n'avait guère d'importance. Et si certains détails demeuraient flous, je pouvais compléter de mémoire. Une femme de l'armée américaine, en treillis, dans un grand couloir desservant des cellules. À ses pieds, à même le sol, un prisonnier irakien nu, la tête cagoulée.

Il était à quatre pattes. La posture que Tess Olsen avait dû prendre, sous la menace de son agresseur.

Et sa geôlière le tenait en laisse, comme un chien.

Bree, incrédule, ne quittait plus l'écran des yeux.

— Dites-moi, Jeffery, vous avez du café dans votre cuisine miniature, ou je vais en chercher maintenant ?

22

Le deuxième scénario du tueur appartenait à un genre qu'il affectionnait tout particulièrement, la science-fiction.

Un vrai régal, décidément. Pour l'instant, tout se déroulait comme il l'avait prévu.

Le tueur avait délaissé son personnage de soldat irakien. Cette fois, le script était encore plus élaboré et le rôle beaucoup plus enrichissant. Il allait jouer le Dr Xander Swift. Quel acteur n'aurait rêvé de décrocher ce rôle, de jouer cette fameuse scène ? Et au théâtre, de surcroît, au théâtre ! *Delicioso !*

Devant l'imposant Kennedy Center, ce soir-là, le trottoir était déjà presque noir de monde, un mélange de jeunes citadins sûrs d'eux et assez puants, ce qui n'avait rien de surprenant puisque la pièce était l'adaptation d'une nouvelle de science-fiction qui avait déjà inspiré un film à gros budget. La nouveauté, c'était la présence, à l'affiche, d'une vedette de cinéma. Ce qui expliquait la foule, même si on ne jouait pas à guichets fermés.

Le tueur, qui n'était pas, lui, une vedette – en tout cas, pas encore –, se mit dans la peau du Dr Xander Swift dès qu'il s'approcha du Kennedy Center. Il n'était jamais trop tôt pour s'approprier un personnage…

L'accès à la billetterie, dans une salle au sol carrelé, se faisait par six portes battantes. Une fois à l'intérieur, on accédait au foyer tapissé de moquette par quatre autres portes. Le tueur s'imprégnait, des moindres détails, sûr de ne rien oublier.

Presque persuadé, à présent, d'être effectivement le Dr Xander Swift, complètement pénétré de son rôle, il se déplaçait au rythme de la foule, ni plus vite ni plus lentement. De grosses lunettes teintées, une barbe grisonnante, une banale veste en tweed l'aidaient à passer inaperçu. *Je ressemble à n'importe quel amateur de théâtre*, se dit-il.

Et pourtant, si proche de la répétition, quelques doutes le taraudaient encore. Et s'il se plantait ? S'il se faisait prendre ? S'il commettait une erreur, ce soir, au Kennedy Center ?

Il passa devant une affiche, gris métallisé dans un caisson vitré.

MATTHEW JAY WALKER

SOUVENIRS À VENDRE

Coqueluche de Hollywood, son nom étalé en lettres noires au-dessus du titre de la pièce, l'acteur était surtout connu pour ses rôles dans des superproductions navrantes mais très lucratives, ridicules transpositions à l'écran de BD célèbres, pour lesquelles des millions de spectateurs n'hésitaient pas à perdre dix dollars. Si la salle était presque pleine, ce soir, c'était grâce à lui, et à lui seul. Matthew Jay Walker plaisait surtout aux femmes, même s'il avait récemment épousé une actrice très belle avec laquelle il avait adopté des enfants du tiers-monde, très tendance à Follywood. Le couple venait de s'installer à Washington « afin de peser sur les décisions du gouvernement dans les domaines importants pour l'enfance de la planète ». Dire qu'il y avait des gens qui parlaient comme ça. Pis, qui pensaient comme ça…

À l'intérieur de l'auditorium, les envolées d'un synthétiseur donnaient le ton de la soirée. Le Dr Xander Swift trouva facilement son fauteuil, le 11A, au bout de la travée de gauche.

Il avait le sentiment d'être totalement imprégné de son personnage. Le rôle était intéressant, et il lui rendait justice. Il ne se trouvait qu'à quelques pas de l'une des quatre sorties de secours. Très vite, pourtant, il sut que l'emplacement ne convenait pas. Il n'utiliserait pas le billet acheté pour la représentation du samedi soir, où il avait réservé le même fauteuil.

Cet angle de vue n'allait pas du tout ! Heureusement que le Dr Swift était venu faire un repérage…

Ce n'était pas là que devait avoir lieu le meurtre symbolique, mais sur la scène elle-même.

Ce serait bien mieux pour le public, et l'essentiel n'était-il pas là ?

À vingt heures cinq, la lumière s'estompa, et une fois la salle plongée dans le noir, la musique s'amplifia. Le riche rideau de velours se leva lentement.

Une vague de lumière rouge balaya la scène, éclaboussa le public. Le fauteuil 11A était à présent inoccupé.

Ayant vu ce qu'il avait besoin de voir, le Dr Xander Swift avait quitté le théâtre. Le meurtre aurait lieu le lendemain. Ce soir, il ne s'agissait que d'une répétition générale. Il voulait jouer à guichets fermés. C'était indispensable.

Et tout cela, bien entendu, en son honneur.

23

Il n'y avait qu'un seul point à l'ordre du jour de la réunion de la VCU le lendemain, mais le sujet était de la plus haute importance, selon moi. Bree m'avait demandé d'être présent, et, en toute franchise, je ne m'étais pas fait prier. Il y avait tellement de monde que nous étions tous debout. La salle bruissait de rumeurs toutes fraîches.

Le capitaine Thor Richter nous demanda d'attendre le maire adjoint, qui arriva avec vingt minutes de retard et n'ouvrit pas une seule fois la bouche au cours de la séance. En faisant le déplacement, Larry Dalton envoyait toutefois un message clair : tout le monde s'intéressait à l'enquête. Sans doute était-ce ce que recherchait notre tueur psychopathe, mais comment faire autrement ? Il nous aurait été difficile d'annuler cette invitation.

Bree commença par détailler tout ce qu'elle et moi avions pu établir. Au terme de notre virée nocturne chez Jeffery Antrim, nous n'avions rien récupéré de plus substantiel que quelques images d'Abou Ghraib, mais, pour moi, c'était déjà un bon début. J'y voyais un indice laissé par le tueur, à notre intention. Ou à *mon* intention…

— Nous avons donc élargi le spectre de l'analyse, poursuivit Bree, pour essayer de trouver d'autres éléments.

Une nouvelle image apparut sur l'écran.

— Voici une transcription de la déclaration faite par le tueur dans la première partie de la bande. Et ceci… (elle passa à l'image suivante) est la déclaration, sur une vidéo de 2003, d'un homme se faisant appeler le « Cheik d'Amérique ».

— S'agit-il du même homme ? demanda quelqu'un dans le fond.

— Non, lui répondit Bree. Ce n'est pas le même homme. Mais, visiblement, il a plusieurs sources d'inspiration. D'abord Abou Ghraib, et maintenant ça. Statistiquement, les deux déclarations sont identiques à soixante pour cent.

— Attendez une minute, intervint Richter d'un ton presque accusateur, qu'est-ce qui vous permet d'affirmer que ce n'est pas le même homme ?

Je vis, mais j'étais sans doute le seul, une lueur d'agacement dans le regard de Bree.

— Parce que le Cheik a été arrêté l'an dernier. Il est au frais, dans une prison de l'État de New York. Bon, avançons, si vous voulez bien.

Un inspecteur leva le doigt comme un écolier.

— A-t-on déjà une idée de la nationalité du suspect ?

Bree fit un signe de tête dans ma direction. À moi de prendre le relais.

— Beaucoup d'entre vous connaissent le Dr Alex Cross. Je vais lui demander de nous décrire, dans les grandes lignes, le profil provisoire de notre homme.

Le tueur sait, lui aussi, qui est le Dr Cross. Je vous rappelle qu'il le cite dans son enregistrement.

— Comment aurais-je pu décliner une invitation pareille ? dis-je, déclenchant quelques rires.

L'heure était venue d'entrer dans le vif du sujet.

24

Je m'étais avancé. Je reconnaissais la moitié des personnes présentes dans la salle ; les autres, pour la plupart, avaient sans doute déjà entendu parler de moi. Durant des années, j'avais pris part à toutes les grandes enquêtes criminelles de la police de Washington, et voilà que je réapparaissais. En tant que bénévole ? Pour donner un coup de main à l'inspecteur Bree Stone ? Quel était mon véritable statut ?

— Une évidence s'impose, commençai-je. Il va commettre d'autres meurtres, ou en tout cas il va vouloir le faire. À première vue, sa signature est celle d'un terroriste, mais il y a aussi des tendances répétitives. Je distingue déjà un schéma très net.

— Pourriez-vous être plus précis, Alex ? demanda quelqu'un.

Bree me fit signe de continuer.

— Disons qu'il a ouvert les enchères avec un homicide individuel. Il pourrait s'agir d'un simple échauffement, avant un coup plus important, mais je ne le crois pas. Il pourrait très bien ne s'attaquer chaque fois qu'à une seule personne.

— Pourquoi ?

— Excellente question, et je pense avoir la réponse. Selon moi, il ne tient pas à ce que ses activités lui fassent de l'ombre. Tout tourne autour de lui, pas de ses victimes. En dépit de ses déclarations, il est fondamentalement narcissique. Il veut absolument devenir célèbre, et peut-être est-ce pour cela qu'il m'a « invité », en quelque sorte, à participer à cette enquête. Peut-être est-ce lui qui a déposé les cartes de vœux anonymes retrouvées sur la scène de crime. Nous sommes en train de les analyser et nous verrons ce qu'il faut en déduire. Nous nous intéressons également aux romans publiés par Mme Olsen.

— Et ses motivations ? voulut savoir Richter. L'hypothèse de la piste politique est-elle toujours privilégiée ?

— Oui et non. Pour l'instant, nous partons du principe qu'il est né en Irak, ou est d'origine irakienne, qu'il a fait ses armes dans la police ou dans l'armée, voire les deux. Le FBI pense qu'il a passé plusieurs années, si ce n'est toute sa vie, aux États-Unis. D'une intelligence supérieure à la moyenne, extrêmement discipliné, il est sans doute, effectivement, anti-américain. Et, cependant, nous avons des raisons de croire que ses revendications politiques pourraient être un mode d'expression plus qu'un but en soi.

— Pour exprimer quoi ? lâcha sèchement Richter, qui savait pourtant très bien que nous possédions bien peu de réponses pour l'instant.

— Un besoin de tuer, peut-être. On a le sentiment qu'il aime ce qu'il fait. Et surtout, qu'il aime être sous le feu des projecteurs.

Tout comme vous, Thor.

Et comme moi, peut-être.

Un étrange silence s'installa. Certains griffonnaient des notes, d'autres pianotaient sur leur portable. Ne souhaitant pas accaparer le temps de parole, je laissai Bree répondre aux autres questions. Richter fit tout pour la mettre en difficulté, mais elle lui tint tête. Sampson l'avait bien jaugée – elle ferait une très belle carrière dans la police, si tant est qu'un supérieur jaloux ne la mette pas à l'écart…

Une fois que tout le monde eut quitté la salle, alors que nous rassemblions nos dossiers, elle s'immobilisa et me dévisagea.

— Tu sais que tu es vraiment doué ? Tu vaux peut-être même mieux que ta réputation, qui est pourtant déjà solide.

Je me bornai à sourire, mais, en mon for intérieur, je savourai ce délicieux compliment.

— Des réunions de ce genre, je m'en suis déjà farci un paquet. Qui plus est, tout reposait sur toi, et tu le sais.

— Je ne te parle pas de la réunion, Alex, je te parle de l'enquête. Pour moi, tu es le meilleur, et de loin. Si tu veux tout savoir, je trouve qu'on fait une belle équipe, tous les deux. Ça fait peur, hein ? Avoue.

J'étais en train de classer des documents. Mon geste se figea.

— Dans ce cas, Bree, pourquoi ai-je l'impression que nous faisons fausse route ?

Elle me regarda, ébahie.

— Pardon ?

Cela me travaillait depuis un moment, depuis la fin de la réunion. Enfin, un peu avant. Tout était allé extrêmement vite, et jusque-là, nous n'avions guère eu l'occasion de faire véritablement le point sur notre enquête. J'avais maintenant le sentiment, pour ne pas dire la certitude, qu'un élément important nous avait échappé. L'instant était mal choisi, mais je ne parvenais pas à me défaire de cette intuition. Ah, mes maudites intuitions ! Une voix intérieure me pressait de réviser toutes les conclusions auxquelles nous étions parvenus, de revoir tous les éléments que nous tenions pour acquis.

— Peut-être que tout cela a un sens parce que c'est justement ce qu'il veut que nous pensions, soupirai-je. Ce n'est qu'un pressentiment, mais ça me perturbe énormément.

J'avais déjà ressenti ce genre de malaise, récemment. Dans l'affaire « Mary, Mary » à Los Angeles, nous avions passé beaucoup de temps à traquer le mauvais suspect, et, pendant que nous suivions la mauvaise piste, le tueur avait fait d'autres victimes.

Bree commença à ressortir les dossiers qu'elle venait de ranger dans sa sacoche.

— Bon, d'accord, on remet tout à plat. Que devons-nous savoir pour repartir sur de bonnes bases ?

Une réponse me venait naturellement à l'esprit : un autre meurtre nous fournirait une quantité d'informations précieuses.

L'heure était venue de lancer le deuxième scénario.

Ce soir-là, au Kennedy Center, neuf cent cinquante-cinq personnes se dirigeaient sagement vers leurs confortables fauteuils. Pareils à des stalactites, dix-huit lustres de cristal d'une tonne chacun illuminaient le grand foyer, une salle immense, longue de près de deux cents mètres, au centre de laquelle trônait un gigantesque buste de bronze du grand président Kennedy, qui jamais, de son vivant, n'avait paru aussi sévère.

Trente-sept machinos s'activaient dans les coulisses. Une équipe impressionnante. Et coûteuse.

Pas moins de dix-sept comédiens se partageaient les planches.

Et sous la scène, tout seul, un personnage attendait tranquillement.

Le Dr Xander Swift.

Dans l'après-midi, à quinze heures, il était arrivé par l'entrée des artistes. Il lui avait suffi d'exhiber une grosse boîte à outils et d'ânonner quelques phrases au sujet de la chaudière. La boîte renfermait ses accessoires.

Un pistolet.

Un pic à glace, au cas où.

Un chalumeau à gaz butane.

De l'éthanol.

Plus de cinq heures s'étaient écoulées, et le grand acte allait bientôt commencer. Au-dessus de sa tête, la pièce suivait son cours, devant une salle comble. Amateurs de théâtre, fans de comédies dramatiques et de suspense, ils étaient tous là.

Dans la scène en cours, Matthew Jay Walker s'adressait, en parlant un peu comme un robot, à un autre personnage, par écrans interposés. Walker était vraiment très beau, c'est certain, mais pas aussi grand qu'on aurait pu le croire. Et il avait tout de l'enfant gâté. Son agent avait exigé une corbeille de fruits frais exotiques, des bouteilles d'Évian et une maquilleuse personnelle. Mais Walker allait enfin faire la connaissance de l'autre vedette du spectacle.

— Bonsoir, Matthew Jay ! lança le Dr Swift. Je suis là… juste derrière toi.

L'acteur se retourna et, incrédule, ou plutôt effaré, vit la trappe qui ne devait servir qu'au deuxième acte s'ouvrir brutalement.

— Mais…

— Mesdames et messieurs, veuillez pardonner cette interruption, déclama le Dr Xander Swift d'une voix impérieuse qu'on entendit jusqu'au fond de la salle. Pouvez-vous m'accorder votre attention, toute votre attention, votre totale et entière attention ? C'est une question de vie ou de mort.

27

Au début, la seule réaction notable, dans le public, fut un bruissement de feuilles de papier. Des dizaines de spectateurs consultaient leur programme pour savoir qui était ce personnage.

Matthew Jay Walker, dos à la salle, chuchota :

— C'est quoi, ce bordel ? Qui êtes-vous ? Dégagez de la scène, et vite !

Là, le Dr Xander brandit une arme de poing, à quelques centimètres du visage de l'acteur. Sa main tremblait, mais sa nervosité était feinte.

— Chut, fit-il à mi-voix, en soignant sa diction. Tenez-vous en à votre texte.

Et il pressa le pistolet contre la joue de Walker jusqu'à ce que celui-ci se mette à genoux.

— Je vous en supplie, glapit la star, dont le micro restituait le moindre souffle. Je ferai tout ce que vous voulez. Calmez-vous.

— Il faut appeler la police ! hurla quelqu'un au premier rang.

Le public commençait enfin à comprendre ce qui se passait.

Le tueur s'adressa à l'assistance.

— Je suis le Dr Xander Swift, du service de l'immunisation et des contrôles. J'ai le devoir de vous informer que cet homme est soumis à une procédure d'extinction. Je dois vous avouer que cette mesure me peine et me bouleverse tout autant que vous.

— Il est complètement fou, s'écria Matthew Jay Walker. Ce n'est pas un comédien !

— Non, je ne suis pas fou, rétorqua le Dr Swift. Tout cela a été mûrement réfléchi.

Sans cesser de tenir Walker en respect, Swift entreprit de le couvrir d'éthanol. Le gel se trouvait dans une poche en plastique qu'il portait sur lui. Il badigeonna le torse de l'acteur, sa belle chevelure blonde, sa gorge. L'odeur était si forte que Walker suffoquait.

— Qu'est-ce que vous faites ? Arrêtez, s'il vous plaît, arrêtez !

Dans la salle, tout le monde s'était levé. Des appels fusaient entre les travées. « Arrêtez-le ! Il faut monter sur la scène ! Faites venir les vigiles ! »

La voix du Dr Swift résonna dans la salle :

— Le premier qui monte, je le descends. Je vous remercie de votre attention et de votre patience. Maintenant, regardez bien ! Vous allez assister à une scène qui restera à jamais gravée dans votre mémoire. Jamais vous ne l'oublierez !

Il alluma son chalumeau de poche, et le corps de Matthew Jay Walker s'embrasa. Ce fut comme si le visage de l'acteur fondait. Hurlant de douleur, l'enfant chéri de Hollywood se mit à tourner en rond en essayant vainement d'étouffer le feu qui lui grillait la peau.

— Vous voyez à quelle vitesse les chairs se désintègrent, expliqua le Dr Swift. C'est très fréquent dans les zones de conflit comme l'Irak ou la Palestine, dans ce genre de pays lointains. Là-bas, on voit ça tous les jours. Rien de bien extraordinaire, je vous assure.

Et brusquement, tandis que Matthew Jay Walker se recroquevillait en poussant des hurlements déchirants, il courut à l'autre bout de la scène et mit le feu au grand rideau noir qui s'enflamma immédiatement dans un souffle impressionnant.

— On n'applaudit pas tout de suite ! cria-t-il au public, *son* public à présent. S'il vous plaît, pas tout de suite. Merci beaucoup, merci ! Vous êtes extraordinaires !

Il esquissa une révérence, puis disparut de la scène. Il dévala les traîtres marches du petit escalier menant à l'issue de secours, et se retrouva dans la ruelle, poursuivi par la sirène d'alarme de la porte.

Il y avait, un peu plus loin, une caisse abandonnée. Il y trouva le sac en nylon qu'il avait pris soin de déposer avant le spectacle, le déplia et y fourra son arme, son chalumeau, sa veste, ses épaisses lunettes, ses verres de contact, sa fausse barbe, sa prothèse frontale et, enfin, son postiche poivre et sel.

Redevenu lui-même, il sortit de la ruelle au moment même où le premier camion de pompiers arrivait sur les lieux.

C'était fini. Il avait accompli sa mission, et interprété son rôle d'une manière presque parfaite. Le Dr Xander s'était volatilisé, tout comme le soldat irakien après le meurtre de Tess Olsen devant un parterre de fans en délire.

Je suis vraiment bon, se dit-il, la poitrine gonflée d'orgueil. Il aura fallu du temps, mais, aujourd'hui, je cartonne.

Quelques rues plus loin, une jeune femme l'attendait dans une voiture de sport bleue.

— Tu as été génial, lui dit-elle, radieuse, avant de lui faire la bise. Je suis tellement fière de nous.

28

— Alex, viens voir ça, c'est incroyable. C'est même complètement dingue. Regarde-moi ça.

Bree brandissait quelque chose dans une pochette à indices. Elle était là, avec Sampson, sur la scène de la grande salle du Kennedy Center. Une partie du plateau était calcinée et, sur le plancher, il n'y avait plus qu'une grosse tache noire à l'endroit où l'acteur Matthew Jay Walker avait brûlé vif devant un millier de spectateurs.

Avant même d'arriver, j'avais compris que nous avions affaire au type du Riverwalk. Sinon, pourquoi Bree m'aurait-elle appelé ?

— Montrez-lui la carte, lui dit Sampson. On l'a trouvée sous la trappe par laquelle il est monté sur scène. Apparemment, ce cinglé a trop regardé la télé dans les années 1990.

Je pris la pochette en grimaçant. Elle renfermait une sorte de carte postale faite maison. Une face noire, frappée d'un grand X vert électrique aux contours flous, comme si la lettre avait été frappée sur une vieille machine à écrire puis agrandie. Et au verso, en lettres découpées dans des magazines, façon demande de rançon, la phrase *La vérité est ailleurs*.

— *X Files*, murmura Bree, en me volant les mots de la bouche. « La vérité est ailleurs », c'est l'accroche de la série télé. On ne sait pas si ce meurtre s'inspire d'un épisode en particulier, mais on peut l'envisager.

— Le même tueur, dis-je. Ce ne peut être que lui.

— Il semblerait qu'il soit de race blanche, précisa Sampson. Pas tout jeune. Entre cinquante et soixante ans, voire plus.

Je désignai la scène.

— On a au moins une douzaine d'experts à notre disposition. Si quelqu'un peut reconnaître un maquillage, c'est bien un comédien. Mais nous voilà face à deux meurtres commis dans des contextes très précis, avec chaque fois une sorte de carte de visite laissée à notre intention.

— Les méthodes diffèrent, observa Bree. Il pourrait s'agir d'une coïncidence. Je n'affirme rien, mais c'est une éventualité. Il y a peut-être plusieurs auteurs ? Est-ce envisageable ?

— On a une signature commune, Bree. Des exécutions perpétrées au grand jour, devant un public. Peut-être devrait-on parler d'un tueur *showman*. Pour lui, c'est ce qui compte, le spectacle.

— Un *tueur* showman ? ricana Sampson. Le syndrome est répertorié dans le manuel de l'Association des psychiatres américains ?

Comme moi, comme beaucoup de flics, Sampson compensait la pression par l'humour.

Bree se passa la main dans les cheveux.

— Moi, je vous suis à cent pour cent, mais…

— Mais quoi ?

— Richter. Thor le Butor ne me laissera pas écarter la moindre hypothèse tant qu'on n'aura pas davantage d'éléments concrets.

— Même les hypothèses qui ne tiennent pas la route ? fis-je.

Pour moi, ces absurdités purement bureaucratiques avaient toujours été le lot du FBI, pas de la police de Washington. Les choses avaient bien changé depuis que j'avais rendu ma plaque. Ou peut-être était-ce moi qui avais changé…

Je soupirai bruyamment, regardai autour de moi.

— Bon, qu'avons-nous d'autre ?

29

Après cette éprouvante journée, j'avais fini par rentrer chez moi en emportant mes dossiers, alors qu'il ne s'agissait même pas de mon enquête. Pas encore.

Il était deux heures du matin, et j'avais étalé sur la table de la cuisine tous les éléments dont je disposais pour refaire mon profil. Le Showman, comme nous l'appelions désormais, m'obsédait. Kyle Craig aussi. Que me voulait ce salopard ? Pourquoi avoir repris contact avec moi ?

Voyant tout à coup de la lumière sous la porte de la chambre de Nana, je retournai instinctivement mes documents, comme si une manœuvre aussi grossière avait la moindre chance de leurrer une vieille chouette dans son genre…

Sa première question fut : « Tu as faim ? »

Elle ne me demandait plus depuis longtemps ce que je trafiquais au beau milieu de la nuit.

Quelques minutes plus tard, elle était déjà en train de faire griller deux sandwiches aux pommes et au fromage fondu – un demi pour elle, un et demi pour moi. J'ouvris une bière et je lui en versai un peu dans un verre à jus de fruit.

— Dis-moi, c'est quoi, ces pages que tu ne veux pas me montrer ? me demanda-t-elle, alors qu'elle me tournait encore le dos. S'agirait-il de ton testament, de tes dernières volontés ?

— Je suis censé trouver ça drôle ?

— Pas du tout, mon garçon. Ça n'a rien de drôle, c'est juste triste, extrêmement triste.

Elle posa les assiettes et s'assit en face de moi. Comme d'habitude.

— Il faut que je t'annonce quelque chose, lui dis-je, et je crois que tu ne vas pas aimer.

— Ça ne t'a jamais gêné, que je sache.

— Il y a déjà un moment que j'ai ouvert mon cabinet de psychologue. Ça m'a fait du bien, ce changement. La plupart du temps, j'adore.

Nana baissa la tête en gloussant.

— Oh, Alex. Je ne vais pas aimer, mais alors pas du tout. Peut-être qu'il vaudrait mieux que je remonte me coucher.

— Mais – enfin, disons plutôt : *et pourtant* – il y a quelque chose qui me manque.

— Hum. Tu m'étonnes. Qu'on te tire dessus et qu'on te loupe. Qu'on te tire dessus et qu'on te touche.

Je voyais mal ce qu'elle aurait pu faire pour me faciliter la tâche, mais, manifestement, elle n'essayait même pas.

— J'avais de bonnes raisons de ne plus travailler pour la police ou le FBI.

— Oui, effectivement, Alex. Trois bonnes raisons, en train de dormir à poings fermés à l'étage.

— Nana, j'ai toujours travaillé, mais jamais pour toucher un salaire. Mon boulot, qu'on le veuille ou non, fait partie de moi. Et, ces temps-ci, je ressens comme un manque. C'est comme ça.

— Je te mentirais en te disant que je ne l'ai pas remarqué, mais je vais te dire autre chose. Il y a plein d'autres choses qui manquent depuis un certain temps. Les coups de fil en pleine nuit, par exemple. Les heures passées à broyer du noir, en me demandant quand tu vas rentrer, *si* tu vas rentrer.

L'échange se poursuivit ainsi durant un certain temps, mais curieusement, au fil de la discussion, ma détermination ne cessait de se renforcer.

Finalement, je m'écartai de la table et m'essuyai les mains avec une serviette en papier.

— Tu sais quoi, Nana ? Je t'aime beaucoup. J'ai essayé de maintenir la paix, j'ai essayé d'aller dans ton sens, et quoi qu'on puisse en dire, ça ne marche pas. Je vais donc vivre ma vie comme je dois la vivre.

— Bon sang ! fit-elle en levant les bras. Qu'est-ce que tu entends par là ?

Je me levai, le cœur battant.

— Ce que j'entends par là, je te le dirai quand ce sera fait. Désolé, mais c'est tout ce que je peux te proposer pour l'instant. Bonne nuit.

Je rassemblai mes papiers et quittai la pièce.

Le rire de Nana me stoppa net. Au début, je n'entendis qu'un petit gloussement, qui n'avait toutefois rien d'anodin. Je me retournai, et quelque chose dans mon expression la fit se plier en deux. Je n'y comprenais plus rien.

— Quoi ?

Elle parvint à se reprendre et fit claquer ses mains sur la table.

— Devinez qui vient de revenir du royaume des morts ? Alex Cross.

30

La journée du lendemain s'annonçait calme. La routine, si tant est que ce mot ait un sens pour un enquêteur. Sampson et moi étions en train de quadriller le quartier du Kennedy Center quand Bree m'appela, dans l'après-midi.

— Si tu lâches immédiatement ce que tu es en train de faire pour me retrouver ici, tu ne le regretteras pas.

Pas bonjour ni au revoir…

Sampson dut remarquer mon désarroi.

— Que se passe-t-il ?

— Quelque chose. Je n'en sais pas plus. On fonce.

À notre arrivée, Bree était plantée devant un écran.

— Ne me dites pas qu'on est revenus ici pour faire des réussites sur ordinateur, bougonna Sampson.

— Devinez qui a un blog ? lui lança Bree. En fait, c'est une journaliste qui m'a mise sur le coup. Elle croyait que j'étais déjà au courant.

Elle recula son siège pour nous faire de la place.

Sur l'écran s'affichait une page d'accueil à la fois simple et impressionnante. Du texte blanc sur fond noir. Dans l'angle supérieur gauche, une image animée. Un téléviseur qui ne captait rien. Les mots MA RÉALITÉ en capitales blanches apparaissaient lentement, s'estompaient, puis réapparaissaient, comme un générique d'émission télé. En dessous, un menu proposait différentes options, baptisées « Canal 1 », « Canal 2 » et ainsi de suite jusqu'à huit.

Les ajouts au blog occupaient la majeure partie de la page. En tête, le plus récent était daté du jour même, à minuit trente, soit quatorze heures plus tôt. Il s'intitulait tout simplement : *Merci.*

La mort est plus universelle que la vie ; tout le monde meurt, alors que tout le monde ne vit pas. A. Sachs

Merci pour tous ces commentaires. Je suis vraiment ravi de lire les commentaires de tous ceux et celles qui apprécient ce que je fais. Je lis aussi les avis négatifs, mais ils me plaisent moins (sourire). À la plupart d'entre vous, je dis donc : continuez. Les autres, je leur conseille d'aller voir ailleurs.

Vous êtes plusieurs à me demander pourquoi je fais cela. Je le fais pour moi. Je vous le répète : je le fais pour moi. Ceux qui prétendent savoir ce que je vais faire ensuite sont des fantaisistes, car j'ignore moi-même ce que je ferai la prochaine fois. Ne vous laissez pas abuser par la police ! Les flics n'ont aucune idée de ce qu'ils doivent faire, parce qu'ils n'ont encore jamais eu à affronter quelqu'un comme moi. Tout ce qu'ils maîtrisent, ce sont les petites phrases qu'ils balancent à la presse. Montrez-vous sceptiques.

Je peux vous dire ceci : il va encore y avoir du nouveau. Et si ce fait vous réjouit, je peux aussi vous dire ceci : vous n'allez pas être déçus.

Continuez à profiter de la vie, enfoirés.

Bree fit défiler la page.

— Son journal remonte assez loin, mais il n'est pas toujours aussi orienté. Il lui arrive de parler de sa journée. De ce qu'il a mangé au déjeuner. Un peu de tout.

— Parle-t-il des meurtres ? voulus-je savoir.

— Toujours indirectement. Ce qu'il écrit ces jours-là se limite, en substance, à : « Je me suis bien amusé, ce soir », ou : « Avez-vous regardé les infos ? »

— Et ça ? demanda Sampson en effleurant, sur l'écran, le menu des chaînes.

— Ah, ça, vous allez aimer.

Bree cliqua sur « Canal », et une image de mauvaise définition apparut sur le petit téléviseur dans le coin. Je reconnus l'une des photos que quelqu'un, dans la salle, avait prises avec son téléphone portable au moment du meurtre de Matthew Jay Walker. Plusieurs chaînes de télévision les avaient déjà diffusées.

— Et puis il y a ça.

Bree cliqua à un autre endroit, ouvrant un fichier audio. Sur le petit écran apparut un oscillogramme vert transcrivant les hurlements d'une femme. Je reconnus immédiatement un enregistrement de la voix de Tess Olsen.

— C'est elle, dis-je.

— Sans le moindre doute ? demanda Sampson.

— Sans le moindre doute.

Bree avait répondu en même temps que moi. Nous avions si souvent visionné les images du meurtre de l'écrivain que les modulations de ses cris nous étaient familières, tel le refrain d'une chanson ignoble.

Cet enregistrement avait dû être effectué séparément, puisque nous avions retrouvé la cassette vidéo dans l'appartement. À lui seul, il aurait pu nous suffire à authentifier ce site Web.

— Avec un petit magnétophone de poche, facile, grommela Sampson que je sentais, malgré tout, impressionné. Tout cela est très sophistiqué, et, en même temps, il ne gaspille pas ses efforts. La mécanique est bien huilée.

— Sans quoi, il serait déjà sous les verrous, fit Bree en ajoutant, rageuse : Il sait qu'il est doué.

C'était la phase du match où la haine le disputait à l'admiration. Indéniablement, le tueur auquel nous avions affaire faisait preuve d'audace et de professionnalisme. Mais, au bout d'un moment, on finit par haïr ce genre de type, et même par se haïr soi-même, chaque jour où il est encore en liberté. Je crois que nous ressentions tous trois la même chose.

— Enfin, la bonne nouvelle, conclut-elle, c'est qu'il aime qu'on s'intéresse à lui.

— Je croyais que c'était la mauvaise nouvelle, s'étonna Sampson.

— Les deux, lançai-je.

Ils me regardèrent.

— Il va vouloir se montrer de plus en plus, et donc ses futures manifestations risquent d'être de plus en plus rapprochées. Mais arrivera un moment où sa confiance en lui l'emportera sur sa compétence et, là, il commettra l'erreur fatale. Forcément.

— Parce que tu l'as décidé ? me glissa Sampson, narquois.

— Exactement.

Je pris une feuille et j'en fis une boule de papier que j'expédiai dans la corbeille.

— Parce que je l'ai décidé.

DEUXIÈME PARTIE

Scandaleux !

31

L'avocat Mason Wainwright arriva à la prison à seize heures précises, comme d'habitude. Kyle Craig tenait à cette ponctualité. Cette visite différait toutefois des précédentes. Ce serait sa dernière rencontre avec Kyle, et l'événement lui inspirait à la fois une certaine tristesse et une grande joie.

Il portait son éternelle panoplie western version profession libérale, bottes et Stetson, veste en daim, lunettes à monture de corne, ceinture en peau de serpent. Dès qu'il pénétra dans le minuscule local, ils tombèrent dans les bras l'un de l'autre, comme chaque fois.

— Ah, les vertus de notre rituel… soupira Kyle.

— Tout est prêt, chuchota l'avocat contre sa joue. Ici, on ne nous filme pas, on est tout seuls. Comme vous le savez, Washington, c'est pour bientôt.

— Alors, donnons le coup d'envoi. Personne ne va y croire, personne. C'est absolument génial, Mason.

Les deux hommes se séparèrent et, immédiatement, se déshabillèrent. Ils se retrouvèrent en caleçon. Celui de Kyle, fourni par l'administration pénitentiaire, était blanc cassé, maculé de taches jaunes.

— Ce n'est pas de la pisse, expliqua le détenu. Ils crament tout, à la blanchisserie.

— Ça, ce sont vraiment des traces de pisse, fit Wainwright, rigolard, en désignant son propre caleçon. C'est dire si j'ai la trouille.

— Je vous comprends.

L'avocat ouvrit sa mallette et détacha de la partie supérieure ce qui ressemblait à de la chair fondue. Il s'agissait en fait d'une prothèse faite sur mesure, un masque facial mis au point, à l'origine, pour les victimes de brûlures et de cancers de la peau, et utilisé depuis dans certains films à gros budget comme *Mission : Impossible*. Il était en silicone, et chaque détail avait été peint à la main par un costumier renommé de Los Angeles.

Il y avait deux masques. L'un représentait Mason Wainwright, et l'autre Kyle Craig.

Lorsqu'ils eurent fini de les ajuster, Kyle dit à son avocat :

— Vous êtes très bien. C'est excellent. Et le mien ? De quoi ai-je l'air ?

— Mon portrait craché, sourit Wainwright. Je crois que je suis gagnant, dans l'affaire.

Puis Kyle, soucieux de ne rien laisser au hasard, demanda :

— Y a-t-il des problèmes propres à ces masques ?

— D'après ce que l'on m'a dit, ces prothèses n'ont qu'un défaut. La ressemblance est parfaite, mais on ne peut pas battre des paupières.

— C'est bon à savoir. Finissons de nous habiller.

Kyle enfila l'accoutrement de son avocat sans perdre de temps. Le gardien pouvait surgir à tout moment, même si d'ordinaire il n'intervenait pas pendant l'entretien du détenu avec son défenseur, car la loi le lui interdisait.

Mason Wainwright avait pris soin de venir avec des vêtements un peu trop petits, et il en allait de même pour son célèbre chapeau de cowboy. Pour les bottes, il avait prévu des talonnettes de cinq centimètres.

Kyle faisait maintenant près d'un mètre quatre-vingt-dix, soit presque la taille de l'avocat.

Ce dernier, dans sa combinaison de détenu, était encore un peu plus grand que lui, mais il marcherait en traînant les pieds, le dos voûté, comme tous les prisonniers, et ce détail passerait donc inaperçu. Tous deux étaient prêts, à présent, mais ils avaient prévu de rester ensemble jusqu'à la fin de l'heure, comme chaque fois. Il fallait absolument respecter le rituel.

— Voulez-vous me poser vos questions, les huit questions ? demanda l'avocat. Ou préférez-vous que ce soit moi qui les pose ?

Kyle lui posa les questions habituelles, puis ils se turent. Kyle Craig semblait presque en transe, mais, en réalité, il était plongé dans ses réflexions, dans ses projets.

À une ou deux minutes de la fin, Kyle l'avocat se leva.

Mason Wainwright le détenu se leva à son tour.

Kyle ouvrit les bras, et Mason Wainwright l'étreignit chaleureusement.

— En votre honneur, chuchota Wainwright. Je suis navré que tout cela ait été aussi long.

— Tout chef-d'œuvre exige du temps, lui répondit Kyle Craig.

32

Légèrement tassé sur sa chaise, Mason Wainwright contemplait le sol quand le gardien ouvrit la porte de la petite pièce.

— On y va, Craig. La récré est finie. Tu retournes à ta suite présidentielle.

Mason acquiesça en marmonnant et précéda le porte-clés acariâtre. Il avançait les épaules voûtées et le pas traînant, comme s'il était bel et bien dans le couloir de la mort. *Il faut juste que tu évites de battre des paupières*, se répétait-il.

C'était l'instant crucial, celui où tout pouvait s'écrouler en l'espace de quelques minutes. Son rôle n'avait pourtant rien de compliqué : il lui suffisait de rester calme, de ne rien dire, de baisser la tête. Sauf si le gardien remarquait un changement, une erreur. L'avocat avait soigneusement étudié, des mois durant, la gestuelle de Kyle Craig, tous ses tics, et il était intimement persuadé d'être au point. Il n'en aurait toutefois la certitude que quand ce serait terminé, pas avant.

Il sentit soudain la pointe de la matraque du gardien dans son dos. Oh, non, pas ça !

Manifestement, il avait commis une erreur. Laquelle ? Quel était le détail qu'il avait négligé et qui venait de saboter le plan d'évasion échafaudé par Kyle Craig depuis son arrivée dans cette prison de très haute sécurité ? Ou même avant, puisque le Cerveau semblait capable de tout anticiper.

— Par ici, le Cerveau.

Le gardien eut un rire moqueur.

— Le petit génie ne trouve même plus sa cellule ? Allez, on se dépêche ! J'ai des procès à regarder à la télé, moi.

L'avocat ne se retourna pas. Il s'abstint de toute réaction, s'engagea en trottinant dans le couloir indiqué.

Par chance, tout se passa normalement jusqu'à la cellule de Kyle Craig. Le gardien claqua la porte, et Wainwright se retrouva seul. Il avait réussi !

Et là, enfin, il leva la tête et regarda autour de lui. C'était donc ici, c'était donc ainsi que le Cerveau avait vécu ces dernières années. Quelle infamie, quelle tristesse ! Un esprit aussi brillant confiné dans ce réduit, sans stimulations dignes de ce nom ! Un homme comme Kyle Craig, soumis à tous les besoins et caprices de geôliers bestiaux et d'administrateurs vaguement demeurés.

— *En votre honneur*, murmura encore une fois l'avocat.

Et il se prépara à suivre le reste des instructions de Kyle Craig.

L'avocat inspecta la minuscule cellule de béton brut. Le lit, le bureau, le tabouret et la table de chevet étaient vissés au sol, par mesure de sécurité. La chasse d'eau des toilettes se coupait automatiquement afin d'empêcher toute inondation. Kyle avait « gagné » un téléviseur noir et blanc, qui ne diffusait que des programmes de « développement personnel » et des émissions religieuses. Qui pouvait avoir envie de regarder ça ?

Mason Wainwright sentit la claustrophobie le gagner. Difficile de ne pas perdre la raison dans un pareil trou à rat, se dit-il. Puis il songea, amusé, que, pour beaucoup, il avait déjà basculé dans la folie depuis longtemps, bien avant de devenir l'un des disciples du Cerveau.

Quand le gardien vint faire son tour de ronde juste avant le repas de dix-huit heures, il n'en crut pas ses yeux. Il appuya immédiatement sur le bouton du boîtier d'alerte qu'il portait à la ceinture, et attendit ses collègues, qui arrivèrent au pas de course. Ils le trouvèrent le regard toujours fixé sur l'intérieur de la cellule.

Kyle Craig s'était pendu !

33

Le soleil brillait dans les yeux de Kyle Craig, et c'était un vrai bonheur. Imaginez un peu, le soleil ! Au volant du coupé Jaguar de Mason Wainwright, légèrement au-dessus de la vitesse autorisée, il se rendit dans la banlieue de Denver où un luxueux 4x4 Mercedes l'attendait, sur le parking d'un centre commercial. Puissance et confort, voilà qui lui convenait mieux. Et personne ne rechercherait cette Mercedes.

Kyle Craig avait des sceptiques à confondre et à agacer.

Des admirateurs à satisfaire.

Des promesses à tenir, des promesses écrites en lettres de sang, des promesses immortalisées dans les très sérieuses pages du *Washington Post* et du *New York Times*.

Eh oui, il reverrait le soleil, et bien d'autres choses encore.

Il allait se rendre à Washington, mais envisageait de s'accorder quelques détours, histoire de rendre visite à quelques-uns de ses ennemis et, avec un peu de chance, les tuer à domicile.

Il allait se refaire un nom, et savait déjà comment. Il avait tout calculé.

Sans rien noter. Tout était gravé dans sa tête.

— Mais, regardez-moi ce soleil ! s'exclama-t-il.

34

J'étais à la maison et j'avais dîné tard avec Nana et les enfants quand le téléphone se mit à sonner, à nous vriller les tympans. Nous étions presque tous à la cuisine en train de débarrasser. Autrement dit, Damon, Jannie et moi nous occupions de tout, Ali surveillait les travaux et Nana, elle, lisait ses quotidiens préférés, le *Washington Post* et *USA Today*, dans le salon.

C'était aussi le soir de sa série fétiche, *Grey's Anatomy*. Elle l'adorait surtout parce que la distribution comprenait trois personnages à la fois noirs, crédibles et intelligents, ce qui, m'assurait-elle, était une première à la télévision. *Grey's Anatomy* nous mettait d'accord, en tout cas. Nous ne manquions jamais un épisode de cette série médicale culte, et regrettions rarement notre fidélité.

Jannie décrocha et découvrit, dépitée, que l'appel ne lui était pas destiné.

— C'est pour toi, papa.

— Quelle surprise ! fis-je. J'en suis bouleversé.

— Ne t'excite pas, papa, répliqua Jannie. Ce n'est pas une fille, ce n'est pas Bree.

Je ne savais pas trop à quoi m'attendre, mais certainement pas à ce qui allait suivre.

— Alex, c'est Hal Brady.

Brady, un vieux copain, était le patron de tous les enquêteurs du MDP – la police de Washington –, y compris Thor Richter. Un coup de fil à mon domicile, à une heure aussi tardive, ça n'était pas bon signe.

— Bonsoir, chef, balbutiai-je avant d'ajouter, soudainement inquiet : Ce n'est pas au sujet de Bree, dites-moi ?

— Non, non, Bree va bien. En fait, elle est au bureau avec moi en ce moment. Je vous la passerai dans une minute. Alex, si je vous appelle, c'est parce que Kyle s'est échappé de l'ADX Florence aujourd'hui. On est encore en train de déterminer de quelle manière il a procédé, mais cela ne présage rien de bon, ni pour vous ni pour nous. Il est en cavale, et on n'a pas la moindre idée de l'endroit où il a pu aller.

Je n'eus pas une seconde d'hésitation.

— Il faut que vous me rendiez un service. Un service important.

Je m'étais déjà rendu deux ou trois fois à la prison de très haute sécurité de Florence depuis que Kyle Craig y avait été incarcéré. Durant le vol, je pris quelques notes en m'inspirant des documents que j'avais glanés au fil des ans, et certains des incidents qui nous avaient opposés me revinrent à l'esprit. Kyle avait jadis été mon ami, ou du moins l'avais-je cru. Il avait réussi à tromper beaucoup de monde et, moi, je me laisse toujours avoir par les types qui donnent l'illusion de vivre honnêtement.

Les mots s'alignaient sur mon calepin.

```
    S'attend à ce qu'on reconnaisse sa
supériorité, sentiment d'importance extra-
ordinaire, narcissique à l'extrême.
    Manipulateur, réfléchi, complexe.
    Charme superficiel, déployé à la de-
mande.
    Rivalité dans la fratrie (il a sans
doute tué l'un de ses frères).
    A subi de graves sévices physiques et
psychiques de la part de son père. Selon
ses dires.
    Études de droit à Duke. Meilleur de sa
classe. Impression de facilité.
    QI entre 145 et 155.
    Amoral.
    Père : William Hyland Craig, ancien
général de l'armée de terre, prési-
dent de deux sociétés figurant dans
```

le classement Fortune 500, aujourd'hui décédé.

Mère : Miriam, vit toujours à Char-lotte.

Ancien directeur exécutif du FBI, a fait ses classes à Quantico, y a entraîné de nouveaux agents.

Fort esprit de compétition, et surtout avec moi.

Il était presque midi lorsque j'arrivai à Florence, Colorado, le lendemain de l'évasion de Kyle. À la prison de très haute sécurité, la vie semblait suivre son cours habituel. Après avoir interrogé pendant une heure deux gardiens qui connaissaient particulièrement bien Kyle Craig, je rencontrai Richard Krock, le directeur de l'établissement, visiblement plus choqué que nous tous que quelqu'un eût pu s'évader de sa prison high-tech.

— Comme vous le savez, me dit-il, l'avocat de Craig s'est laissé enfermer dans la cellule en se faisant passer pour son client grâce à un masque en silicone, puis il s'est pendu. Ce que vous ne savez pas, c'est que ses premières visites ont été filmées. Voudriez-vous voir les enregistrements ?

Et comment...

Dans les heures qui suivirent, je visionnai sans relâche les enregistrements des premiers rendez-vous entre Kyle et Mason Wainwright. L'avocat avait attendu la troisième semaine pour exiger la confidentialité des entretiens avec son client, comme la loi l'y autorisait. Curieux. Parce que Kyle tenait à nous montrer quelque chose ? Ou était-ce une volonté de Wainwright ?

Qu'y avait-il à voir, d'ailleurs ? Les enregistrements étaient en tous points similaires.

Wainwright entrait dans la salle de visite, vêtu d'un accoutrement qui l'avait sans aucun doute aidé à organiser l'évasion de son client : des bottes et un chapeau de cowboy, une veste en daim et des lunettes à montures de corne qui juraient avec tout le reste.

Aussitôt, Kyle et lui se donnaient l'accolade, et Craig en profitait pour chuchoter quelque chose que le micro ne captait pas.

Puis Kyle lui posait huit questions – toujours les mêmes, à peu de choses près.

S'agissait-il d'un code ? D'un jeu ? Ou étaient-ils tous les deux fous, simplement fous ? Difficile à dire, à ce stade. Tout ce que je pouvais affirmer, c'était que Kyle Craig était la première personne à s'être évadée de l'ADX Florence. Le Cerveau avait réussi l'impossible.

L'entretien terminé, les deux hommes se donnaient de nouveau l'accolade et, cette fois-ci, c'était Wainwright qui soufflait à son client quelques mots inaudibles. Était-ce ainsi qu'ils échangeaient des informations, sous l'œil des caméras ou non ?

Cette hypothèse me semblait crédible. Nous finirions bien par tout savoir…

Je me rendis ensuite dans la cellule de Kyle. Que pouvais-je y trouver ? Elle était quasi vide. Les détenus de l'ADX n'avaient droit qu'à quelques objets personnels. La petite pièce était propre et bien rangée, à l'image de son occupant.

C'est alors que je vis le message laissé par Kyle.

Une carte de vœux ouverte sur la petite table de chevet, près du lit.

Une carte Hallmark vierge, comme celles que j'avais découvertes dans l'appartement de Tess Olsen.

Quelques instants plus tard, j'étais dans le bureau du directeur, impatient d'obtenir la réponse aux questions qui commençaient à me trotter dans la tête.

— A-t-il eu des visites ? demandai-je à Krock. Hormis celles de son avocat, bien sûr, même si nous ignorons la nature exacte de ses rapports avec Craig. A-t-il eu d'autres visites ? Quelqu'un est-il venu le voir à plusieurs reprises ?

Le directeur n'eut nul besoin de consulter ses archives pour répondre.

— La première année, un journaliste du *Los Angeles Times* du nom de Joseph Wizan voulait absolument le rencontrer, mais Craig a toujours refusé de le voir. D'autres ont contacté Craig par l'intermédiaire de mon bureau, mais aucun d'entre eux n'a fait le déplacement : il disait non chaque fois. La seule personne qui lui ait rendu visite, et cela remonte à quelques mois à peine, c'est Tess Olsen. Vous savez, cette femme qui écrivait des polars et qui a été tuée à Washington il n'y a pas longtemps ? Kyle nous a étonnés. Il a accepté de la rencontrer. Elle est venue ici trois fois. Elle voulait écrire un bouquin sur lui, le nouveau *De sang froid*, à l'entendre.

— Vous lui avez donc parlé ?

— Oui, systématiquement. La première fois, on a dû discuter une bonne demi-heure.

— Comment l'avez-vous trouvée ? Quelle impression vous a-t-elle faite ?

Le directeur dodelina de la tête, comme s'il pesait ses mots. Puis, enfin, il lâcha :

— On aurait dit l'une de ses fans. Pour ne rien vous cacher, je me suis demandé s'il n'y avait pas eu quelque chose entre eux avant qu'il ne se fasse arrêter.

37

Je pris un vol pour Washington tôt le lendemain matin. J'avais déjà communiqué l'info concernant la carte de vœux dans la cellule de Kyle, l'hypothèse d'une liaison entre lui et Tess Olsen, voire de contacts avec le tueur de Washington. Mais, moi, ce qui me préoccupait le plus, c'était ce que Kyle pouvait être en train de manigancer.

Bree avait réuni une petite équipe scientifique pour analyser le blog du tueur exhibitionniste. La cyberbrigade du FBI avait détaché l'un de ses hommes, Brian Kitzmiller, ravi de nous prêter main-forte. Notre enquête avait déjà attiré son attention.

Bree demanda à Kitzmiller de venir la voir dès qu'il aurait eu l'occasion de jeter un coup d'œil sur le blog. Kitzmiller lui demanda quatre heures, autrement dit il était rapide.

Il était presque quinze heures quand nous débarquâmes au Hoover Building, le siège du FBI. Je connaissais bien les lieux. Je n'avais pas eu souvent l'occasion de travailler avec la cyberbrigade et je n'avais jamais rencontré Kitzmiller, mais j'avais entendu parler de lui. On disait qu'il n'avait pas son pareil pour résoudre une énigme.

— Entrez.

Même assis devant un écran, je le devinais grand et dégingandé. Et jamais je n'avais vu des cheveux d'un orange aussi vif.

Cette unité, au premier, quelques étages à peine au-dessous de mon ancien bureau, était très basse de plafond. Tout le monde y travaillait dans de larges boxes, dos au centre de la salle qui était occupé par une immense table de conférence octogonale jonchée de dossiers, de documents et d'ordinateurs portables. Apparemment, ici, on ne se tournait pas les pouces ; c'était plutôt bon signe.

Une cloison de verre séparait l'espace du couloir et de ses incessantes allées et venues.

Bree, Sampson et moi prîmes des chaises pour nous regrouper autour de Kitzmiller. Le type devait avoir mon âge, et il était du genre sportif, mais ces cheveux… J'en avais presque mal aux yeux.

— J'ai du mal à trouver la source des enregistrements audio, nous expliqua-t-il, mais j'ai comparé les cris sur ce que le blogueur appelle « Canal 2 » et ceux de la cassette VHS de la scène de crime, et en gros, ils concordent. Cela dit, on ne peut pas vraiment assimiler ça à un indice matériel qui relierait le blog et le tueur. Dans l'absolu, n'importe qui pourrait avoir diffusé ça.

— Vous voulez dire : si quelqu'un d'autre a eu accès à l'enregistrement, intervins-je. Nous sommes tous bien d'accord sur le fait qu'il s'agit de l'enregistrement original ?

— Absolument. Donc nous avons affaire soit à votre suspect, soit à une personne ayant eu accès au document par l'intermédiaire du suspect. C'est difficile à déterminer pour l'instant.

— Concentrons-nous sur une chose à la fois, fit Bree. Au téléphone, vous m'avez dit que le blog était diffusé depuis l'université de Georgetown, c'est bien ça ?

— Enfin, *via* Georgetown, en tout cas. C'est là le principal problème que j'entrevois, Bree. L'auteur du blog a fait en sorte de ne pas laisser de traces.

— Un serveur proxy ? suggéra Sampson, dont les connaissances dans certains domaines très précis me surprenaient toujours.

Le sourire de Kitzmiller lui laissa croire, un bref instant, qu'il avait vu juste.

— Négatif. En fait, c'est pire. Il s'est servi d'un serveur proxy ouvert. Pour ce genre de manip', les facs sont notoirement l'endroit idéal. N'importe quel charlot peut s'en servir comme relais depuis son adresse IP, n'importe où dans le monde, et hop, impossible de remonter jusqu'à lui. On peut localiser le serveur, mais on ne peut pas identifier l'auteur du site.

— Vous n'avez pas la moindre piste ? demanda Bree. Nous avons vraiment besoin de votre aide.

— Je comprends votre contrariété, inspecteur. Le mieux, à mon avis, serait que vous vous plongiez totalement là-dedans. Sautez à l'eau avec moi. C'est un plongeon en eaux profondes, mais, au moins, vous serez de la partie. Et croyez-moi, il y a des tonnes de détritus qui circulent sur le Web. Vous risquez de faire des découvertes étonnantes.

— Honnêtement, je ne connais strictement rien aux méthodes d'investigation dans le cyberespace, avoua Bree.

— Ce n'est pas nécessaire. Je ne vous parle pas de trouver des mots de passe ou de cracker des codes. Je vous parle d'une immense communauté à passer au crible, la blogosphère.

— La blogosphère ?

Pour illustrer ses propos, Kitzmiller ouvrit sur son écran plusieurs fenêtres qui se superposèrent.

— Pour commencer, il y a tous les gens qui ont répondu au premier blog. Le site MA RÉALITÉ, par exemple, n'est déjà plus actif, mais près d'une quarantaine d'internautes ont réagi à un ou plusieurs articles. C'est un bon début. Vous vous souvenez de cette vieille pub pour un shampoing ? « Parlez-en à deux amis, ils en parleront à deux amis », et ainsi de suite ? C'est un peu la même chose. Quelques personnes vont lire ça, vont en parler sur leurs propres blogs, et le phénomène s'amplifie. Idem pour les salons de discussion.

» Ajoutez à cela le fait que notre tueur, apparemment, aime se trouver sous le feu des projecteurs. Il y a une bonne chance pour que, d'une manière ou d'une autre, il continue à faire partie de la communauté. Les gens se croisent. Si vous trouvez la bonne intersection, vous réussirez peut-être à résoudre l'affaire, à mettre la main sur le coupable et à entrer dans la légende des grands flics.

— Ça fait beaucoup de *si*, maugréa Bree. Je n'aime ni les *si* ni les *peut-être*.

Depuis des années, le cyberespace faisait figure de nouvelle frontière pour les forces de l'ordre. J'allais enfin m'y frotter sérieusement...

À titre d'exemple, Kitzmiller lança une recherche de blogs sur Google avec, pour mots-clés, *tueur* et *show*. Une page entière de réponses s'afficha immédiatement.

— Impressionnant ! s'exclama Bree. Enfin c'est plutôt déprimant quand on y pense... C'est un vrai monceau d'ordures.

— Putain, mais c'est un véritable déluge, renchérit Sampson.

— Vous remarquerez que sur son propre site il n'utilise pas la même association de mots que nous. C'est sans doute pour cela que vous ne l'avez pas repéré plus tôt. Il n'empêche qu'actuellement on a déjà plus de quatre-vingts pages qui le mentionnent, et deux entièrement consacrées au sujet. Alors qu'il n'a encore, à notre connaissance, que deux meurtres à son actif.

Une question me vint à l'esprit.

— Le fait qu'il veuille qu'on s'intéresse à lui accélère-t-il le processus ?

— Oui, bien sûr. Sur Internet, il y a tout un public friand de ce genre de choses. La plupart des personnes interrogées vont vous répondre qu'elles trouvent ces meurtres révoltants, et je ne doute pas qu'elles soient généralement sincères. En fait, dans le lectorat, on trouve un mélange de gens qui liront ces pages dans le but de comprendre, voire de faire avancer l'enquête, de gens qui aimeraient en savoir plus, mais peut-être pour de mauvaises raisons, et enfin de gens que ces horreurs excitent. Ce type est en train de réaliser leur rêve. Aucun tueur en activité n'a jamais été aussi facile à joindre.

Tout en réfléchissant, Bree murmura :

— Autrement dit… il se sert des autres, qui vont l'aider à devenir ce qu'il rêve d'être.

Kitzmiller acquiesça et ouvrit une autre fenêtre. C'était la page d'accueil du site du fan club « officiel » de Jeffrey Dahmer, le cannibale de Milwaukee.

— Entre la peste et le choléra, vous avez le choix. Il veut être Dahmer, ou il veut être Ted Bundy, ou il veut être le tueur du Zodiaque.

— Non, rectifiai-je, il veut devenir beaucoup plus célèbre. Je crois qu'il veut surpasser tous les autres.

Y compris Kyle Craig ? Le rapprochement était inévitable. Quel était le rôle de Kyle dans tout ça ?

38

Non seulement cette enquête mettait mes nerfs à rude épreuve, mais elle me privait également de Bree. Cette semaine-là, craignant de manquer de concentration pendant mes consultations, je décidai de tout enregistrer. Juste au cas où, par précaution.

Anthony Demao, le vétéran de Tempête du Désert, s'était pour la première fois décidé à parler longuement de ce qu'il avait vécu au combat. Ma pause-déjeuner me laissa le temps de réécouter plusieurs fois la séance. Je revoyais Anthony comme s'il était encore devant moi, le physique un peu rustique mais avantageux, en bonne forme et, curieusement, toujours très calme.

« On n'avait pas assez de soutien au sol. Notre commandant s'en foutait totalement. Tout ce qui l'intéressait, c'était notre mission. »

« Depuis combien de temps étiez-vous là ? »

Silence. Puis : « Les attaques ont commencé à la fin du mois. Ça devait donc faire environ deux semaines. »

J'étais de plus en plus persuadé que le traumatisme qu'Anthony avait subi durant sa campagne en Irak était susceptible d'expliquer ses problèmes actuels. Peut-être s'agissait-il même d'un incident refoulé. Il ne fallait pas que je le bouscule, mais je sentais qu'il allait bientôt lâcher le traitement, surtout s'il avait le sentiment que nous ne progressions pas suffisamment.

« Je me suis renseigné, lui dis-je. Vous étiez dans la 24e division d'infanterie, c'est ça ? Et c'était juste avant qu'on vous envoie sur Bassora. »

« Comment savez-vous ça ? »

« Ça relève de l'histoire, et vous faites partie de l'histoire. Ces informations sont assez faciles à trouver, Anthony. Y a-t-il quelque chose qui s'est passé là-bas et dont vous ne voulez pas parler ? Ni à moi… ni à qui que ce soit d'autre ? »

« Peut-être. Sûrement un truc sur lequel je n'ai pas trop envie de m'étendre. Mais, vous savez, je n'en veux à personne. »

Il parlait maintenant plus vite, de manière hachée, comme s'il était pressé d'en finir.

« À quoi faites-vous allusion ? »

« À tout ce foutoir. Je me suis engagé, vous savez. C'est moi qui ai voulu y aller. »

J'attends, mais il ne m'en dit pas plus.

« Ce sera tout pour le moment, soupire-t-il enfin. Puis il ajoute : C'était un peu trop, et trop tôt. La prochaine fois. Il faut que j'y aille doucement, docteur. Désolé. »

J'arrêtai la bande et je me renfonçai dans mon fauteuil, songeur. Je savais que cet homme était en train de perdre pied, même s'il bénéficiait d'un logement social. Encore un mois ou deux de chômage et il risquait d'avoir de sérieuses difficultés. Tous les jours, des gens comme Anthony Demao finissaient par sombrer…

Je me frottai les yeux, me servis une autre tasse de café. J'avais beaucoup de choses en tête, trop sans doute. J'attendais encore un patient et un peu plus tard, dans l'après-midi, j'avais rendez-vous au QG de la police.

Pour une réunion de première importance.

39

L'heure était venue de tirer profit de ma réputation et de mes lauriers, chose que je n'avais encore jamais faite. Je savais que le préfet de police, Terrence Hoover, me recevrait à ma demande, surtout si j'en parlais avant au chef des enquêteurs. J'avais davantage de doutes, en revanche, quant à son adhésion à l'idée ridicule que je m'apprêtais à lui soumettre. Nous verrions bien.

— Alex, entrez donc et asseyez-vous, me dit-il dès qu'il m'aperçut. Il y a longtemps que je n'avais pas eu de vos nouvelles.

Il me serra la main. Enfin, disons plutôt qu'il tenta de la broyer.

Il y avait, derrière lui, une photo où on le voyait disputant un tournoi de lutte à l'Université du Maryland. Ceci expliquait cela.

— Je vous remercie de me recevoir. Comme vous vous en doutez, je suis là pour une raison bien précise.

Hoover sourit.

— Bon, d'accord, on laisse tomber les bavardages et les politesses d'usage. Que voulez-vous, Alex ?

— Rien de bien compliqué. Un job.

Je vis ses paupières battre, son double menton s'affaisser.

— Un job ? Ça, pour une surprise ! Je croyais que vous veniez me demander quelque chose et, en fait, c'est vous qui venez me proposer quelque chose.

Je n'aurais pas pu espérer mieux.

— Je vous remercie. Je vais donc vous en dire un peu plus.

— Allez-y, je suis impatient d'entendre la suite.

C'était parti.

— On entend souvent des flics dire qu'ils veulent faire changer les choses. Je crois déjà être capable de faire plus de bien que de mal, et c'est un objectif raisonnable. Je voudrais réintégrer la police, mais de manière limitée. J'aimerais travailler avec la section criminelle, mais avec mes propres horaires, et en choisissant mes missions. J'interviens déjà en qualité de consultant dans les enquêtes sur les meurtres du Kennedy Center et de Connecticut Avenue, et, si vous n'y voyez pas d'inconvénient, cela me permettrait de revenir en douceur. Je connais l'équipe, et je pense pouvoir lui être utile.

Le rire de Hoover résonna dans la pièce.

— J'ai déjà entendu de beaux discours, ici, mais vous, vous faites très fort.

Il pointa le doigt sur moi.

— Vous savez que vous pouvez vous permettre d'être arrogant parce que vous savez parfaitement que je dirai oui.

— Non, je voulais juste vous soumettre ma proposition. Je n'ai rien à perdre.

Il se leva. Je fis de même.

— Bon, la réponse est oui. Je vais demander à Arlene d'appeler le recrutement, et j'en parlerai directement au surintendant. On trouvera une solution.

Je savais que le surintendant Ramon Davies, le chef des enquêteurs, serait mon patron au MCS. Thor Richter était sous ses ordres ; si je parvenais à lui faire retirer la direction de l'enquête, nous pourrions avoir les coudées franches.

— Je crois que j'ai joué toutes mes cartes, conclus-je en serrant la main de Terrence Hoover.

— Votre aide nous sera précieuse dans cette enquête, me dit-il. Il paraît qu'on appelle votre homme le « tueur *showman* » ?

Étant donné que j'étais l'auteur de ce surnom, je faillis sourire, mais parvins à m'abstenir.

— Le « tueur *showman* » ? Je crois que ça le décrit bien.

40

Je devais rejoindre Bree et Sampson le soir même au Daly Building. On m'y avait déjà attribué un bureau qui ferait aussi office de PC de crise pour l'affaire du Showman. Nous allions nous retrouver entassés à trois là-dedans, façon chambrée d'étudiants…

Je n'avais encore jamais travaillé de cette manière, dans un tel esprit de coopération. Personne ne remettait en cause le rôle de l'autre, personne ne discutait sa façon d'envisager la mission. Seule comptait l'enquête. Et, bien sûr, la proximité des longues jambes de Bree, de certaines autres parties de son corps, de son petit air coquin, etc.

À mon arrivée, elle était en train de chercher quelque chose dans un tiroir et Sampson, debout derrière elle, regardait par-dessus son épaule un dossier posé sur le bureau.

— Jette un coup d'œil là-dessus.

Il tenait à la main une photo d'identité judiciaire.

— Je te présente Ashton Cooley.

— Quelle est sa spécialité ? demandai-je tout en essayant de déchiffrer le document posé sur le bureau, que je voyais à l'envers.

— Ashton, c'est son pseudo d'acteur, expliqua Sampson. Il voulait le rôle principal de la pièce de SF du Kennedy Center, mais il ne l'a pas eu. C'est Matthew Jay Walker qui a été choisi. Les producteurs ont préféré la grande star hollywoodienne à l'enfant du pays. Toujours la même histoire.

— Il y a de quoi péter les plombs, non ? fit Bree. Moi, je trouve.

Je pris la photo. C'était un homme de race blanche, aux cheveux châtains foncés, qui faisait un peu la moue. Je lui donnais un peu moins de trente ans.

— Je suis sûr que beaucoup d'acteurs auraient aimé décrocher ce rôle, dis-je. La pièce avait une chance d'être montée à Broadway.

— D'accord, rétorqua Sampson, mais combien sont-ils à avoir déjà été suspectés dans une affaire de meurtre ?

41

Sampson enquêtait déjà sur un autre meurtre dans une cité. Je me rendis donc chez Cooley en compagnie de Bree, qui prit le volant. Pour gagner du temps, nous coupâmes par Massachusetts Avenue, puis la 16ᵉ Rue, avant d'arriver à Mount Pleasant. C'était ici qu'avaient fait rage les émeutes de 1991, déclenchées par des accusations de racisme anti-hispanique chez les flics noirs.

En chemin, j'eus le temps de feuilleter le dossier de Cooley, qui avait été – et était toujours, d'un point de vue légal – le principal suspect dans une affaire de meurtre. L'une de ses amies, Amanda Diaz, avait été tuée par balles deux ans plus tôt. Faute de preuves, le procureur avait dû abandonner les poursuites, mais, apparemment, il s'en était fallu de peu.

Cooley occupait toujours l'appartement où s'était déroulé le drame. Ce ne devait pas être un grand sentimental.

Il vivait au premier étage d'un immeuble qui n'avait pas été réhabilité, juste au-dessus d'une épicerie spécialisée dans les produits d'Amérique centrale. Nous empruntâmes l'escalier. Tout au bout du couloir au sol carrelé, une vitre translucide dispensait un semblant de lumière.

Il y avait trois portes blindées.

Nous frappâmes à celle du milieu et attendîmes.

— Oui, c'est qui ? Je suis occupé.

— Monsieur Cooley, je suis l'inspecteur Cross, accompagné de l'inspecteur Stone, de la police de Washington.

À ma grande surprise, la porte s'ouvrit aussitôt et Cooley s'empressa de nous faire entrer.

— Venez, venez.

Bree se gratta l'oreille et me lança un regard.

— Vous craignez qu'on voie la police devant votre porte ? demanda-t-elle.

— Au contraire, c'est un tel plaisir chaque fois ! Si vous me permettez, j'ai gardé un assez mauvais souvenir des derniers flics qui sont venus à ma porte.

Nous le suivîmes dans un étroit couloir. À gauche, il y avait deux portes fermées. À droite, le mur lépreux s'ornait d'une rangée de portraits encadrés. Les copines comédiennes de Cooley, peut-être. J'aurais aimé savoir si celui de la fille assassinée figurait dans le lot.

— Pouvons-nous nous asseoir ? demanda Bree.

Il ne bougea pas d'un centimètre.

— J'aimerais mieux pas. Que voulez-vous ? Je vous ai dit que j'étais occupé.

Cooley était à deux doigts de constater que je suis beaucoup moins sympa quand je perds patience.

— Nous avons quelques questions à vous poser. Pour commencer, pouvez-vous nous dire où vous étiez il y a une quinzaine de jours, le samedi ?

— Bon, d'accord.

Il se dirigea vers la pièce du fond.

— On va s'asseoir. Ce samedi-là, j'étais ici. Je ne suis pas sorti de chez moi.

Dans le séjour, Bree resta debout. Je pris place face à Cooley sur un tabouret de bar légèrement branlant. Un fauteuil relax antédiluvien, une table basse, un ensemble home cinéma de qualité moyenne et un autre tabouret complétaient l'ameublement.

— Depuis combien de temps habitez-vous ici ? lui demandai-je.

— Depuis que j'ai gagné le gros lot.

Il nous toisait, impassible. Bree prit le relais.

— Monsieur Cooley, est-ce que quelqu'un pourrait confirmer votre présence à votre domicile ce soir-là ?

Il se renfonça dans son fauteuil hors d'âge.

— Ouais. Demandez donc aux charmantes jeunes femmes du 0-800-JE-T'EMMERDE.

En deux pas, elle fut sur lui. Elle leva la poignée latérale de son La-Z-Boy et il se retrouva à l'horizontale. Elle se pencha, le regarda droit dans les yeux.

— Ce n'est pas drôle, connard. Tu ne me fais pas rire du tout. Maintenant tu nous réponds, et tu nous épargnes tes réflexions. Je n'ai aucun sens de l'humour, ces jours-ci.

Moi, je ne serais pas allé aussi loin, mais c'était efficace.

Le comédien leva les mains en faisant mine de se rendre.

— Je déconnais, c'est tout. Putain. Faut se calmer, ma grande.

Bree se releva.

— Parle. Je n'ai pas envie de me calmer, mon grand.

— J'ai loué un DVD, j'ai commandé un repas

chinois. Vous n'avez qu'à demander à Hunan Palace, ils vous donneront le nom du livreur.

— À quelle heure a eu lieu la livraison ? voulus-je savoir.

Il haussa les épaules.

— Sept heures du soir ? Huit heures ? Quelque chose comme ça. Comment voulez-vous que je le sache ?

Bree esquissa un geste dans sa direction, et il eut un mouvement de recul avant de se ressaisir.

— Non, c'est vrai, je ne sais pas quelle heure il était. Mais, de toute façon, ça ne change rien, je suis resté ici toute la nuit.

Je ne disais rien, mais j'avais tendance à le croire. En dépit de ses roulements de biceps, tout, chez lui, évoquait la faiblesse – sa façon de bouger, sa façon de parler, sa façon de se recroqueviller dès que Bree se montrait un tant soit peu agressive.

Nous recherchions un homme beaucoup plus sûr de lui, un homme plus fort, à tous points de vue.

Et sans doute meilleur comédien.

Bree l'avait certainement compris.

— Allez viens, on y va, Alex.

Elle se retourna vers Cooley et lui balança, avec un petit sourire :

— Désolée, mais tu n'es pas taillé pour le rôle. Je parie qu'on te le dit souvent, hein, grande gueule ?

42

Dimanche matin, le jour du Seigneur, à neuf heures trente, un homme affable et doux du nom de David Hayneswiggle, comptable de son état – assez médiocre au demeurant –, constata que la circulation s'intensifiait sur l'autoroute George Washington Memorial. Toutes les files étaient saturées dans les deux sens, ce qui n'empêchait cependant pas les automobilistes de rouler à plus de cent, cent vingt kilomètres-heure.

De temps à autre, un véhicule venant du Sud jouait du klaxon à l'approche de la passerelle pour piétons généralement déserte qui enjambait l'autoroute. Hayneswiggle ne s'en étonnait guère.

Les gens qu'il voyait passer en dessous de lui devaient se demander ce qu'un type affublé d'un masque de Richard Nixon en caoutchouc faisait là, tout seul. Et s'ils se posaient cette question, ils se trompaient en partie.

C'était bien un masque de Nixon, mais David Hayneswiggle n'était pas tout seul. Loin de là.

Très imaginatif, ambitieux et riche en rebondissements, le troisième scénario était une petite merveille.

Et le rôle principal tenait toutes ses promesses. Le comptable n'avait plus rien à espérer de la vie, et plus rien à perdre. Il en voulait à la terre entière, et il attendait sa revanche depuis trop longtemps…

Un lycéen de dix-huit ans gisait sur le béton, à ses pieds. Le pauvre gosse était mort, exsangue, la gorge tranchée. Le gamin n'avait pas réussi à s'enfoncer dans le crâne qu'il devait y mettre du sien et faire ce qu'on lui disait de faire. À côté de lui, il y avait une adolescente assise dos au muret qui la masquait à la vue des automobilistes.

La jeune fille était toujours en vie. Elle avait des petites mains. Une sur les genoux, l'autre au-dessus de sa tête, menottée à la rambarde de la passerelle.

David Hayneswiggle regarda la fille qui avait les yeux exorbités et tremblait comme une camée en manque.

— Comment ça va ? Tu m'écoutes ?

Soit elle l'ignorait, soit elle ne l'entendait pas. Peu importe ce qu'elle pense et ce qu'elle fait, songea David. Une fois encore, il observa le flot de la circulation sur l'autoroute, estimant la vitesse et la distance des véhicules, guettant le bon moment. Le troisième scénario ne ressemblait en rien aux précédents.

Chaque fois qu'un abruti s'avisait de klaxonner en le voyant, il faisait le signe de la paix, les doigts en V, et proclamait d'une voix aussi nasillarde que possible « Je ne suis pas un escroc », comme le locataire de la Maison-Blanche peu avant sa destitution. Il se sentait si proche de Nixon, un autre loser qui, lui aussi, en voulait à tout le monde.

Lorsqu'il en eut vu suffisamment, lorsqu'il eut fini de mémoriser la scène, il s'agenouilla auprès de la jeune fille. Elle voulut s'éloigner de lui, mais ne parvint qu'à ramper sur quelques dizaines de centimètres avant que les menottes ne l'immobilisent.

— Économise tes forces, lui dit-il. Tu ne risques rien, après tout, tant que tu es attachée à la rambarde. Réfléchis un peu. Tout va bien.

Il passa les bras sous le corps du jeune homme et s'accroupit. Le gosse ne devait pas dépasser les soixante-dix kilos tout mouillé, mais on aurait dit qu'il pesait une tonne. Un vrai poids mort, au sens propre du terme...

Jambes ployées, muscles bandés, David Hayneswiggle scruta l'autoroute. Il vit sa cible. Une fourgonnette Toyota venait d'apparaître à un peu moins de cinq cents mètres. Cette portion d'autoroute étant interdite aux poids-lourds, il ne trouverait guère de véhicules beaucoup plus gros que celui-ci, à l'exception, peut-être, d'un 4 × 4 genre Hummer. La fourgonnette, sans doute encadrée par d'autres voitures, suivait une trajectoire bien droite, sans changer de file.

Il se redressa légèrement, vers la droite, en essayant de se placer parallèlement au muret.

Quand la fourgonnette ne fut plus qu'à une centaine de mètres, il assura sa prise sur le cadavre.

À cinquante mètres, il se leva, mobilisant toutes ses forces, et dans un même mouvement, balança pardessus le parapet le corps qui tomba comme une masse, percutant l'avant du véhicule. Le pare-brise vola en éclats.

Dans un hurlement de pneus, la Toyota dérapa, ressurgit de l'autre côté du pont et se retourna. Au grincement de l'acier griffant le béton succéda presque aussitôt le fracas de deux autres collisions. Des conducteurs peu vigilants n'avaient pas su s'arrêter à temps.

Quelques secondes plus tard, c'était l'embouteillage.

En direction du nord, l'autoroute ne serait plus, bientôt, qu'un gigantesque parking. Et dans l'autre sens, ça finirait par bouchonner aussi, puisque les gens étaient naturellement curieux.

Il avait désormais toute leur attention.

Quelqu'un, enfin, s'intéressait à David Hayneswiggle.

Pas trop tôt…

43

Ensuite, David Hayneswiggle s'adressa à la fille. Il dut parler fort, et même hurler, pour couvrir le bruit de la circulation, car en direction du sud, ça roulait encore.

— Prête ? Tu es prête ? Hé, je te parle. Ne fais pas comme si je n'étais pas là.

Les talons de la fille griffaient le béton. Elle tentait désespérément de s'éloigner de ce malade, qui venait de tuer son petit copain. La menotte lui entaillait les chairs du poignet, mais peu lui importait la douleur. Tout ce qu'elle voulait, c'était fuir le fou déguisé en Richard Nixon.

Elle était plutôt mignonne, dans son look pom-pom girl de banlieue chic. Lydia Ramirez, d'après son permis de conduire. Dix-sept ans à peine, mais David Hayneswiggle ne la plaignait pas. Les adolescents étaient, après tout, les plus ravagés de tous.

— Bon, maintenant, tu ne bouges surtout pas. Je vais revenir m'occuper de toi. Garde ton petit air de biche surprise par les phares d'une voiture.

Il se releva et contempla son œuvre. Le public était

là, manifestement impatient d'assister à la suite du spectacle. Une pagaille indescriptible régnait sur l'autoroute. Depuis le Potomac, plus personne n'avançait.

La fourgonnette renversée avait bloqué toute la circulation. Une Volvo accidentée, juste sous la passerelle, crachait des rouleaux de vapeur. David Hayneswiggle voyait des gens l'invectiver, mais il ne comprenait pas ce qu'ils disaient. Sans doute étaient-ils furieux de ce contretemps. Tant pis pour eux.

— Je ne vous entends pas ! hurla-t-il.

Ce qui lui rappela quelque chose. Il ramassa l'un des accessoires de son spectacle, un mégaphone d'une puissance de vingt-cinq watts, dont la portée atteignait presque le kilomètre.

Il le braqua sur la foule. Quelques imbéciles prirent peur et se mirent à couvert.

— *Je suis de retouuuuur !* proclama-t-il. *Est-ce que je vous ai manqué ? Oh oui, je le sais.*

Quelques automobilistes se décidèrent enfin à sortir de leur véhicule. Une femme au front ensanglanté leva les yeux vers lui, l'air hébété.

— Et vous pensiez qu'aujourd'hui serait une journée comme les autres, hein ? Eh non ! Aujourd'hui, vous allez vivre une journée très particulière, une journée que vous n'oublierez jamais. Vous en parlerez encore à vos petits-enfants – enfin, à supposer que notre planète agonisante tienne jusque-là. Tiens, à ce propos, combien d'entre vous ont voté pour Al Gore ?

Il posa son mégaphone et sortit de sa poche quelque chose qui étincela sous le soleil. Puis il se pencha et se redressa quelques instants plus tard, la jeune fille dans les bras.

— La voilà ! Allez, on encourage notre petite star, Lydia Ramirez !

Et, avec un grand sourire, comme si c'était le geste le plus naturel au monde, il jeta la fille par-dessus le parapet.

La fille bascula, les pieds par-dessus tête, puis la chaîne des menottes claqua contre la main-courante. Le public retint son souffle.

La fille se retrouvait plaquée contre le pont, un bras enchaîné, les jambes ballantes au-dessus de la chaussée.

— Quelle mise en scène ! hurla David Hayneswiggle. Maintenant, regardez bien. Regardez-la bien ! Elle, pas moi, parce que, comme je vous l'ai dit, c'est elle, la star du jour. Faites comme si je n'étais pas là. C'est comme ça que ça fonctionne. Regardez-la bien !

Une courbe sombre parcourut la gorge nue de la jeune fille, un voile écarlate lui recouvrit le cou et le torse. Les témoins, médusés, mirent un certain temps à comprendre que la malheureuse venait d'être égorgée.

— Et voilà, elle nous a quittés. Le spectacle est fini. Enfin, pour aujourd'hui. Merci à tous d'être venus. Soyez prudents sur la route.

Les gens klaxonnaient, d'autres hurlaient leur colère. Au loin, on entendit enfin une sirène de police, mais le véhicule ne parvenait pas à s'approcher.

David Hayneswiggle se mit à courir d'une drôle de façon, en se dandinant comme un canard, et, arrivé dans le virage, en bas de la rampe, il disparut dans les fourrés.

Il savait très bien que certaines personnes avaient dû voir dans quel sens il s'enfuyait, mais peu lui importait. Qu'ils le recherchent, si ça leur faisait plaisir !

Ils n'iraient pas bien loin, avec le signalement de Richard Nixon...

44

Moi qui avais si longtemps travaillé avec la police de Washington et le FBI, j'avais rarement vu une scène de crime aussi bouleversante. Deux jeunes gens avaient été assassinés, apparemment gratuitement. Ces gosses n'avaient rien demandé.

Une déviation avait été mise en place, mais sur une portion d'autoroute de près de deux kilomètres, tous les véhicules demeuraient bloqués. La fourgonnette renversée ne pouvait pas être dégagée sans l'aval de Bree, qui attendait que le légiste finisse d'examiner les deux corps. Elle avait placé le secteur sous la juridiction de la police de Washington. Ses collègues du comté d'Arlington l'avaient très mal pris, mais cela ne la troublait absolument pas.

Toutes les deux minutes, un hélicoptère nous survolait. La police, bien sûr, mais aussi les médias, dont le voyeurisme me mettait toujours mal à l'aise.

Il y avait là des centaines d'automobilistes, et une bonne partie d'entre eux avait assisté à l'exécution. Certains, à bout de nerfs, se montraient agressifs ; d'autres étaient morts de peur. Dans ce public captif, nous devions isoler quelques témoins et laisser repartir les autres. Je pensais au titre de cette vieille comédie musicale montée à Broadway, *Stop the World, I Want to Get Off.* « Arrêtez ce monde, je veux descendre. » Oui, moi aussi, j'avais envie de descendre…

La police de l'autoroute de Virginie était venue en force, tout comme la police d'État. Il y avait de l'impatience et de la mauvaise humeur dans l'air. De notre côté, nous nous étions réparti les tâches du mieux que nous pouvions. Bree relevait les indices matériels sur la scène de crime immédiate, tandis que Sampson se chargeait des accès empruntés par le tueur – autrement dit, un périmètre qui s'étendait du Potomac à Rosslyn, Virginie. Une équipe de flics d'Arlington lui prêtait main-forte.

Moi, je me concentrais sur l'homme lui-même et son état d'esprit au moment où il avait commis les deux meurtres. Pour être efficace, il fallait que je trouve les meilleurs témoins possible, et vite. La scène de crime était gigantesque, et la circulation risquait d'être rétablie à tout moment. Pour l'instant, en tout cas, le tueur avait réussi à arrêter le monde de tourner, et personne ne pouvait descendre sans son accord.

45

Je scrutai brièvement les véhicules les plus proches de la passerelle, cherchant des hommes seuls, de race blanche. Que les choses soient claires – je crois aux vertus du profilage dans de pareilles situations d'urgence. Plus un témoin a de points communs avec le criminel qu'il a aperçu, plus son témoignage sera fiable. Tout au moins, si on en croit les statistiques. J'avais eu l'occasion de le vérifier sur d'innombrables scènes de crime. Je m'intéressais donc particulièrement aux hommes, de race blanche et de préférence seuls.

J'avisai une Honda Accord noire en cinquième place dans la file. Le conducteur, assis de biais pour ne pas avoir à regarder devant lui, était en train de téléphoner. Les vitres étaient remontées, le moteur tournait.

Je frappai vigoureusement à la vitre.

— Police de Washington. Monsieur, s'il vous plaît ? Monsieur ? Excusez-moi !

Il finit par lever l'index sans même me regarder. Une minute ?

Là, à bout de patience, j'ouvris la portière à sa place et sortis ma plaque.

— Tout de suite, si vous voulez bien, monsieur. Raccrochez, s'il vous plaît.

« Faut que je te laisse », l'entendis-je grommeler au téléphone.

Monsieur était d'une humeur massacrante.

— Quelqu'un pourrait-il me dire combien de temps on va encore rester bloqués ici ?

— Ce ne sera plus très long, lui répondis-je au lieu de lui infliger un petit sermon et de lui parler des deux gosses qui venaient de mourir. Mais il faut que vous me disiez très exactement ce que vous avez vu sur le pont.

Il parlait vite, avec un détachement très agaçant, mais son récit corroborait les éléments dont nous disposions pour l'instant. Au volant de sa Honda, il s'était arrêté quelques secondes à peine après la chute du corps du jeune homme.

— Au début, j'ai cru que c'était un accident, je n'ai pas vraiment compris ce qui se passait. J'ai juste vu les gens freiner devant moi et ensuite, seulement, j'ai aperçu le cadavre du gosse.

Il désigna la passerelle.

— Et la fille, là-haut, celle qui s'est fait égorger. C'est vraiment horrible, non ?

On aurait dit qu'il attendait que je lui souffle la réponse…

— Oui. Pouvez-vous décrire l'homme qui se trouvait sur le pont ? Le tueur ?

— Pas vraiment. Il portait une de ces espèces de masques de Halloween, qui couvrent tout le visage. Je crois que ça représentait Richard Nixon. J'en suis presque sûr. Ça vous paraît possible ?

— Tout à fait. Merci pour votre aide. L'un de mes collègues va venir vous poser encore quelques petites questions.

Mon témoin suivant était un chauffeur de limousine, qui me déclara que le tueur avait l'air beaucoup plus grand et plus fort que la jeune fille. Qu'il portait un blouson sans logo reconnaissable. Il se souvenait de quelques mots.

— Ce salopard a hurlé : « Je suis de retour ! » Ça a été ses premières paroles.

— Avez-vous remarqué un appareil photo, un caméscope, quelque chose de ce genre ?

— Non, désolé, je ne sais pas. En tout cas, je n'ai rien vu de spécial. C'était la panique, vous savez.

— Ça l'est toujours.

Je lui tapotai l'épaule.

— Vous rappelez-vous quoi que ce soit d'autre ?

— Non, je suis désolé.

132

Je parvins à interroger quatre autres personnes avant la réouverture de l'autoroute. Les autres témoignages attendraient. J'avais glané tout ce que je pouvais pendant les premières heures, période toujours critique, sans me faire trop d'illusions. Notre homme de spectacle était passé maître dans l'art de ne pas laisser de traces.

Quelques minutes plus tard, on se retrouva tous les trois au bout de la passerelle pour piétons, côté ouest, là où, selon plusieurs témoins, le tueur avait pris la fuite.

— L'herbe a été piétinée, là-bas, m'informa Sampson en me montrant l'endroit. Il semblerait qu'il y ait planqué une moto ou je ne sais quoi. On n'en sait pas plus.

— Et, cette fois-ci, pas de carte de visite, observa Bree.

— Bizarre, dis-je. Il aurait oublié de signer ses meurtres, cette fois ? Ce serait étonnant.

— Ou alors, le mode opératoire a changé, fit Sampson. Ce serait étonnant, effectivement.

Quelque chose me perturbait.

— Ou alors, c'est qu'on n'a pas affaire au même type.

Le téléphone de Bree sonna. Elle décrocha, et je vis son visage se décomposer. Elle nous regarda.

— Il a encore frappé. Il y a eu un autre meurtre.

46

Cette fois-ci, ils ne comprendraient même pas ce qui allait leur arriver. Le tueur était déjà sur place, deux heures avant le coup d'envoi du premier match de football de la saison au FedExField de Landover, dans le Maryland. Il prit un soda et un hot-dog, puis flâna dans les allées de la boutique de souvenirs. N'étant ni fan des Redskins, ni originaire du coin, il n'avait nullement l'intention d'y faire des achats, mais voulait se mêler au public.

Enfin, au début.

Ensuite, il marquerait vraiment sa différence. Il ferait la démonstration de son talent. Il jouerait son rôle dans le quatrième scénario.

Du coin de l'œil, il voyait certains joueurs s'échauffer, taper des ballons de loin, très haut, pour essayer de marquer entre les poteaux. Le match s'était vendu à guichets fermés, comme toujours lorsque les Redskins jouaient à domicile. Impossible de s'abonner : il y avait une liste d'attente de trente ans.

Et lui, il adorait se produire devant une salle comble.

Des supporters particulièrement enthousiastes, membres du club des Hogettes, avaient entonné un *Gloire aux Redskins* un peu spécial, émaillé de fausses notes et surtout d'obscénités, ce qui était surprenant vu le nombre d'enfants présents dans la foule. Ils arboraient des perruques fluo, des blouses à pois et des groins de cochons. Certains fumaient d'immenses cigares, ce qui accentuait encore leur aspect porcin.

Sans aller aussi loin, il avait mis une casquette et un polo Redskins, et s'était peint le visage en rouge et blanc, les couleurs de l'équipe. Il jouait le rôle d'Al Jablonski, un supporter déçu. Du sérieux, du solide.

Quatre-vingt-onze mille amateurs de football américain se pressaient dans le stade. Tous attendaient Al Jablonski, mais ils ne le savaient pas encore.

Juste avant le début du match, les *cheerleaders* débarquèrent sur la pelouse vert Technicolor – les fameuses First Ladies of Football, avec leurs cheveux longs, leurs pompons, leurs petits hauts rouges et leurs mini-shorts blancs. Un divertissement familial on ne peut plus américain, songea le tueur.

— *Alors, on est prêt à regarder du foot, du vrai* ? hurla-t-il depuis les tribunes.

Autour de lui, quelques supporters firent chœur, ou se mirent à rire, ayant reconnu le lancement de *Monday Night Football*, la célèbre émission de télé. Al Jablonski connaissait son public, et ses classiques.

Le tueur savait comment accéder au poste de commande situé juste sous le panneau d'affichage. Il arriva au moment où une soprano du corps des Marines, venue de la base de Quantico, s'apprêtait à chanter l'hymne national.

Il frappa à la porte métallique.

— J'ai deux messages du bureau de M. Snyder. C'est Vanessa qui me les a envoyés.

Vanessa était le nom de l'une des assistantes du propriétaire de l'équipe. Il n'avait eu aucune difficulté à le trouver.

La porte s'ouvrit. Il y avait deux types à l'intérieur, des spécialistes de la statistique sportive, à en juger par leur look, de vrais dinosaures.

— Salut, je suis Al Jablonski.

Il les abattit tous les deux. L'hymne venait de s'achever, et la clameur de la foule couvrit les détonations.

Presque frustré de s'être ainsi fait voler son coup de tonnerre, il s'installa devant l'ordinateur et tapa un message que tout le stade allait pouvoir lire.

JE SUIS DE RETOUR ! ET JE VOULAIS QUE CE DIMANCHE SOIT VRAIMENT MORTEL POUR TOUT LE MONDE.

LES DEUX GARS QUI D'HABITUDE VOUS INFLIGENT MESSAGES ET PUBS SONT MORTS À LEUR POSTE. PROFITEZ-EN DONC POUR SAVOURER CETTE RENCONTRE SANS ÊTRE INTERROMPUS PAR LA DIRECTION OU LES SPONSORS OFFICIELS. SURVEILLEZ BIEN VOS ARRIÈRES, ET REGARDEZ AUSSI DEVANT. JE SUIS DANS L'ENCEINTE DU STADE, ET JE PEUX ÊTRE N'IMPORTE OÙ, N'IMPORTE QUI.

C'EST QUAND MÊME MIEUX QUE LE FOOT, VOUS NE TROUVEZ PAS ? ALLEZ LES SKINS !

47

Kyle Craig venait d'apprendre que tout s'était admirablement passé à Washington quand sa mère ouvrit lentement la porte. Une porte de trois mètres de haut, car la villa de vacances de Snowmass, près d'Aspen, Colorado, était des plus cossues. À la vue de son visiteur, la vieille dame perdit connaissance comme si quelqu'un venait de la débrancher.

Kyle réussit à rattraper sa chère mère juste avant qu'elle ne heurte la dalle de pierre. Il eut un petit sourire. C'était si bon de se retrouver chez soi…

Quelques instants plus tard, il ranimait la vieille dame dans l'immense cuisine de la gigantesque maison, dont la surface excédait les mille mètres carrés.

— Ça va ? Miriam ? Mère ?

Elle rouvrit les yeux, vit le visage penché sur elle et gémit :

— William ? C'est toi, William ?

Kyle se renfrogna.

— Comment veux-tu que ce soit William ? Essaie au moins une fois dans ta vie de te servir de l'intelligence qu'on t'a donnée, on t'en a forcément donné. Ton mari, mon père, William, est mort depuis longtemps. Je t'ai aidée à enterrer le général à Alexandria. Tu ne te souviens pas de cette magnifique journée ? Il faisait beau, il y avait un petit vent frais, on sentait cette odeur de feuilles mortes en train de brûler. Dis donc, mais tu perds la boule, ma vieille. Les gens t'avaient envoyé plein de fleurs pour te féliciter d'avoir réussi à te libérer de ce sale con tyrannique et hypocrite.

Puis soudain, il plaqua les mains sur son visage.

— Oh, mon Dieu, c'est ma faute ! C'est entièrement ma faute, mère. Le masque ! Ces prothèses sont tellement réalistes ! Je dois avoir la tête de papa, c'est ça ? Tu vois, finalement, j'aurai enfin été son image.

Sa mère se mit à hurler, et il la laissa ainsi un moment. Personne n'était là pour l'écouter, de toute manière. De son vivant, son mari ne l'avait jamais autorisée à engager une bonne, et elle n'en avait toujours pas. Décidément, ça lui ressemblait. De l'argent à ne plus savoir qu'en faire, et aucune occasion de le dépenser !

Il regarda la vieille dame pathétique trembler de tous ses membres et dodeliner de la tête. Et, curieusement, son visage ressemblait davantage à un masque que celui de son fils. C'était le masque d'une tragédie familiale.

— Non, ce n'est que moi. C'est Kyle. Je suis de nouveau par monts et par vaux. Je voulais te voir, bien sûr, te rendre visite. Mais je suis aussi venu pour une autre raison : j'ai besoin d'argent, maman. Je ne vais rester que quelques minutes, mais il va falloir que tu me donnes les numéros des comptes à l'étranger.

Quand il eut fini d'utiliser l'ordinateur dans l'ancien bureau de son père, Kyle se sentit un homme neuf. Il avait de l'argent, puisqu'il venait d'effectuer un virement de près de quatre millions de dollars sur son compte à Zurich, mais il avait surtout le sentiment d'être enfin libre. Pour cela, il ne suffisait pas d'être sorti de prison. Certains hommes, même libérés, ne retrouvaient jamais la saveur de la liberté.

— Je suis libre, enfin libre ! hurla-t-il aux poutres du séjour-cathédrale. Et j'ai des choses importantes à faire ! Tant de promesses à tenir !

48

Il redescendit pour dire au revoir à sa maman, après s'être débarrassé du masque en silicone. Il l'avait porté pendant presque tout le trajet depuis la prison de Florence, mais mieux valait ne pas tenter le diable. Sans doute avait-il également pris quelques risques en venant ici, mais peu de gens savaient où séjournait sa mère et il avait besoin de l'argent, pour ses projets, pour faire en sorte que ses cauchemars deviennent réalité.

Sans faire de bruit, il se glissa jusqu'à Miriam qu'il avait ficelée sur le vieux fauteuil inclinable de son père, dans la pièce familiale, juste devant l'immense cheminée. Tant de souvenirs étaient liés à ce lieu. Son père, le général, qui hurlait, hurlait à s'en faire exploser les veines, et qui l'avait frappé combien de fois… Et Miriam qui ne disait jamais un mot, qui avait toujours fait semblant de ne rien savoir de ces insultes, de ces coups, de ces années de maltraitance constante.

— Bou, maman ! fit-il en surgissant derrière elle, comme pour lui faire peur.

Se souvenait-elle qu'il faisait exactement la même chose quand il était petit, quand il avait cinq ou six ans ? *Bou, maman ! Tu veux bien t'intéresser un peu à moi ?*

— Bon, j'ai fait le plus gros de ce que j'avais à faire dans le Colorado. On me recherche, tu sais, alors il vaudrait peut-être mieux que je reprenne la route. Oh, ma pauvre, tu trembles comme une feuille. Écoute, ma chérie, tu ne risques absolument rien ici, dans ta forteresse. Il y a des alarmes partout. Et même un système pour faire fondre la neige sur la façade et dans l'allée.

Il se pencha sur elle, sentit des effluves de lavande, et ce fut comme s'il revivait les cauchemars d'autrefois, les terribles injustices de son enfance.

— Je ne vais pas te tuer, Dieu du ciel, non. Est-ce à cela que tu pensais ? Non, non, non ! Je veux que tu regardes ce que je vais faire à partir de maintenant. Pour moi, tu es un témoin important. Je m'efforce de vous faire honneur, à toi et à papa. À ce propos, dis-moi une chose : savais-tu qu'il me battait presque tous les jours, quand j'étais petit ? Tu le savais ? Dis-le-moi. Ça restera entre nous. Je ne vais pas aller le raconter sur un plateau de télé, je n'ai pas l'intention de publier mes mémoires. Je ne suis pas comme James Frey ou Augusten Burroughs, ces gens qui aiment tout déballer en public.

Elle mit une bonne minute à répondre.

— Kyle... je ne... je n'étais pas au courant. De quoi parles-tu ? Il a toujours fallu que tu inventes des choses.

Il la regarda avec un grand sourire.

— Ahhhh, me voilà soulagé.

Puis il sortit un Beretta, l'une des armes que Mason Wainwright avait pris soin de laisser dans sa voiture.

— J'ai changé d'avis, maman. Désolé. Il y a tellement longtemps que j'ai envie de faire ça. J'en crevais d'envie. Maintenant, regarde. Regarde bien le petit trou noir au bout du canon. Tu le vois ? Ce minuscule gouffre éternel ? Regarde le trou, regarde le trou, regarde le gouffre et…

Bang !

Il tira entre les deux yeux, puis pressa encore deux fois la détente, pour faire bonne mesure. Ensuite, il laissa sur place quelques indices à l'intention des enquêteurs qui, un jour ou l'autre, finiraient par débarquer.

Indice n° 1 : dans la cuisine, une bouteille à moitié pleine de sauce barbecue Arthur Bryant.

Indice n° 2 : sur la commode de la chambre, une carte de vœux Hallmark vierge.

Évidemment, ce n'était pas facile, mais ces indices pourraient malgré tout aider les limiers lancés à sa poursuite.

S'ils étaient doués.

Si Alex Cross faisait partie de l'équipe.

— Essayez donc de m'attraper, monsieur l'inspecteur. Si vous parvenez à résoudre toutes les énigmes, les crimes cesseront. Toutefois, j'en doute. Je peux me tromper, mais je ne crois pas que quiconque puisse me capturer à deux reprises.

49

Lorsque Bree Stone arriva à son bureau, le lundi matin, le téléphone sonnait déjà. Elle posa sa cannette de Slim-Fast vide – elle en avait vidé deux pendant le trajet

– et décrocha. Elle chassa Alex de ses pensées pour se reconcentrer sur des choses bien moins agréables.

— Bree, c'est Brian Kitzmiller. Dites, j'ai un truc à vous montrer, vous allez voir, ça décoiffe !

— Un truc qui décoiffe, Kitz ? À quoi faites-vous allusion ? À un nouveau jeu pour votre Wii ? Vous savez que vous êtes un phénomène, vous ?

Elle remit son sac à l'épaule.

— Je suis là dans cinq minutes.

— Inutile de vous déplacer. Avez-vous un ordinateur à proximité ?

— Bien sûr, comme tout le monde, aujourd'hui.

Dès qu'elle fut sur Internet, Kitz l'orienta vers un site intitulé SerialTimes.net. Bree leva les yeux au ciel. Quoi encore ? La page d'accueil regroupait un fatras d'images au format timbre-poste, de mises à jour « non officielles » et d'infos. Le malsain le disputait à l'obscène. Dans le genre, Bree avait rarement vu pire.

L'élément le plus voyant de la page était une boîte au contour rouge, avec, en titre :

```
Exclusif ! À ne pas manquer !
Un message du plus mortel des show-
men !
Cliquez ici.
```

— Et je suis censée croire que c'est vrai ? demanda-t-elle. Répondez-moi, Kitz.

— Cliquez, et vous me direz ce que vous en pensez.

La fenêtre suivante proposait un texte en lettres blanches sur fond noir, avec la même police de caractère, style vieille machine à écrire, que celle du blog mis en ligne par le tueur. L'une des innombrables pistes que Bree avait explorées sans grands résultats.

Ce n'était pas l'aspect familier du site qui répondit aux interrogations de Bree, mais les deux images collées en haut de l'écran : un petit drapeau irakien et le X vert de *X-Files*, symboles utilisés lors des deux premiers meurtres.

Une manière de dire : eh oui, c'est moi.

— Ces deux éléments ne sont pas connus du grand public, dites-moi ? demanda Kitzmiller. Ou je me trompe ?

Bree fit non de la tête, comme s'il pouvait la voir, et marmonna :

— Non, Kitz. On n'en a pas fait état.

Elle était déjà en train de lire le message, tout aussi incroyable que les précédents.

L'imitation est le plus sincère des hommages. Charles Caleb Colton.

Je tiens à faire une mise au point pour tous ceux qui s'intéressent ou devraient s'intéresser à la question. Le coup merdique de l'autoroute George Washington Memorial ? C'est quelqu'un d'autre, pas moi. Je m'avoue flatté, mais ne m'en attribuez pas la paternité, car je n'y tiens pas. Ce que je veux dire, c'est que notre ami « Nixon » s'est borné à copier ce que j'ai fait au Riverwalk ! Et il n'a même pas eu le courage de montrer son visage. Qui plus est, c'était du travail d'amateur, indigne de moi ou de mes modèles.

Le stade de FedExField, en revanche, c'était bien moi. Il fallait des couilles pour y entrer et en ressortir. Imaginez-vous commettant un double meurtre dans un lieu public fermé comme celui-là.

Ne vous y trompez pas. Il n'y a qu'un SW - le Showman de Washington. Quand ce sera moi, vous le saurez. Vous le saurez parce que je vous le dirai.

Et quand je passerai de nouveau à l'action, ce sera avec classe et inspiration. Accordez-moi un peu de respect, je pense que je l'ai bien mérité.

Désormais, au moins, la police dispose d'un coupable qu'elle est en mesure d'arrêter - cet imposteur ! Pas vrai, inspecteur Bree Stone ? Car vous n'êtes pas près de mettre la main sur moi, n'est-ce pas ?

Profitez bien de la vie, enfoirés.

— SW

Quelques secondes durant, Bree resta figée là, incrédule. Alex avait vu juste au sujet des meurtres de l'autoroute… et de tout le reste, probablement.

144

Et, de surcroît, le Showman de Washington avait cité son nom.

Elle se renfonça dans son fauteuil et essaya d'analyser ces nouveaux éléments. Ce type faisait preuve d'une audace et d'une arrogance incroyables. Il était complètement ravagé, et terrifiant.

— Bree, vous êtes toujours là ? s'inquiéta Brian Kitzmiller.

— Oui, je suis toujours en ligne. J'ai un petit coup de blues, la déprime du flic. Vous aviez raison, ça décoiffe.

— Ça va, à part ça ?

Elle se concentra sur ses mains, qui tremblaient légèrement.

— Oui, Kitz, merci. C'est vraiment glauque, mais ça confirme ce qu'on pensait. Il est sûrement accro à tout ce qui se dit sur lui. Il sait qui je suis, évidemment. Et il connaît Alex. Il nous surveille, Kitz.

— D'une certaine manière, c'est plutôt une bonne nouvelle, non ? On voulait être sûrs d'être dans la bonne direction ; je pense que c'est le cas.

— Vous croyez ? Quand cette page a-t-elle été mise en ligne ?

Mille questions tournoyaient déjà dans la tête de Bree.

— Hier soir, à vingt-trois heures vingt. Ça a déjà fait le tour des salons de discussions. C'est l'ébullition dans les chat-rooms. Partout, et je dis bien partout.

— Voilà qui peut expliquer tous ces coups de fil, dit Bree.

Elle prit une liasse de papillons roses dans son panier à courrier. Le premier message émanait de la chaîne Channel Seven.

— Écoutez, j'ai besoin d'un nom pour avancer. Du solide. À qui appartient ce site ?

— Je cherche toujours. J'ai une adresse IP, et je suis en train de vérifier tous les principaux registres. Avec un peu de chance, j'aurai bientôt un nom à vous donner. Avec un peu de chance...

— J'ai bien compris. Faites aussi vite que possible. Merci, Kitz. Vous êtes notre seul atout maintenant.

— Oui, je veux bien le croire. Je me demande qui sont les modèles auxquels il fait allusion. Avez-vous une idée ?

— Moi, non, mais je suis sûre qu'Alex en aura une.

Bree raccrocha et tenta de joindre Alex et Sampson. Elle tomba chaque fois sur leur répondeur, laissa le même message : « Bonjour, c'est moi. Il y a du nouveau. Un autre message mis en ligne par notre homme, qui signe maintenant SW, le Showman de Washington. J'interviens dès que j'ai une adresse. J'espère que l'un d'entre vous écoutera ça avant, mais je prévois une équipe de renfort en attendant. Rappelez-moi dès que possible. »

Bree savait qu'elle travaillerait mieux avec ses équipiers habituels qu'avec deux flics en tenue, mais elle voulait passer à l'action à la seconde même où on lui communiquerait un nom et une adresse.

SW voulait mieux la connaître ? Peut-être verrait-il bientôt ses vœux exaucés.

Je vis le voyant de mon téléphone clignoter, mais je ne décrochais jamais pendant une consultation. Je tentai de faire abstraction, mais très vite un sentiment d'urgence me gagna.

— Qui c'est, la femme que j'ai croisée en arrivant ? Une autre dérangée comme moi ?

Mon nouvel emploi du temps m'avait contraint à resserrer mes rendez-vous et Anthony Demao se montrait toujours aussi irrévérencieux, ce qui ne me le rendait pas moins sympathique.

— Vous n'êtes ni l'un ni l'autre dérangés, répondis-je. Enfin, ça ne se voit pas trop en tout cas.

— Elle est peut-être folle, même si ça ne se voit pas trop, mais elle est canon. Elle m'a souri. Enfin, je crois que c'était un sourire. Elle est timide, hein ? On dirait qu'elle est timide.

Il parlait de Sandy Quinlan, ma chère institutrice. Elle avait beaucoup de charme, et c'était quelqu'un de bien. Légèrement fêlée, peut-être, mais qui ne l'était pas ?

Je changeai de sujet. Anthony n'était pas là pour parler de mes autres patients.

— La dernière fois, vous aviez commencé à me parler de l'avancée de votre unité sur Bassora. Peut-on évoquer le sujet aujourd'hui ?

— Bien sûr. (Haussement d'épaules.) Je suis ici pour ça, non ? Votre boulot, c'est de nous réparer le ciboulot.

Après le départ de Demao, je pus enfin écouter

mes messages. Je réussis à joindre Bree sur son portable.

— Tu m'appelles juste au bon moment, me dit-elle. Je suis en voiture avec Sampson. On passe te prendre. Devine quoi ? Il semblerait que tu aies encore vu juste. Tu dois en avoir marre.

— À quel sujet ?

— La théorie de l'imitateur. Les deux gosses tués au-dessus de l'autoroute. C'est ce qu'affirme SW, en tout cas. Il revendique le double meurtre de FedEx-Field, mais pas ceux de la passerelle.

— Il sait de quoi il parle.

Rendez-vous dans la Septième Rue. Je montai à l'arrière du Highlander de Bree. Elle démarra en trombe.

— Où allons-nous ?

Elle commença à tout m'expliquer, mais je dus l'interrompre :

— Attends, il a cité ton nom ? Il te connaît aussi ? Que peut-on faire ?

— Rien pour l'instant. Je dois tout de même avouer que, du coup, j'ai l'impression d'être une femme hors du commun. Et toi ? Tu t'estimes flatté ?

Sampson me regarda d'un air vaguement compatissant, comme pour me faire comprendre qu'il avait déjà eu le même échange avec Bree, avec le même résultat. Elle n'était pas du genre à exprimer sa peur, en tout cas pas devant moi.

— Au fait, ajouta-t-elle, il prétend s'être inspiré de modèles. Est-ce que des noms te viennent à l'esprit ?

— Kyle Craig, fis-je instinctivement. Il faut que je réfléchisse un peu.

Kitzmiller avait donné à Bree le nom de Braden Thompson, analyste-système de Captech Engineering. Nous nous garâmes en double file devant le siège de la société, un immeuble moderne sans le moindre charme.

L'accueil se trouvait au troisième étage.

— Braden Thompson ? demanda Bree en collant sa plaque et sa carte sous le nez de la réceptionniste.

La jeune femme décrocha son téléphone, le regard toujours braqué sur l'écusson d'acier.

— Je vais voir s'il est disponible.

— Non, non, il est disponible, faites-moi confiance. Dites-moi juste où est son bureau. On le trouvera. Enquêter, c'est notre spécialité.

Une certaine effervescence régnait à l'étage. Nous marchions tranquillement, sans faire de bruit, mais, à notre passage, les secrétaires tournaient la tête, les portes s'entrouvraient, les employés nous regardaient comme si nous apportions leur déjeuner.

À la porte d'un bureau, côté nord, une plaque en plastique blanc était gravée au nom de Thompson. Bree entra sans frapper.

— Puis-je vous aider ?

Braden Thompson avait la gueule de l'emploi. C'était un type d'une quarantaine d'années, blanc, avec un petit ventre, une chemisette et une cravate que j'imaginais du genre à élastique.

— Monsieur Thompson, nous aimerions vous parler. Nous sommes de la police de Washington.

Il nous regarda, moi et Sampson.

— Tous les trois ?

— Absolument, répondit Bree, impassible. Vous êtes quelqu'un d'important.

Et elle avait raison. Aucun de nous n'aurait voulu manquer ce petit entretien.

52

— Brady, tout va bien ? couina une voix de femme derrière nous.

— Oui, oui, mademoiselle Blanco. Pas de problème. Merci, Barbara.

Il nous fit signe d'entrer.

— Veuillez fermer la porte, s'il vous plaît.

Dès que nous fûmes seuls, son ton monta d'un cran.

— Qu'est-ce qui vous prend ? C'est mon lieu de travail.

— Savez-vous pourquoi nous sommes là ? lui demanda Bree.

— Je sais très bien pourquoi vous êtes là. Parce que j'ai exercé mes droits au premier amendement. Je n'ai enfreint aucune loi, et je vous demanderai de partir. Tout de suite. Vous retrouverez votre chemin ?

Sampson s'avança.

— Brady, c'est ça ?

Il regarda ce qu'il y avait sur le bureau.

— Je me demandais ce que vos patrons pourraient penser de votre charmant petit site Web. Vous croyez que ça va leur plaire ?

Thompson pointa le doigt sur lui.

— Je n'ai rien fait d'illégal. Je suis totalement dans mon droit.

— Ouais, mais là n'est pas la question. Je me demandais simplement ce que votre employeur pouvait penser de SerialTimes.net.

— Vous n'avez pas le droit d'utiliser cette information si je n'ai pas enfreint la loi.

— En réalité, si, intervins-je, mais on suppose que ce ne sera pas nécessaire, parce qu'on suppose que vous allez nous dire d'où vient ce message.

— Premièrement, inspecteur, je serais incapable de vous répondre, quand bien même je le voudrais. SW n'est pas un idiot, d'accord ? Vous ne vous en êtes pas encore rendu compte ? Deuxièmement, je n'ai pas quinze ans. Il va falloir que vous vous y preniez beaucoup mieux.

— Vous voulez dire que nous devrions, par exemple, débarquer chez vous avec une commission rogatoire et embarquer votre matériel ? C'est faisable.

Thompson ajusta ses lunettes et se cala dans son fauteuil. Il commençait à saisir la position dans laquelle il était, et je comprenais pourquoi. Je n'étais pas certain que nous puissions saisir son équipement informatique, et *a fortiori* l'arrêter.

— Pas vraiment. En présumant que vous n'avez pas encore votre commission rogatoire – sans doute parce que vous étiez trop pressés de venir me voir – je peux faire en sorte que vous ne trouviez plus que des dessins animés des *Peanuts* sur mon serveur une fois que vous serez chez moi. Et tout ça sans même avoir à me lever de mon fauteuil.

Il nous regarda, impavide.

— Visiblement, vous ne connaissez pas grand-chose au transfert de l'information.

— Avez-vous la moindre idée de ce qui se passe dans le monde réel ? éclatai-je, à bout. Vous tenez vraiment à ce que ce tueur puisse rester en liberté, ou quoi ?

— Bien sûr que non, rétorqua-t-il sèchement. Arrêtez de me prendre pour un imbécile et réfléchissez une seconde. Si vous regardez les choses dans leur ensemble, les droits constitutionnels – les vôtres, les miens – reposent sur des principes très précis. J'ai le droit de faire ce que j'ai fait, et je ne parle pas uniquement de morale. Votre devoir, messieurs les inspecteurs, madame, est de respecter la Constitution ; et le nôtre, en tant que citoyens, est de veiller à ce que vous la respectiez. Vous avez compris le système ?

— Et ce système-là, vous en pensez quoi ? éructa Sampson en se jetant sur lui.

Nous réussîmes à le rattraper, mais il avait déjà balayé la moitié du bureau.

Brady se leva, sans se démonter.

— Je crois que nous en avons fini.

Sampson ne l'entendait pas de cette oreille.

— Vous savez quoi…

— Oui, coupa Bree. Nous en avons fini, Brady. Pour l'instant, en tout cas. On s'en va.

Nous nous apprêtions à partir quand Thompson revint à la charge, d'un ton cette fois plus conciliant.

— Excusez-moi, mais manifestement, vous pensez que ce que j'ai mis en ligne est authentique, sans quoi vous ne seriez pas là. Pourriez-vous juste me dire si c'est dû en partie à l'iconographie ?

Ce type était un pur amateur d'abjections, un vrai tordu. C'était plus fort que lui.

Bree ne put résister, elle non plus. La porte entrouverte, alors qu'un petit groupe s'était formé derrière elle, elle se retourna vers Braden Thompson.

— Je ne peux vous répondre dans l'immédiat, monsieur. Mais soyez assuré que nous ne ferons pas état de votre site Web, SerialTimes.net, en dehors de ce bureau, sauf absolue nécessité.

Elle lui décocha un large sourire et rajouta, à mi-voix :

— Profite de la vie, enfoiré.

53

En voulant à la terre entière, et à Braden Thompson en particulier, nous arrivâmes au QG de la police d'une humeur massacrante. Le surintendant Davis ne tarda pas à nous mettre le grappin dessus.

— Par ici, aboya-t-il en se dirigeant vers son bureau. Tous les trois. Tout de suite.

Nous nous regardâmes, vaguement inquiets.

— C'est bizarre, j'ai l'impression qu'on va me coller et me sucrer mon entraînement de foot, marmonna Sampson.

— Oui, renchérit Bree, et moi, qu'on va me virer de l'équipe de pom-pom girls. Non, je plaisante, je n'ai jamais été *cheerleader*.

Le temps de nous ressaisir, nous étions face à Davis.

— Pourriez-vous m'expliquer *ceci* ?

Il retourna le journal posé sur son bureau. En une

du cahier des pages locales, je vis un article intitulé « Le Showman a peut-être fait un émule ».

Ce n'était pas tant le titre qui me surprenait. J'avais oublié à quelle vitesse ce genre d'infos pouvait se propager.

Bree répondit pour nous.

— Nous ne le savons nous-mêmes que depuis ce matin. Et, d'ailleurs, on vient juste d'aller…

— Ne m'abreuvez pas d'explications, inspecteur Stone. Pour moi, ça équivaut presque à des excuses. Faites quelque chose !

Et il fit craquer ses cervicales puis se massa le cou, nous signifiant ostensiblement l'état de tension dans lequel nous l'avions mis.

— Pardonnez-moi, lui répondit Bree, mais ce n'est pas le genre d'info que nous sommes en mesure de maîtriser. Une fois que…

Davis l'interrompit une nouvelle fois.

— Je n'ai pas besoin d'un cours de gestion de crise, je veux juste que vous mettiez fin à ce bordel. On est à la section criminelle. Vos supérieurs ne sont pas là pour vous servir de parapluie. En cas de problème, vous devez réagir *avant* que j'aie à vous le demander. C'est compris ?

— Oui, j'ai compris. Et moi non plus, je n'ai pas besoin d'un cours de gestion de crise. Idem pour SW, apparemment.

Soudain, un sourire incongru barra le visage de Davis.

— Vous comprenez pourquoi je l'adore ? nous dit-il, hilare.

Quelque chose me disait que oui, je comprenais parfaitement.

54

SW n'avait aucun rôle à jouer aujourd'hui, aucun meurtre sanglant à perpétrer. Aujourd'hui, le tueur pouvait donc être simplement lui-même. Avant le dîner, il décida de retourner sur Internet. Il ne pouvait résister au plaisir de lire ce qu'on disait de lui. Et il ne fut pas déçu.

Les panneaux de messages du Net débordaient de commentaires sur SW ! D'un niveau souvent médiocre, certes, relevant du fantasme ou de la presse à scandale, mais c'était sans importance. On parlait de lui, et l'essentiel était là.

Rien de nouveau sur SerialTimes, ni sur Sicknet et SKcentral. Logique. Ses fans attendaient son prochain coup.

Il finit par chatter sur deux ou trois sites. Quelle joie de retrouver les « siens » au terme d'une longue journée ! Il alla jusqu'à se choisir un prénom. C'était un peu son cadeau. Personne ne le saurait, bien entendu, mais cela donnait à l'échange un ton plus personnel. Et il continuait à semer ses indices.

En son honneur, évidemment.

```
AARON_AARON : Quoi de neuf, fans de SW ?
DEF : L'imitateur. Tu débarques, ou quoi ?
AARON_AARON : Sans blague. Quoi d'autre ?
Il a tué quelqu'un, il a fait quelque
chose ?
REDRUMS : Il a pas bougé. Il a eu un
week-end chargé, il a bien le droit de
```

se reposer, non ? Mais d'ici peu, il va remettre ça !

FAN DE SW : Comment tu sais tout ça ?

REDRUMS : J'en sais rien. C'est juste une hypothèse. Mon opinion, quoi. C'est OK ?

AARON_AARON : Peut-être qu'il a déjà fait pas mal de trucs aujourd'hui.

FAN DE SW : Explique.

Le tueur but une gorgée du délicieux chardonnay qu'il s'était servi. Il l'avait bien mérité. Il n'aimait pas fanfaronner, mais là, c'était autre chose. Une manière de se montrer au grand jour. Ou de saluer son public après une brillante prestation.

AARON_AARON : OK, et s'il s'était imité lui-même ? Pensez-y une seconde.

DEF : Tu veux dire qu'il aurait fait et le coup de l'autoroute, et celui du stade, en racontant après que c'était pas lui ?

AARON_AARON : Oui, exactement. Si c'était ça ?

DEF : Trop génial.

ADAMEVE : Je suis cent pour cent d'accord.

REDRUMS : Impossible. Vous avez lu les rapports officiels ?

AARON_AARON : Et alors ? Je pense qu'il en est capable. Question manipulation, ce type est grandiose. Je suis sûr qu'on n'a aucune idée de ce qu'il nous prépare. Tiens, au fait, qu'est-ce que vous pensez de l'évasion de ce mec, Kyle Craig ?

FAN DE SW : K. C. est trop ringue. On s'en tape.

Le tueur lâcha son clavier. On l'appelait.

— À table ! Dépêche-toi ou je jette tout à la poubelle.

55

La conférence de presse aurait lieu dans l'après-midi. Pour Bree, responsable de l'enquête, c'était une première. Elle avait souvent répondu aux questions des journalistes, mais cette fois-ci, compte tenu de l'ampleur de l'affaire, elle allait affronter une salle pleine à craquer. Nous attendions tous les médias de Washington, et plusieurs chaînes nationales. Au moins.

— Tu veux bien monter en première ligne avec moi ? me demanda-t-elle tandis que nous mettions la touche finale à la déclaration officielle, dans son bureau. La presse te connaît et le public a déjà vu ta tête. Je crois que ça contribuera à apaiser la situation.

— Oui, bien sûr, si c'est ce que tu veux.

— Oui, c'est ce que je veux. Je dois dire que je me sens un peu nerveuse.

Cet aveu me surprit.

— Tu t'en sortiras très bien, lui dis-je, et j'étais sincère. Présente-moi au début, et ensuite, tu pourras me passer le relais en douceur si tu le juges nécessaire. Je ne serai là qu'en renfort.

Elle finit par sourire.

— Merci. Tu es vraiment le meilleur.

Ouais, et c'est bien la raison pour laquelle je me retrouve embarqué dans cette histoire...

Elle me serra dans ses bras en chuchotant :

— Je t'aime. J'ai une dette envers toi, et j'ai hâte de la rembourser. Très hâte.

Nous rejoignîmes notre salle de presse improvisée à seize heures trente, ce qui laissait une bonne marge aux radios et aux télés obsédées par les infos de dix-huit heures. Il n'y avait plus une chaise libre, et nous étions littéralement cernés par les micros et les caméras. Les photographes nous interpellaient pour nous prendre sous le meilleur angle.

— Dr Cross ! Inspecteur Stone !

— Ne leur montre pas que tu as le trac, murmurai-je.

— Trop tard.

Elle s'avança jusqu'au pupitre, me présenta et commença sa déclaration sans regarder ses notes. Elle se débrouille bien, me dis-je. Elle donne l'impression d'être à l'aise, elle s'exprime posément, avec assurance.

Et très vite, je me rendis compte que les journalistes, eux aussi, l'appréciaient.

Moi, j'étais sur le côté, prêt à intervenir. Elle me voyait du coin de l'œil.

Les deux premières questions se révélèrent anodines. Des balles faciles à renvoyer.

Les choses se compliquèrent quand Tim Pullman, de Channel Four, prit le micro.

— Inspecteur, pouvez-vous confirmer l'existence d'un autre tueur, qui serait un imitateur, ou ne s'agit-il que de conjectures ?

158

Je me demandais si ce journaliste avait prêté la moindre attention à la déclaration que nous venions de faire, mais Bree, patiemment, reprit tout depuis le début.

— Tim, les éléments que nous avons recueillis nous incitent effectivement à explorer cette piste – celle d'un imitateur –, mais rien ne permet, pour l'instant, de privilégier une hypothèse en particulier. Nous n'avons pas fini d'analyser le message découvert sur Internet. Le FBI est également sur le coup, et je peux vous assurer qu'en ce moment, tout le monde fait des heures supplémentaires.

— Quand vous dites « message », faites-vous allusion aux pages du site SerialTimes.net ? cria quelqu'un dans le fond.

— C'est cela, Carl. Comme je l'expliquais il y a une minute. Mais peut-être ne m'écoutiez-vous pas ?

Sans se démonter, l'autre poursuivit. Je le reconnaissais. Un petit rouquin qui travaillait pour une chaîne câblée.

— Inspecteur, pourriez-vous nous expliquer pourquoi ce site Web est resté en activité malgré les vives protestations des familles des victimes ? Où en est-on ?

On ne nous avait pas briefés sur la question des familles. Je scrutai le visage de Bree, prêt à venir à la rescousse si elle le souhaitait. C'était à elle de décider.

— Nous nous efforçons de ne pas fermer la porte au dialogue avec les différents suspects. Leurs interventions directes nous intéressent, et dans le but de résoudre cette affaire aussi rapidement que possible, nous avons choisi de laisser tous les canaux de communication ouverts. Y compris ce site Web.

— *Et pourquoi ça ?* hurla un homme excédé, dans les derniers rangs. *Pourquoi vous ne le fermez pas tout de suite ?*

Les têtes et les caméras se tournèrent vers lui, et j'aperçus alors Alberto Ramirez. Oh, non… C'était le père de Lydia, la jeune fille égorgée sur la passerelle de l'autoroute.

56

Le père en deuil parlait la gorge serrée, mais sa voix ne vacillait pas.

— Et si on pensait un peu à ce qui serait le mieux pour ma petite Lydia ? Et pour sa pauvre mère ? Et ses trois sœurs ? Pourquoi faut-il que nous soyons soumis à ces abjections après ce qui est arrivé à notre famille ? Qu'est-ce qui ne va pas, chez vous ?

Aucun journaliste ne se hasarda à poser une question tant que le père monopolisait l'attention de la salle. Pour eux, c'était pain béni. Le MPD, lui, était en train de passer un mauvais quart d'heure.

— Monsieur Ramirez, répondit Bree qui, à mon grand soulagement, avait reconnu le père de la victime. Nous sommes tous affligés par le drame qui vous touche. J'aimerais vous rencontrer à ce sujet juste après la conférence de presse…

Et là, comme si l'invisible barrière de la retenue et du protocole venait de s'effondrer, Bree dut faire face à un véritable tir de barrage. Les questions fusaient de toutes parts.

— Ce mépris du citoyen s'inscrit-il dans la nouvelle stratégie du MPD ? lança un petit malin qui travaillait pour le *Washington Post* depuis peu.

— Comment comptez-vous empêcher d'autres imitateurs de se manifester ?

— Sommes-nous encore en sécurité dans cette ville ? Si ce n'est pas le cas, pouvez-vous nous expliquer pourquoi ?

Je compris ce qu'il me restait à faire. Je me penchai vers Bree en montrant ostensiblement ma montre et en chuchotant : « C'est l'heure. On arrête de nourrir les fauves. »

Elle acquiesça, leva les mains pour obtenir un peu de silence.

— Mesdames et messieurs, il ne nous est pas possible de répondre à d'autres questions. Nous nous efforcerons de vous tenir informés aussi souvent que possible. Merci pour votre patience.

— Ma fille est morte ! hurlait Alberto Ramirez. Ma petite fille est morte pendant que vous étiez de service ! Ma petite Lydia est morte !

C'était une accusation terrible, et je savais qu'elle sonnait juste aux oreilles de la presse. La plupart des journalistes savaient bien que nous cherchions une aiguille dans une meule de foin, que nous nous étions lancés dans une chasse à l'homme impossible, mais ils ne le disaient pas. Ils préféraient s'en tenir à leur discours habituel, stupide et sentencieux.

57

Kyle Craig avait repris la route avec une certaine fébrilité, grisé par la vitesse à laquelle il se déplaçait dans le temps, dans l'espace, et dans les fantasmes de ses concitoyens. Pendant une partie du trajet, il ne vit défiler que des fermes et des champs dont la monotonie l'aida à faire baisser la température de son cerveau en surchauffe. Puis il arriva enfin dans la région boisée et vallonnée de Iowa City, une ville universitaire qu'il savait aussi pittoresque qu'appréciée. Juste ce qu'il lui fallait pour la prochaine étape de son projet, son « programme de remise en forme », comme il l'appelait.

Il lui fallut encore une bonne demi-heure pour localiser la bibliothèque de l'Université de l'Iowa, située sur la rive droite du fleuve du même nom, dans Madison Street. Il dut montrer une pièce d'identité – il en avait plusieurs – puis trouver un ordinateur disponible un certain temps. Une petite salle de lecture bien calme, voilà exactement ce qu'il lui fallait.

Pour l'instant, Kyle ne connaissait que deux moyens d'envoyer un message à SW. Le plus complexe faisait appel à la stéganographie. Cela revenait à dissimuler son message à l'intérieur d'une image ou d'un fichier audio. Il avait toutefois le sentiment que rien ne l'obligeait, pour l'instant, à se donner autant de mal. Personne, apparemment, ne se doutait qu'il était en rapport avec le tueur de Washington. Ou plutôt, les tueurs.

Il opta pour une méthode plus rapide et nettement moins sophistiquée. Il savait où et comment joindre

SW grâce à Mason Wainwright, son ex-avocat et loyal admirateur. Il se rendit sur www.myspace.com, puis cliqua sur un nom de la liste « *Cool New People* ». C'était aussi simple que cela.

Il tapa un message destiné à SW, en s'efforçant de trouver le ton juste.

```
C'est bon d'être de nouveau libre, d'être
libre comme seuls toi et moi pouvons le
comprendre. Les possibilités sont in-
finies, désormais, tu ne trouves pas ?
Je suis émerveillé par ton travail d'ar-
tiste et ton esprit délicieusement com-
plexe. J'ai suivi de près - enfin, autant
que les circonstances me le permettaient -
chacun de tes exploits. Maintenant que je
suis disponible, j'aimerais te rencontrer
en personne. Laisse-moi un message si,
comme moi, tu juges ce rendez-vous souhai-
table. Je suis persuadé qu'ensemble nous
pourrions faire des choses encore plus
grandes.
```

Kyle Craig se garda d'exprimer ses véritables sentiments à l'égard de SW. Le qualificatif qu'il aurait aimé employer était celui d'*amateur*.

À la rigueur *copieur*, mais ç'eût été gentil.

58

Il fallait avoir connu la prison de très haute sécurité pour comprendre l'état d'esprit de Kyle Craig ce soir-là. Affublé d'une autre de ses prothèses faciales, il se baladait, admirant le spectacle, savourant l'instant.

Il fit le tour du campus installé sur les deux rives du fleuve. L'université étant bien intégrée au centre-ville, il y avait une profusion de boutiques de vêtements et de bijoux branchées, de librairies, de bars et de restaurants. Il tomba sur le Literary Walk, un morceau de trottoir intéressant, façon Sunset Boulevard, où l'on pouvait lire des citations d'auteurs ayant eu des « liens » avec l'Iowa : Tennessee Williams, Kurt Vonnegut, et même Flannery O'Connor qu'il appréciait particulièrement parce qu'elle était délicieusement fêlée.

Peu après vingt et une heures, il s'arrêta dans un bar-restaurant, le Sanctuaire. Apparemment, l'endroit n'était pas fréquenté que par des étudiants ; on ferait donc moins attention à lui. Les murs étaient lambrissés, et les boxes avaient des allures de vieux bancs d'église.

— Oui, monsieur ? entendit-il à la seconde même où il s'installait au comptoir. Que puis-je vous servir ?

Le barman devait être un ancien étudiant ayant décidé de s'installer à Iowa City, ce qui était sans doute un choix judicieux. Les cheveux courts, blond décoloré, avec une petite mèche à la mode sur le devant. Probablement autour de vingt-cinq ans. Un regard désespérément inexpressif et un grand sourire commercial.

— Bonsoir, ça va ? se borna à répondre Craig.

Il se fit réciter la carte des vins, puis commanda un Brunello di Montalcino qui lui paraissait bien plus intéressant que les autres rouges proposés.

— Le Brunello n'est servi qu'en bouteille. Je ne sais pas si je vous l'ai précisé, monsieur.

— Ce n'est pas un problème, je ne prends pas le volant après, rétorqua Kyle Craig avec un gloussement affecté. Je vais prendre la bouteille. Soyez gentil de l'ouvrir tout de suite pour laisser le vin respirer. Et j'aimerais, en hors d'œuvre, votre assiette de brie sur tranches de pomme. On pourrait me couper une pomme fraîche ?

— Je peux vous aider, pour le Brunello. Enfin, si ça peut vous rendre service…

Une voix féminine, venue de sa droite. Il se tourna et vit une jeune femme assise toute seule, quelques tabourets plus loin. Elle avait un sourire avenant. La police ? s'interrogea-t-il brièvement. Non. Ou alors, elle est vraiment très forte.

— Camille Pogue, lui dit-elle en guise de présentation.

Il aimait ce sourire à la fois timide et un tantinet coquin. Brune, toute petite, elle devait avoir entre trente-cinq et quarante ans. Elle était manifestement seule, ce qui étonnait Kyle, qui trouvait son physique intéressant. Les femmes un peu complexes l'attiraient. Enfin, jusqu'au moment où il finissait par les décrypter.

— Je serais ravi de le déguster en votre compagnie, répondit Kyle, sans trop en faire. Moi, c'est Alex… Alex Cross. Enchanté.

— Bonsoir, Alex.

Il s'installa à côté d'elle et ils conversèrent à bâtons rompus pendant une bonne demi-heure. Elle était intelligente, et, somme toute, à peine névrosée. Spécialiste de la Renaissance italienne, elle enseignait l'histoire de l'art à l'université. Elle avait vécu à Rome, à Florence et à Venise avant de rentrer aux États-Unis, où elle n'était pas sûre de vouloir rester.

— Parce que le pays a changé, ou parce que au contraire il n'a pas changé ? lui demanda Kyle.

Cela la fit rire.

— Je crois que c'est un peu les deux, Alex. Il y a des jours où la naïveté politique des Américains et leur indifférence me tapent sur les nerfs. Mais ce qui me gêne le plus, c'est le conformisme. Un vrai cancer, qui se répand surtout dans les médias. On dirait que chacun a peur d'avoir une opinion qui lui est propre.

Kyle acquiesça.

— Vous allez me trouver bien conformiste mais je dois dire que, Camille, je partage entièrement votre avis !

Elle se rapprocha gentiment de lui.

— Vous n'êtes donc pas comme tout le monde, Alex ?

— Vous avez raison, je crois que je ne suis pas comme tout le monde. J'en suis même sûr. Dans le bon sens du terme, bien sûr.

— Bien sûr.

Lorsqu'ils eurent vidé la bouteille de Brunello, ils firent le tour de la place, puis Camille emmena Kyle chez elle. Elle occupait le rez-de-chaussée d'une belle maison de style colonial, en bois gris et blanc, dans une petite rue donnant sur Clinton Avenue. Il y avait des jardinières de fleurs magnifiques à toutes les fenêtres. À l'intérieur, l'espace n'était pas cloisonné, et le mobilier comme la décoration, en provenance d'Europe, donnaient au lieu une réelle chaleur. Cette jeune femme avait donc une autre qualité : on se sentait chez elle comme chez soi.

— Avez-vous mangé, Alex ? Je ne parle pas de votre morceau de fromage et de votre pomme tranchée à la minute.

Comme elle était chez elle, elle s'enhardit et se colla contre lui. Elle avait des seins d'une extrême douceur, mais le reste de son corps semblait ferme. Camille était mignonne et très appétissante. En quelques secondes, submergé par une vague de désir, Kyle sut ce qu'il allait faire d'elle.

Il commença toutefois par retirer son masque. Elle écarquilla les yeux, à la fois incrédule et terrifiée.

— Oh, non !

Soucieux de ne plus perdre de temps, il la frappa avec le pic à glace dont il s'était discrètement armé. La pointe traversa la gorge et ressortit de l'autre côté. Les yeux bleus de Camille s'agrandirent démesurément, puis ce fut comme s'ils avaient basculé à l'intérieur de son crâne. Et la jeune femme offrit son corps sans vie aux bras de Kyle.

— Voilà qui suffira, murmura-t-il à l'ex-prof. Si nous faisions l'amour, maintenant ? Je vous l'avais bien dit, je ne suis pas comme les autres.

Avant de quitter l'appartement de Camille, il laissa un autre indice pour ceux qui viendraient prendre le corps. Il s'agissait d'une figurine représentant une statue appelée *L'Éclaireur*, assez connue dans le Midwest. Elle n'avait guère sa place dans un tel cadre, mais les enquêteurs n'y verraient sans doute que du feu.

C'était sans importance. Kyle, lui, comprenait. Comme Kevin Bacon le disait si joliment dans le grandiose *Diner*, c'était un « clin d'œil ».

Le lendemain, deux surprises m'attendaient. Deux très mauvaises surprises, comme c'est souvent le cas. Pour commencer, j'appris que Kyle Craig avait assassiné sa mère dans le Colorado. Et qu'il avait laissé sur place, à notre intention, une carte de vœux Hallmark vierge. Ce qui signifiait soit qu'une taupe chez nous lui fournissait des informations confidentielles, soit qu'il était en contact avec SW, le tueur que nous traquions. Était-ce possible et si oui, quel genre de rapports les deux hommes entretenaient-ils ?

Je savais que Kyle avait déjà eu des contacts avec d'autres criminels. Il y avait eu Casanova et le Gentleman, et peut-être M. Smith. Et aujourd'hui, SW. Et si l'avocat du Colorado avait lui-même commis des meurtres ? Ou n'était-il qu'un adepte ? Un disciple ?

En fin de journée, Brian Kitzmiller m'asséna le deuxième coup de massue en m'appelant pour me demander de regarder quelque chose sur le Net. Il me dirigea vers un site. Grande nouvelle : quelqu'un avait créé un blog à mon intention. Je faillis en avoir la nausée.

```
Vous vous faites appeler le Tueur de
Dragons ? Qu'est-ce que cela sous-entend ?
Serions-nous dans un jeu de rôles fantas-
tique ? Vous aimez les jeux de rôles, Cross ?
Qu'est-ce qui vous excite ? Vous motive ?
Vous avez éveillé ma curiosité. Après tout,
```

vous êtes le seul à avoir capturé le grand Kyle Craig.

Disons que je vous observe beaucoup, vous et votre famille, ces temps-ci. Et je remarque que vous passez pas mal de temps dans la chambre du petit Ali, tard le soir. Est-ce que je me trompe ? Je ne crois pas, mais n'hésitez pas à vous défendre face à des accusations et des rumeurs que vous jugeriez non fondées.

Et Bree Stone, là-dedans ? Quelle est la dernière femme que vous ayez réussi à fréquenter régulièrement ?

Vous êtes insomniaque, n'est-ce pas ? Je le sais. Eh bien, vous allez voir ce qui va se passer bientôt. Et le jour d'après. Et le jour d'après.

Faites de beaux rêves, Dr Inspecteur Cross.

Et puis, il y avait ces photos...

La maison.

Les voitures garées dans l'allée.

Nana Mama en train de sortir avec Ali.

Bree, Sampson et moi dans l'enceinte du stade de FedExField, juste après notre arrivée.

Ce type nous espionnait. C'était nous qui étions sous surveillance.

Sampson et moi, on aime se retrouver chez Zinny's. Tout le monde se demande pourquoi ; nous aussi, d'ailleurs, ce qui explique peut-être que l'endroit nous attire. C'est un vrai rade de quartier, bien sombre, tout en longueur. Un comptoir, quelques boxes, et un plancher qui ne voit pas souvent passer le balai. Ce soir-là, alors qu'il était déjà tard, nous avions décidé d'y traîner Brian Kitzmiller sous prétexte de l'initier aux rites de Southeast. En fait, notre enquête tournait à l'obsession. Bree était de la partie.

Chaque jour, l'inconcevable gagnait du terrain. Nous devions désormais envisager l'hypothèse d'une implication de Kyle Craig, de quelque étrange façon. Et il y avait SW, qui nous espionnait peut-être en cet instant même.

Certaines pièces du puzzle commençaient à se mettre en place. Tess Olsen avait été assassinée alors qu'elle écrivait sur Craig un livre intitulé *Le Cerveau*. Kyle était-il derrière tout cela ? Il me semblait retrouver son mode opératoire. Il était déjà entré en contact avec des tueurs par le passé, avait su se servir d'eux. Si c'était lui qui avait tout imaginé, quel était le rôle de SW, et celui de l'avocat Mason Wainwright, retrouvé mort dans sa cellule ? Et y avait-il d'autres joueurs, dans cette partie macabre ?

Bree apporta la première tournée.

— Celle-là, c'est moi qui l'offre. Merci pour tout. Vous m'avez sacrément aidée. Surtout toi.

Elle m'embrassa sur la tempe et, je ne sais pourquoi, je me sentis soudain terriblement excité. J'aurais voulu être seul avec elle. Chez elle, dans ma voiture, n'importe où.

Elle s'assit à côté de moi, leva son verre.

— Je bois à ces deux derniers jours particulièrement pourris. Je serais bien rentrée chez moi, mais je sais que j'aurais fait des cauchemars, que je n'aurais pas arrêté de penser à M. Ramirez, à sa fille égorgée, à ses trois sœurs. Et à Mme Olsen.

— On a affaire à un fou dangereux insaisissable, lui dit Sampson. Voire deux. Ce sont des choses qui arrivent. Ce n'est pas votre faute, Bree. Même si je comprends sa douleur, Ramirez était à côté de la plaque.

— Écoutez, fit Kitz, j'ai une idée. Un peu folle, peut-être. C'est donc une bonne idée, forcément. Avez-vous entendu parler de la Tournée des Détraqués ?

Je baissai ma bouteille de bière.

— J'en ai entendu parler sur Internet. Quel rapport avec nous ? À propos de malades mentaux…

— C'est un show itinérant consacré aux tueurs en série. Et il se trouve qu'il passe par Baltimore dans quelques jours.

— Un show ? reprit Sampson. Un spectacle ?

— Disons plutôt une sorte de congrès, expliqua Kitz. Ils appellent ça le « rendez-vous des amateurs de criminologie ».

— Autrement dit, des cinglés qui collectionnent tout ce qui touche aux tueurs en série. Et j'imagine qu'il y a aussi des fans de BD ?

Kitz opina.

— Tout juste. Voilà le topo : il faudrait faire très vite, mais je ne crois pas qu'ils diraient non à une intervention exceptionnelle consacrée à une affaire en cours, surtout celle-ci. Avec le Dr Alex Cross comme orateur principal, mettons. On serait sûrs d'avoir une salle pleine d'amateurs éclairés passionnés par le sujet. Cela suffirait déjà à élargir le spectre de l'enquête, et quelques nouvelles pistes pourraient même se dessiner.

Bree éclata de rire.

— C'est vous qui êtes fou, Kitz, mais je ne vois pas ce qu'on risque à tenter le coup. Avec un peu de chance – pardon, avec beaucoup de chance –, on attirera SW lui-même. Après tout, il se vante d'aimer nous observer...

Kitz hocha la tête, avec un sourire malicieux.

— On ne sait pas ce qui se passe dans sa petite tête. Un type comme lui pourrait avoir du mal à résister à un événement de ce genre. Idem pour celui qui l'imiterait. Qu'en dites-vous ?

Nous nous regardions en essayant de trouver une bonne raison de ne pas souscrire à la proposition de Kitz.

— Mais ça, remarqua Bree, ça n'a rien à voir avec le cyberespace. Comment se fait-il que vous sachiez tout ça ?

— Oh, vous savez, l'information circule...

Il y avait presque, dans son ton, quelque chose de désinvolte. Le visage de Sampson s'éclaira. Il tapa sur la table, pointa le doigt sur Kitzmiller.

— J'ai compris ! Vous y allez, à ces conventions d'allumés. Mais pas pour le boulot !

Kitz reprit son verre.

— Non, non.

Et d'ajouter calmement :

— J'ai arrêté d'y aller.

Rires. Cela nous faisait tant de bien, après ces journées de tension.

Bree susurra : « Oh, mon petit Kitz, vous êtes un vrai *geek*, comme on dit. »

— Et dire qu'à le voir, comme ça, on lui donnerait le bon Dieu sans confession, renchéris-je.

Il contre-attaqua.

— Et vous, est-ce que je dois vous rappeler comment vous gagnez votre vie ? Ce n'est pas parce que vous n'allez pas à ces manifestations que vous êtes très différents de ceux qui y vont.

Nous lui accordâmes cinq secondes de silence respectueux avant d'éclater une nouvelle fois de rire.

Puis je décidai de mettre fin aux réjouissances.

— Bon, les enfants, je crois qu'on a une opération à monter.

— Pas ce soir, me chuchota Bree en me prenant par le bras pour m'entraîner au-dehors. Toutes ces histoires, ça m'a remuée. Et puis, comme je le disais, j'ai une dette envers toi.

— Et j'ai bien l'intention de me faire rembourser.

— Avec intérêts, j'espère.

Nous réussîmes à tenir jusqu'à son appartement, mais pas jusqu'à sa chambre.

61

Alerte ! Une de plus. J'eus le choc de ma carrière de psy, encore relativement jeune, dès le lendemain matin. Avant même ma première consultation. Une annulation de rendez-vous m'avait permis d'arriver au bureau un peu plus tard que d'habitude, peu après sept heures trente. Je sirotais mon café Starbucks, et je pensais encore à ma nuit avec Bree, en espérant qu'il y en aurait bien d'autres.

Ma première patiente, Sandy Quinlan, devait venir à huit heures. Ensuite, je recevais Anthony Demao, le vétéran du Golfe, puis Tanya Pitts, une employée du Pentagone qui souffrait de pensées suicidaires récurrentes. Il aurait fallu qu'elle me voie cinq jours par semaine, voire sept, mais comme elle ne pouvait se payer qu'une seule consultation, j'avais décidé de lui faire cadeau de la seconde.

En entrant dans le hall d'attente, j'eus la surprise de voir que Sandy Quinlan était déjà là.

Ainsi qu'Anthony. Il portait un maillot de corps noir et une grande chemise à manches longues.

Que se passait-il ici ?

Avant qu'ils ne se rendent compte de ma présence, j'eus le temps de voir que la main de Sandy s'agitait sous la chemise d'Anthony.

Elle était en train de le masturber, dans le hall !

Je les interrompis en pleine action.

— Hé, hé, on s'arrête ! Qu'est-ce qui vous prend !

— Oh, mon Dieu ! s'écria Sandy, qui se leva brusquement en se couvrant les yeux. Je suis vraiment désolée. Oh, j'ai tellement honte ! Il faut que j'y aille. Il faut que je m'en aille, Dr Cross.

— Non, vous ne bougez pas. Vous non plus, Anthony. Personne ne va nulle part. Il faut qu'on parle.

Anthony, dont le visage ne laissait rien paraître, marmonna dans son bouc : « Euh, désolé. »

— Sandy, vous voulez bien venir dans mon bureau ? Anthony, je vous verrai quand j'en aurai fini avec Sandy.

Je la fis entrer. Il nous fallut un certain temps pour reprendre nos esprits.

— Sandy, je ne sais même pas quoi vous dire. Vous saviez que j'allais arriver et que je vous surprendrais tous les deux, non ?

— Je sais, balbutia-t-elle. Évidemment. Je suis tellement désolée, Dr Cross.

J'eus presque envie de la plaindre. Presque.

— Avez-vous une explication à me donner ? Ça ne vous ressemble pas.

— Non, ça ne me ressemble pas du tout.

Elle leva les yeux au ciel.

— Je sais que ça a l'air bête, Dr Cross, mais il est… pas mal. Je vous ai dit que j'étais frustrée, sur le plan sexuel. Oh, la, la…

Ses yeux s'embuèrent.

— Je suis vraiment une imbécile. Il faut toujours que je fasse quelque chose pour attirer l'attention.

Je décidai d'essayer une autre approche et me levai pour prendre le deuxième gobelet de café dans mon sac.

— J'ai une question à vous poser. Qu'est-ce que vous en retiriez, vous ?

— Ce que j'en retirais ?

— Je crois voir où était l'intérêt d'Anthony dans cette situation, expliquai-je en me rasseyant. Mais le vôtre ?

Sandy baissa la tête en regardant ailleurs. La question était peut-être trop intime. Curieusement, elle était capable de faire une gâterie à Anthony dans la salle d'attente, mais se sentait maintenant trop gênée pour en parler.

— Rien ne vous oblige à répondre, mais en tout cas vous n'avez pas à vous sentir gênée.

— Non, ça va, je vais vous répondre. C'est juste que ce que vous me dites me fait réfléchir. C'est sûr, dit comme ça, ça a l'air tellement évident, mais… je crois que je ne voyais pas les choses sous cet angle.

Elle se redressa, finit par sourire. Bizarre, me dis-je. Ça ne ressemblait pas à la Sandy que je connaissais.

La suite des événements m'inquiétait davantage encore. En effet, j'avais le sentiment que Sandy et Anthony n'étaient absolument pas faits l'un pour l'autre, mais je ne pouvais rien faire.

Il n'était que huit heures dix, et la journée s'annonçait déjà mauvaise.

Et pis encore à neuf heures.

Anthony avait disparu du hall d'attente. Il m'avait fait faux bond, et je me demandais si je le reverrais un jour.

62

Peu après neuf heures, Sandy Quinlan et Anthony Demao se retrouvèrent dans un café de la Sixième Rue. Le rendez-vous avait été fixé à l'avance. Et ils avaient prévu que le Dr Cross les surprendrait, puisque cela, aussi, faisait partie du plan.

Anthony avait pris un café viennois et une brioche. Dès son arrivée, Sandy s'empressa de mettre le nez dans la crème fouettée.

— Quand je pense qu'il avait deux gobelets, maugréa-t-elle, et qu'il ne m'en a même pas proposé un…

— Il t'en voulait d'avoir violé son espace. Bon, raconte-moi tout. Il a dit quoi ? Je veux du pathétique, des détails.

Sandy claqua des lèvres et lécha les dernières traces de chantilly.

— Eh bien, égal à lui-même, le Dr Cross a fait preuve d'une grande empathie. Peut-être même de sympathie. À mon égard, pas au tien, mon pauvre. Et on peut dire qu'il s'est montré franc. Il a fini par admettre que je lui plaisais énormément. Ça, ça n'a rien d'étonnant. Ce qui l'est beaucoup plus, c'est qu'il a vraiment envie de te sucer !

Ils éclatèrent de rire, s'arrêtèrent pour boire une gorgée de café brûlant, recommencèrent à s'esclaffer. Anthony se pencha vers Sandy.

— Il n'est pas le seul, si ? Bon, crois-tu qu'il ait la moindre idée de ce que nous préparons ? Du plan qu'il y a derrière tout ça ?

— Il ne soupçonne absolument rien. J'en suis sûre à cent pour cent.

— Vraiment ? Qu'est-ce qui te permet d'en être aussi sûre ?

— On est bien trop bons. On forme un couple de comédiens exceptionnels. Tu le sais déjà, bien sûr, et je le sais aussi. Qui plus est, le scénario est extraordinaire.

— C'est vrai qu'on est vraiment bons, dit Anthony en souriant. On pourrait berner pratiquement n'importe qui.

— Faire croire ce qu'on veut à qui on veut. Tiens, regarde.

Sandy se leva et vint s'asseoir sur les genoux d'Anthony, face à lui. Ils commencèrent à se peloter et à s'embrasser langoureusement avec la langue. Puis Sandy se frotta le bas-ventre contre le jean d'Anthony.

— Trouvez-vous une chambre d'hôtel ! lança une femme d'une cinquantaine d'années, à la mine sérieuse, en train de pianoter sur son ordinateur portable quelques tables plus loin. Je n'ai pas besoin de ça le matin.

— Je suis d'accord, ajouta quelqu'un d'autre. Comportez-vous en adultes !

Sandy chuchota à l'oreille d'Anthony : « Tu vois, ils sont persuadés qu'on est toujours amants. »

Elle se leva, attira Anthony à elle et répliqua bien fort :

— Ça va, vous emballez pas. Sérieusement… C'est mon frère !

Ils riaient encore en sortant du café.

— C'était génial ! s'exclama Sandy, et elle esquissa un petit pas de danse victorieux.

Puis salua à grands gestes les clients qui les observaient encore de l'autre côté de la vitrine.

— Quel pied ! approuva Anthony avant de prendre un ton plus sérieux : J'ai eu un message de Kyle Craig. Il dit qu'il est pressé de rencontrer SW.

— Et moi, je suis pressée de rencontrer le maître du désastre.

Hilares, ils décidèrent de se rouler une dernière pelle pour remercier leur public.

— On est vraiment redoutables ! gloussa Sandy.

63

Ce soir-là, notre enquête allait peut-être enfin progresser. Conformément aux prédictions de Kitz, les organisateurs de la Tournée des Détraqués s'étaient montrés plus que ravis d'ajouter à leur programme une intervention du Dr Alex Cross, profiler et psychologue. Mais je ne m'attendais pas à ce type d'accueil.

L'hôtel qui s'occupait de l'événement aurait mérité la fermeture administrative. C'était un Best Western miteux du sud-ouest de Baltimore, situé près de la sortie de l'autoroute et, on ne pouvait rêver mieux, juste en face d'un cimetière. Nous nous garâmes près de l'entrée du centre de conférence. Il avait été décidé que nous arriverions ensemble.

— L'union fait la force, fit Bree avec un rire peu convaincant.

Une foule hétéroclite et carnavalesque se bousculait joyeusement dans le hall d'accueil. Des gens d'aspect assez ordinaire, pour la plupart. Un peu ploucs, peut-être. Et d'autres, vêtus de noir, percés, tatoués et scarifiés de partout, dans l'esprit du spectacle auquel nous étions venus assister.

Sur les stands, on voyait de tout, des tasses à café illustrées de photos d'identité judiciaire à d'authentiques objets retrouvés sur des scènes de crime, en passant par des CD de groupes comme Death Angel ou What's for Lunch ?

Nous venions de franchir la porte quand quelqu'un me tapa doucement sur l'épaule. Ma main se rapprocha instinctivement de mon Glock. Je fis volte-face.

— Tu vois, je t'avais bien dit que c'était lui, dit le type en poussant sa copine du coude.

Il avait de longues pattes, il était couvert de tatouages et portait un collier de cuir noir, comme la fille. Une lourde chaîne les liait l'un à l'autre.

— Vous êtes Alex Cross, hein ?

Il me serra la main. Je sentais déjà que Bree et Sampson se préparaient à me chambrer.

— On vous voit sur l'affiche...

— L'affiche ?

— Mais j'ai lu deux fois votre bouquin. Je connaissais déjà votre tête.

— Vous êtes un peu plus vieux que sur la photo, rajouta la fille, mais on vous reconnaît bien quand même.

Là, Sampson s'autorisa enfin un ricanement.

— Enchanté, répondis-je laconiquement.

Je voulus m'éloigner, mais l'autre me retenait le bras.

— Alex ! lança-t-il à quelqu'un à l'autre bout de la salle. Tu sais qui c'est ?

Il se tourna de nouveau vers moi.

— Lui aussi, il s'appelle Alex. C'est dingue, non ?

— Dingue.

Le deuxième Alex, affublé d'un T-shirt sur lequel on voyait John Wayne Gacy dans sa fameuse tenue de clown, approcha. Un petit attroupement commença à se former autour de nous, ou plutôt, autour de moi.

Tout cela était en train de virer au ridicule, et je n'appréciais pas du tout mon nouveau statut de star.

— Vous êtes le profiler, c'est ça ? Cool. Je voudrais vous poser une question. Sérieusement…

— Nous, on va jeter un coup d'œil à l'intérieur, me chuchota Bree. On te laisse à tes fans.

— C'est quoi, la scène de crime la plus gore que vous ayez faite ? me demanda l'autre Alex.

— Non, attends…

J'avais attrapé le coude de Bree, mais des doigts aux ongles peints en noir me saisirent le poignet. La main, qui semblait sortir d'un bain de cire jaune pâle, appartenait à une jeune femme à l'allure très frêle.

— Alex Cross, c'est ça ? C'est bien vous, dites ? Je peux me faire prendre en photo avec vous ? Ma mère serait tellement contente !

64

Je finis par retrouver Bree et Sampson dans un endroit charmant répondant au doux nom de Grand Salon n° 1. C'était là que je devais prendre la parole vers dix-neuf heures trente. Il était entendu que je serais l'attraction principale du « congrès » et que mon apparition ferait beaucoup de bruit sur la Toile. Je pense que, de ce point de vue-là, nous ne nous étions pas trompés.

Kitz et sa bande nous avaient largement aidés à faire circuler l'information. Le buzz, c'était notre appât. Restait à savoir si SW mordrait à l'hameçon, comme l'avaient déjà fait des dizaines de *geeks* et autres allumés en tout genre.

Le grand salon pouvait être divisé en trois espaces à l'aide de parois en accordéon. Tout au bout, j'apercevais une scène et un podium. Il y avait plusieurs rangées de chaises.

Près de la scène, Bree et Sampson étaient flanqués d'un type bedonnant, pas très grand. Il portait un costume classique, sombre, mais ses lunettes rouges lui donnaient un petit air d'Elton John. De ses cheveux poivre et sel par ailleurs taillés court dépassait une longue natte miteuse, et, par-dessus sa chemise à manches longues, il avait enfilé un T-shirt représentant l'affiche de la manifestation. La mode *geek* dans toute sa splendeur…

Le sourire de Bree avait quelque chose de malicieux.

— Alex, je te présente Wally Walewski. Il va tout nous expliquer pour ce soir. Écoute bien.

— Je suis absolument enchanté de faire votre connaissance, pérora Wally Walewski sans regarder plus haut que mes épaules. Nous avons donc vos images – vu. Le boîtier de commande – vu. Et un pointeur laser sur le podium – vu. Une bouteille d'eau, peut-être ? Autre chose ? S'il vous faut quoi que ce soit, je m'en occupe immédiatement. Je reste sur le pont.

— Quelle est la capacité de la salle ? s'enquit Bree.

— Légalement, elle peut accueillir jusqu'à deux cent quatre-vingts personnes, et on sera complets, sans aucun doute possible.

— Sans aucun doute possible, répéta Sampson à mon intention.

Nous attendîmes le départ de Walewski et de sa natte pour faire le point sur nos propres préparatifs. *Vu.*

— Où sont postés nos hommes ? demandai-je à Bree.

Les organisateurs de l'événement ignoraient que nous avions infiltré une équipe. La police de Baltimore nous avait prêté quatre inspecteurs qui se faisaient passer pour des participants, et deux de nos hommes avaient été intégrés au personnel de l'hôtel.

Bree jeta un coup d'œil sur le programme.

— En ce moment, les collègues de Baltimore sont soit à un atelier de relevé d'empreintes, soit… voyons… à une conférence-débat sur les tueurs en série. Et ce soir, ils seront ici… et là.

Elle désigna des emplacements des deux côtés de la salle.

— Vince et Chesney, eux, bougeront. Et pour ce qui est de toi, Sampson, je crois qu'il vaut mieux que nous restions ensemble. D'accord ?

— Ça me va. De toute façon, je n'ai pas envie de me retrouver seul ici.

La police de Baltimore était sur le qui-vive, et une voiture patrouillait en permanence dans le secteur. La sécurité de l'hôtel avait été prévenue. Elle ferait son travail comme si de rien n'était, et s'efforcerait de ne pas trop nous gêner en cas d'intervention.

Normalement, tout devait se passer dans le calme. Évidemment, c'était une opération un peu tirée par les cheveux, qui se résumerait peut-être à une collecte de renseignements. Mais si le tueur pointait le bout de son nez, nous serions prêts à le serrer. Nous avions – j'avais – déjà vu des choses plus bizarres…

En attendant, nous étions au moins sûrs d'une chose : SW nous surveillait déjà.

65

— Puisqu'il est question de public, permettez-moi de saluer le mien !

Mon entrée en matière déclencha des rires entendus chez les farfelus qui constituaient mon parterre captif. Je revins ensuite sur les homicides attribués à SW, en veillant à m'en tenir aux éléments déjà communiqués à la presse. Puis je fis un peu de communication de crise en évoquant l'hypothèse de l'imitateur, et projetai quelques photos de scènes de crime, que l'auditoire parut apprécier. Vint ensuite le moment d'exposer mon « regard d'initié », comme l'annonçaient les organisateurs, sur le profil du suspect. À ce stade, j'étais capable de le faire dans mon sommeil, et sans doute l'avais-je déjà fait. À tout le moins, des détails de mon *speech* finiraient par se retrouver sur le Web, et peut-être par tomber sous les yeux d'une personne sachant quelque chose sur le tueur.

La salle était pleine.

— Nous avons affaire à un quasi-psychotique qui recherche avant tout l'approbation, une approbation plus grande que nature. L'expression de ce besoin éclipse le reste de son univers, à un degré extrême. C'est un sociopathe. Quand il se lève le matin, si tant est qu'il dorme, il n'a pas le choix : il faut qu'il trouve un nouveau public, il faut qu'il imagine un autre meurtre. Et ce rituel obsessionnel pourrait bien se développer.

Je me penchai en avant, essayant de scruter les visages, ébahi de me trouver face à une assistance aussi attentive, aussi fascinée.

— Ce que ce maniaque n'a pas encore compris – ce qu'il ne peut, à mon sens, se permettre d'admettre –, c'est qu'il n'obtiendra jamais ce qu'il recherche. Et c'est ce qui le perdra. Si nous ne le mettons pas hors d'état de nuire avant, il sera lui-même l'artisan de sa chute. Il va vers l'autodestruction, il finira par faciliter son arrestation, ce sera plus fort que lui.

Tout ce que je disais était vrai, dans l'ensemble, quoique légèrement biaisé. Je voulais mettre le tueur, s'il se trouvait dans le public, aussi mal à l'aise que possible. Pour tout dire, je voulais le faire suer comme un porcelet sur une broche.

J'avais repéré, devant moi, quelques personnes présentant les caractéristiques physiques de SW, d'après ce que nous savions : des hommes, grands et musclés. Mais aucune, parmi elles, ne me donnait de raison d'intervenir ou de faire signe à Bree et Sampson. Notre petit plan avait sans doute échoué. Dommage, mais cela ne me surprenait guère. Je commençais à ne plus savoir quoi dire, et personne n'avait essayé de me voler la vedette au « congrès du crime ».

Es-tu en train de me surveiller, salopard ?

Non, je pense que non.

Tu es trop intelligent pour ça, hein ? Tu es beaucoup plus intelligent que nous.

66

Après mon petit discours, quelques questions-réponses et une salve d'applaudissements chaleureux qui me surprit, Wally Walewski m'installa à une petite table branlante près de l'accueil. *Vu.*

Ici, ceux et celles qui le souhaitaient pouvaient me voir, faire dédicacer un livre, ce genre de choses. Pendant les vingt premières minutes, je serrai des mains, discutai et signai aussi bien des ouvrages que la paume de la main d'une jeune femme. Presque tout le monde était aimable et poli. Pas de tueur en série dans le lot, apparemment.

Je ne dis non qu'une seule fois, lorsque que quelqu'un me demanda de signer un T-shirt sur lequel était imprimé *SW* devant, et, *Profitez de la vie, enfoirés* derrière.

« Alors, comment ça se passe ? »

C'était Bree, dans mon oreillette.

Je l'aperçus au milieu des dizaines de fans qui faisaient la queue en bavardant.

« Tout est calme, pour l'instant. Ils sont bizarres, tous ces gens, mais plutôt sympas. Dommage. »

Bree tourna le dos à la file d'attente et parla à voix basse.

« Pas de bol. Bon… Sampson, je vais encore faire un tour vite fait et je te retrouve à l'entrée. Je finirai peut-être par tomber sur quelqu'un qui n'est pas si sympa que ça. »

J'entendis John répondre : « Pourquoi pas ? Alex, tu rentres avec nous ? Ou tu espères une ouverture avec une de tes fans ? »

Je me contentai de sourire à la personne qui était devant moi.

« Je reviens tout de suite, chuchota Bree en disparaissant dans la foule. Sois bien sage, hein ? »

« Je ferai de mon mieux. »

Quelques minutes plus tard, alors que je dédicaçais un livre, je sentis une présence derrière moi.

Je relevai la tête, ne vis rien.

— Elle vous a laissé un mot.

La femme, devant moi, montrait une feuille de papier pliée en quatre, près de mon coude. Je la dépliai. C'était tiré d'une page Web.

De grosses lettres blanches sur fond noir.

```
Monsieur je-sais-tout s'est planté.
Je ne suis pas psychotique ! Et je ne
suis pas idiot !
    Rendez-vous à Washington, là où tout
se passe.
    En fait, vous êtes en train de lou-
per le spectacle.
```

67

Quel spectacle étais-je en train de louper ?

Je me levai d'un bond, les nerfs à vif.

— Qui a laissé ça ? Est-ce que quelqu'un a vu qui a déposé ce mot ?

La femme à laquelle je venais de dédicacer mon livre désigna la foule.

— Elle est partie de ce côté-là, shérif !

— À quoi ressemblait-elle ? Êtes-vous sûre que c'était une femme ?

— Hum… Elle avait les cheveux presque noirs, assez raides. Un haut noir. Un jean. Je crois. Comme tout le monde ici. Elle avait l'air d'une femme.

— Et des lunettes ! ajouta quelqu'un. Et elle avait un sac à dos bleu !

« Alex, qu'y a-t-il ? Que se passe-t-il ? »

C'était Bree.

« Bree, on recherche une femme. Oui, une femme. Haut noir, jean, lunettes, sac à dos bleu. Il faut que Sampson et toi couvriez les sorties. Préviens la police de Baltimore. Elle m'a laissé un message de SW. »

« On s'en occupe ! »

Une vague d'excitation parcourut le hall quand je voulus me frayer un chemin dans la foule qui se resserrait autour de moi. Certaines personnes refusaient de me laisser passer. On voulait savoir ce qui se passait, où j'allais, on me posait des questions auxquelles je n'avais certainement pas le temps de répondre maintenant.

J'essayai de repousser les importuns.

— Ce n'est pas un jeu ! Quelqu'un a vu passer une femme avec un haut noir et des lunettes ?

Un gamin qui empestait la marijuana gloussa :

— Mec, la moitié des gens, ici, ressemblent à ça !

À la faveur d'une trouée dans la foule, je crus apercevoir la mystérieuse messagère, à l'autre bout de la salle. J'écartai sans ménagement le gosse et quelques autres fans.

— Dégagez, laissez-moi passer !

« Bree ! »

J'étais au pas de course.

« Je la vois. Grande, blanche, avec le sac à dos bleu. »

« C'est une femme ? »

« Je crois. Ou alors, un type déguisé. »

Quand je parvins à l'angle du hall, ma suspecte avait déjà parcouru la moitié d'un immense couloir, vers l'une des sorties.

— Police ! Arrêtez-vous ! On ne bouge plus !

J'avais dégainé mon arme.

Sans daigner se retourner, la femme percuta littéralement la porte avec une violence telle que la vitre s'étoila quand le battant claqua contre le mur.

« Parking Est ! hurlai-je à l'attention de Bree et Sampson. Elle est dehors ! Elle est en train de courir ! C'est une femme ! »

68

Et quelle force ! En sortant, elle avait fait voler la vitre de la porte en éclats. Quel genre de femme était capable d'une chose pareille ? Une femme en colère ? Une femme prise de folie ? Une femme qui travaillait en collaboration avec SW, ou qui cherchait à l'imiter ?

J'émergeai à l'extérieur sous une pluie de verre. Où était-elle passée ? Je ne voyais personne, aucune ombre en train de courir.

Quelques lampadaires éclairaient le parking tout en longueur. Ce n'étaient pas les flaques d'ombre qui manquaient, mais je ne détectais aucun mouvement autour des voitures garées en face de moi.

À ma gauche, le trottoir s'arrêtait net au bord d'une bande de pelouse nue.

J'entendis brusquement vrombir le moteur d'une voiture de sport, sur ma droite, mais difficile d'y voir quoi que ce soit, dans la pénombre.

Puis deux phares s'allumèrent, et foncèrent droit sur moi !

J'avais gardé mon Glock, ce qui me laissait le temps de tirer au moins une fois. Je pressai la détente. Une balle transperça le pare-brise avec un *poc* caractéristique, mais le véhicule accélérait toujours. Je me jetai sur le côté, heurtai le mur de l'hôtel, roulai sur le bitume. Mon épaule et mon menton accusèrent le coup violemment.

Je tirai encore une fois. Un feu arrière explosa. Je reconnus la voiture : une Miata de couleur bleue. L'un de mes voisins en possédait une ; sa forme et ses dimensions m'étaient familières.

Le petit coupé enjamba le terre-plein et retomba dans la rue.

Puis s'immobilisa brutalement. Un taxi freina à mort. À quelques centimètres près, c'était la collision violente. Et l'arrestation.

Le temps que je me relève, la voiture était repartie.

J'avais sorti ma plaque. J'ouvrais la portière du taxi, côté conducteur.

— Police ! J'ai besoin de votre taxi !

Le pauvre ne vit que mon arme, ce qui lui suffit. Il descendit immédiatement, les mains en l'air.

— Prenez-le !

Le taxi avait un moteur V6, ce qui faisait mon affaire. J'eus le réflexe de couper la radio et la clim pour ne pas gaspiller de puissance.

« Alex, tu es où ? »

Avec le bruit du moteur, j'entendais à peine la voix de Bree.

« En chasse. Enfin, j'espère. Sur O'Donnell, direction ouest. Je file une Miata bleu nuit, avec des plaques du Maryland. Un feu arrière cassé. Je la vois. C'est une femme qui conduit, mais elle a le gabarit d'un homme. La force aussi. »

« C'est peut-être un déguisement. Notre type aime bien changer de personnage. »

« Peut-être, mais je crois vraiment que c'est une femme. On va la coincer ! »

La Miata dépassa la bretelle de l'autoroute. Elle roulait au moins à cent vingt, et ne cessait d'accélérer.

« Bree, si tu m'entends, on est sur O'Donnell, direction ouest. Bien reçu ? »

« Ok, Alex, je t'entends encore. On arrive. Il te faut autre chose ? »

« Merde ! Oh, putain ! »

« Quoi ? »

Je donnai un coup de volant pour éviter une Coccinelle qui venait de tourner brusquement à gauche. Connard.

« Ce qu'il me faudrait, c'est une sirène. Ou bien des renforts. »

On ne pouvait pas être plus clair.

« Médaillon 5C742, où êtes-vous ? » crachota brusquement la radio de bord. Un autre monde se rappelait à mon bon souvenir. « Répondez. Vous m'entendez ? »

« Alex, qu'est-ce qui se passe ? Ça va ? Tu me reçois ? »

Le coupé ralentit à peine pour contourner un fourgon UPS et franchit une intersection en coupant la route aux autres véhicules, qui l'évitèrent de justesse. Pied au plancher, je réussis à me rapprocher suffisamment de la fuyarde pour lire la plaque.

« Maryland 451JZW. Tout va bien. Enfin, pour l'instant. Je lui colle aux basques. »

Accélérant toujours, je parvins à toucher le pare-choc arrière de la Miata. La voiture fit une embardée, mais repartit de plus belle.

« Bree, tu as noté le numéro de plaque ? Bree ? Bree, où es-tu ? »

Elle ne répondait pas. J'avais dû sortir de la zone de réception. Je n'entendais plus que le sang qui me battait les tempes, et le vrombissement du moteur.

69

Je savais que, sur une longue ligne droite, le coupé me distancerait rapidement, mais ici, en ville, c'était plus difficile. J'aurais même juré que la conductrice me laissait gagner du terrain. N'était-ce qu'une impression ? S'agissait-il d'un piège ? Que manigançait cette femme ? Avait-on voulu me séparer de mes coéquipiers pour mieux me capturer ensuite ? Était-ce moi, la cible ? Kyle Craig était capable d'imaginer un tel stratagème. Était-il dans le coup ?

Puis, sans crier gare – je ne vis pas s'allumer le feu stop valide – la voiture tourna brutalement à gauche pour s'engager dans une petite rue. Elle tangua légèrement, puis fila comme une fusée.

Moi, je ne pus négocier le virage. C'était impossible. Mais, juste après, il y avait une autre rue, et la Miata pouvait très bien avoir été gênée par un ralentissement, un peu plus loin.

Il y avait de grands immeubles d'habitation des deux côtés de la rue, je ne voyais rien au-delà. La rue débouchait sur une grande artère. Je me dis que ce devait être Boston Street, et je savais que derrière, il y avait le port. Ce qui réduisait les possibilités. Ma tâche allait peut-être s'en trouver facilitée.

Je peux la rattraper, je peux l'avoir, me disais-je. *Et on n'aura jamais autant avancé sur l'enquête.*

Le coupé fila sous mes yeux alors que j'atteignais l'intersection. Je pris le virage en accélérant, sans aucune visibilité. La fin était proche, pour l'un de nous deux…

Il y avait deux files en direction du centre-ville. La Miata louvoyait habilement entre les voitures, sans toutefois réussir à me semer. Je m'accrochais, et j'avais ressorti mon Glock.

Quand la conductrice tourna de nouveau brusquement à droite, j'étais prêt. Les roues de mon taxi faillirent quitter le sol, mais je parvins à redresser de justesse.

J'aperçus au loin des résidences, des arbres, des piétons.

Je sentis mon cœur se glacer. Par une belle soirée comme celle-ci, il devait y avoir des enfants dehors, et la Miata, au lieu de ralentir, roulait de plus en plus vite.

Je me mis à klaxonner comme un malade pour faire dégager la chaussée. Le coupé franchit encore plusieurs intersections et moi, impuissant, je ne pouvais qu'essayer de ne pas me faire distancer. « Si t'es pas le premier, t'es le dernier », disait Ricky Bobby dans *Le Roi du circuit.*

La fuyarde voulut tourner une fois de plus, mais la rue se révéla trop étroite, et la Miata dut freiner sèchement.

Arrivant à pleine vitesse, je percutai le flanc arrière de la voiture, et cette fois-ci involontairement. J'avais sérieusement esquinté le taxi.

Le coupé dérapa dans le virage, mordit le trottoir et laboura une pelouse. J'entendis une femme hurler dans l'obscurité. Deux personnes se jetèrent sur le côté.

Mon champ de vision se resserra. Au loin, je crus distinguer le Best Western. C'était quoi, ce plan ? Après avoir décrit une immense boucle autour de Baltimore et de la zone portuaire, nous revenions au point de départ.

Ce n'est qu'en apercevant l'autoroute que je compris de quelle manière la mystérieuse conductrice avait prévu de me fausser compagnie.

Et je ne pouvais pas la laisser faire !

La voix de Bree résonna dans mon oreillette.

« Surveillez toutes les sorties ! Je répète : surveillez toutes les sorties ! »

Elle avait manifestement la situation en main. J'aurais aimé pouvoir en dire autant.

« Alex ? Alex ? Tu m'entends, Alex ? »

« Bree ! Je suis sur place ! »

« Que se passe-t-il ? Réponds. Qu'est-ce que tu veux dire par *sur place* ? Ça va ? »

Le coupé tourna exactement là où je le prévoyais et longea la voie d'accès à l'autoroute. Nous n'étions plus qu'à une centaine de mètres de l'hôtel, où la poursuite avait commencé. Cette balade n'était finalement qu'un petit jeu, hein ? Un de plus…

« Elle prend la direction de l'autoroute ! L'I-95 ! Je peux peut-être encore la coincer. »

« Où, Alex ? Quelle entrée ? »

« Celle qui est à côté de l'hôtel, putain ! »

Les mains crispées sur le volant, j'étais prêt à m'engager sur la bretelle, mais la Miata la dépassa ! Je suivis, sans avoir la moindre idée de ce qui allait se passer ensuite.

La voiture freina brutalement et fit un tête-à-queue.

Pendant que j'écrasais la pédale de frein, la Miata fonça dans ma direction, m'évita et prit la bretelle avant que j'aie eu le temps de faire demi-tour. Une seconde plus tard, elle avait disparu.

« Elle a pris l'autoroute vers le nord ! criai-je dans mon micro. Je la suis toujours ! Pour l'instant. »

Une fois sur l'autoroute, je poussai mon taxi à plus de cent soixante-dix à l'heure.

Trois sorties plus loin, furieux, je décidai d'abandonner.

Bree et Sampson m'attendaient devant l'hôtel, encadrés par une demi-douzaine de voitures de patrouille dont les gyrophares balayaient la nuit. La plupart des participants de la convention des Détraqués étaient sortis, eux aussi, pour jouir du spectacle.

Un motard à la barbe blanche, qui devait peser son quintal et demi, se rua sur moi dans le parking.

— Hé, mec, qu'est-ce qu'il se passe ?

— Casse-toi, lui dis-je sans le moindre respect pour son T-shirt des Grateful Dead, vieux d'un siècle.

— Je veux juste savoir si…

Il s'était collé devant moi, et j'avais tellement envie d'assommer quelqu'un que Sampson, toujours attentif, m'attrapa par le col.

— Hé, hé !

Bree nous rejoignit en courant.

— Alex, ça va ?

— Je vais bien, lui répondis-je en essayant de reprendre mon souffle. Écoute, c'est peut-être SW qui conduisait la voiture que j'ai prise en chasse. Encore un de ses…

— Non, ce n'était pas lui. Et il faut qu'on file.

— De quoi tu parles ?

Elle m'écarta de la foule qui m'assaillait de questions surréalistes.

— Davies vient de m'appeler. Il y a eu un meurtre au musée national de l'Air et de l'Espace, à Washington. Un type poignardé en public, devant des dizaines de personnes. Il s'est foutu de notre gueule, Alex. Il nous a bien eus, cette fois. Tout ça a été prémédité.

TROISIÈME PARTIE

L'assistance est tout ouïe

71

J'avais souvent visité le musée de l'Air et de l'Espace avec les enfants, mais je n'avais encore jamais vu ça. De l'extérieur, le bâtiment paraissait sombre, presque inquiétant. Seule la cafétéria, sous sa verrière, restait éclairée. Et il y avait là, à toutes les tables, des dizaines de personnes en état de choc, attendant de rentrer chez elles. Les témoins. Ils venaient d'assister à un drame objectivement épouvantable. Sauf que là, en plus, il se trouvait que la moitié d'entre eux n'étaient que des gosses, parfois à peine âgés de deux ou trois ans.

Un bataillon de journalistes et de photographes faisait le pied de grue derrière le périmètre de sécurité, sur la Septième Rue, près du Hirshhorn. Nous aurions moins de mal à éviter les vautours – c'était déjà ça.

Sampson, Bree et moi étions arrivés directement par Independence Avenue. Gil Cook, l'un de nos inspecteurs principaux, nous retrouva à l'entrée de la cafétéria. Il courut vers Bree, nous faisant de grands signes de la main.

— Inspecteur Stone, le directeur du musée aimerait vous parler avant...

— Après, décréta Bree sans s'arrêter.

Elle était concentrée, toute à son enquête, et ce n'était pas le moment de lui casser les pieds. J'aimais bien sa façon de travailler, de s'approprier littéralement la scène de crime.

Gil Cook lui emboîta le pas tel un chiot quémandant des restes après avoir été rappelé à l'ordre.

— Il m'a demandé de vous dire qu'il allait parler à la presse.

Bree se figea et pivota vers lui.

— Oh, non ! Où est-il ?

Cook pointa le doigt et pressa le pas pour nous suivre. Nous longions la salle des Grandes Dates de l'Aviation, plongée dans la pénombre. Avec tous ces aéroplanes grandeur nature suspendus au plafond comme des jouets géants, elle évoquait un décor de cinéma, tout à fait dans l'esprit des mises en scène de notre tueur. Le côté théâtral, la sauvagerie de ses meurtres me rappelaient de plus en plus le travail de Kyle Craig. Notre homme avait-il étudié l'œuvre criminelle de Kyle ?

— La victime s'appelle Abby Courlevais, nous expliqua Cook. Trente-deux ans, blanche. Une touriste française. Et le pire, c'est qu'elle était enceinte de quatre ou cinq mois.

Le meurtre avait eu lieu à l'intérieur de la salle IMAX Lockheed Martin. On y passait des films documentaires dans la journée, et parfois des superproductions hollywoodiennes le soir. Les faits s'étaient produits alors même que j'étais au beau milieu de mon *speech* à Baltimore. Juste après, j'avais reçu le message : *Monsieur je-sais-tout s'est planté. Je ne suis pas psychotique !... Rendez-vous à Washington, là où tout se passe...*

Ce type se donnait un mal fou pour nous narguer. Et chacun de ses crimes était plus audacieux que le précédent. Et qui était cette mystérieuse femme qui pilotait comme une championne de rallye et m'avait baladé avant de disparaître sur l'autoroute ?

La victime étant une touriste étrangère enceinte qui, de surcroît, venait d'un pays jugé plus « civilisé », l'affaire allait prendre de nouvelles proportions dans les médias. Et ce n'était pas tout. L'exécution avait eu lieu non seulement en public, mais dans l'enceinte d'une institution nationale. Nous allions franchir un nouvel échelon dans la paranoïa de l'après-11 Septembre, et la presse comme l'opinion publique nous mettraient en demeure de trouver l'assassin avant qu'il ne commette un autre crime. Peu leur importait que la tâche relève de la mission impossible. Combien d'années nous avait-il fallu pour capturer le tueur de Green River ? Et le tueur du Zodiaque, lui, courait toujours.

Je n'avais aucune idée de ce que SW nous réservait ensuite, et je ne voulais même pas y penser.

Pour l'instant, j'avais un corps à examiner.

Enfin, deux, pour être tout à fait exact.

Une mère et son bébé.

72

— Putain d'enculé, grommela Sampson. Quel salopard !

Cette scène de crime avait quelque chose de particulièrement troublant et obscène. On venait normalement ici en famille, pour se détendre. C'était une salle d'une hauteur gigantesque, dont les murs ne devaient leur texture qu'à l'éclairage directionnel. Les rangées de sièges à dossier haut traversaient l'auditorium, enchâssées dans une arche concave, telle une version moderne d'un amphithéâtre d'école de médecine. Et le cadavre était déjà sur place.

La victime avait apparemment été tuée non loin de l'écran, d'une hauteur de cinq étages. Je trouvais cela curieux, mais personne ne mettait en doute les premières constatations communiquées par Gil Cook. À ce stade-là, je n'aurais même pas dû me poser de questions.

La malheureuse gisait sur le ventre, les mains liées dans le dos, et de loin je parvins à distinguer le ruban adhésif argenté qui la bâillonnait. Comme au Riverwalk, me dis-je. Elle tenait à la main une alliance.

En m'approchant, je vis que le ruban avait noirci à l'emplacement des lèvres, là où le sang n'avait pu s'échapper. Sans doute la conséquence d'hémorragies internes. La robe blanche était devenue brun rouille. De toute évidence, la jeune femme avait été poignardée à de nombreuses reprises.

Près du corps mutilé, il y avait un grand sac de toile, avec des ourlets de laiton et une cordelette.

Encore un cadeau de SW ? Un nouvel indice qui ne nous mènerait nulle part ?

À la vue des taches de sang et des déchirures, j'eus la confirmation de ce que j'avais suspecté au premier coup d'œil : Abby Courlevais avait été frappée alors qu'elle se trouvait à l'intérieur du sac. Le meurtrier l'avait abandonnée là, à l'agonie, peut-être déjà morte.

Les secouristes avaient tout tenté, sans réussir à la ranimer.

En soulevant le sac, je vis l'inscription au pochoir, en lettres noires délavées. US POSTAL SERVICE, suivi d'une longue série de chiffres.

C'était donc là sa dernière carte de visite ? Sans doute, mais comment l'interpréter ? Qu'est-ce qu'avait voulu nous dire SW cette fois-ci ? Était-ce lui qui avait commis ce meurtre, ou son imitateur ?

Selon plusieurs témoignages, l'auteur du crime était un homme portant une tenue bleue de postier, avec casquette et uniforme. Fallait-il y voir un nouveau clin d'œil de SW ?

Je me déplaçai jusqu'à l'autre bout de la salle, près de l'entrée utilisée par le tueur, et une fois là, j'essayai d'imaginer le déroulement des faits en m'appuyant sur les éléments communiqués par l'inspecteur Cook. L'homme avait dû se jeter sur Mme Courlevais par surprise, prendre le temps de lui attacher les mains, de la bâillonner, avant de lui passer le sac sur la tête et les épaules. Elle avait du sang séché dans les cheveux, ce qui laissait supposer qu'elle avait reçu un coup sur le crâne. Pas assez violent, sans doute, pour l'assommer. SW la préférait consciente. Cela se prêtait mieux à ses projets, à sa mise en scène.

D'ailleurs, plusieurs personnes avaient vu le sac bouger lorsqu'il l'avait traîné à l'intérieur de la salle.

Je revins auprès du corps et contemplai une nouvelle fois l'auditorium vide. Face à un public beaucoup plus proche de lui que les précédents, l'homme avait dû agir vite. Pas le temps de déclamer un discours, de faire l'intéressant comme à son habitude. Ce soir-là, il n'avait pas pu présenter son grand *show*.

Alors, pourquoi avoir précisément choisi ce lieu, cette assistance, cette touriste française ?

De toute évidence, l'impact de la prestation était essentiellement visuel. Après avoir crié « livraison spéciale ! », le tueur avait porté à sa victime une douzaine de violents coups de couteau, avec une arme blanche dont même les personnes placées au dernier rang avaient pu distinguer la lame.

Je contemplai la victime, puis le sac.

Une autre question me vint à l'esprit : et s'il y avait quelque chose d'autre dans ce sac ?

J'ouvris le sac, je le fouillai, redoutant ce que je risquais d'y trouver. Ma main finit par découvrir une petite carte en plastique.

Je sortis l'objet. C'était une pièce d'identité, celle d'un employé des postes. Une photo avait été collée par-dessus celle de la carte. Le nom, lui aussi, avait été modifié. Stanley Chasen.

La photo correspondait aux premières descriptions recueillies : un homme de race blanche, d'un certain âge, peut-être plus de soixante-dix ans, cheveux gris argent, un nez bulbeux, des lunettes avec monture de corne. Grand et large d'épaules.

— Qui est Stanley Chasen ? voulut savoir Sampson.

— Sans doute personne.

Et c'est là que je compris enfin ce que ce type était en train de faire. J'avais commencé à raisonner comme lui, et ce que je découvrais ne me plaisait pas du tout.

— Stanley Chasen n'existe pas, il sort tout droit de l'imagination de ce pervers. Il invente des personnages ; ensuite, il les interprète, l'un après l'autre. Et tous les personnages qu'il a créés sont des tueurs.

Et il voulait peut-être qu'on les attrape tous ?

73

Quand nous quittâmes le musée de l'Air et de l'Espace, il était déjà cinq heures, et nous n'avions pas fini notre journée. Après avoir renvoyé Sampson chez lui – sa femme et son petit l'attendaient – Bree et moi reprîmes la route de Baltimore. Nous avions encore des tonnes de papiers à remplir, et une situation pour le moins confuse à évaluer.

Pendant le trajet, nous eûmes largement le temps d'évoquer la complice de SW, la conductrice de la voiture de sport bleue. Avait-elle été engagée pour la soirée, ou accompagnait-elle l'équipée sanglante depuis le début ? Nous envisagions toutes les hypothèses, sans écarter l'éventualité d'un lien avec l'évasion de Kyle Craig.

Retour au Best Western, où on nous attendait. Nous avions tout juste eu le temps d'échanger un petit câlin et un baiser. J'aurais voulu téléphoner à la maison, mais il était encore trop tôt. Et quand je finis par appeler, en milieu de matinée, je tombai sur le répondeur.

Je décidai de laisser un message plutôt guilleret, qui ne reflétait en rien mon état d'esprit.

« Salut, mes petits poulets, c'est votre papa. Bon, écoutez, il faut que je travaille toute la matinée, mais je rentre cet après-midi. Promis, juré. Ce soir, j'irais bien au ciné. Enfin, si j'arrive à convaincre quelqu'un de m'accompagner. »

Et si j'arrive à garder les yeux ouverts…

En pleine corvée de paperasse, les traits tirés, Bree leva les yeux et trouva encore la force de sourire.

— Toi aussi, tu dois être crevé. Tu es vraiment un bon papa.

— J'essaie. Je suis un papa qui culpabilise, en tout cas.

— Non, tu es un bon papa. Je sais de quoi je parle, le mien était nul.

Quand je finis par rentrer chez moi, complètement lessivé, il était déjà plus de quinze heures. Une douche, un petit en-cas, et je serais prêt à redémarrer. Enfin, peut-être après une ou deux heures de sieste.

En sortant de la voiture, je vis la mine de Jannie. Elle me regardait arriver, depuis la terrasse, le visage figé. Quand nos regards se croisèrent, elle resta immobile et silencieuse.

— Que se passe-t-il ? Il est arrivé quelque chose.

— Oui, papa, tu peux le dire. Damon s'est sauvé.

J'eus un mouvement de recul involontaire. Pardon ? J'étais peut-être encore dans un état second et j'avais mal entendu.

— Sauvé ? De quoi parles-tu ? Où est-il ?

— Il est sorti il y a environ cinq heures, et il n'est pas revenu. Il n'a pas dit où il allait. Rien, à personne. Nana est folle d'inquiétude.

Cela n'avait pas de sens. Je n'imaginais pas Damon en train de fuguer.

— Cinq heures ? Jannie, dis-moi ce qui se passe.

Elle me regarda froidement.

— L'entraîneur de l'équipe de basket de Cushing est venu, aujourd'hui. Il devait te voir, mais tu n'étais pas là. Le coach de l'école préparatoire, dans le Massachusetts, tu te souviens ?

— Merci, Janelle, je sais ce que c'est, Cushing.

À cet instant, Nana apparut sur la terrasse, talonnée par le petit Ali.

— J'ai parlé à ses copains, j'ai essayé de joindre des parents, personne ne l'a vu.

Je sortis mon mobile.

— Je vais appeler Sampson. On peut…

— Je l'ai déjà prévenu, m'interrompit Nana. Il est en train de ratisser le quartier.

Mon téléphone se mit à vibrer, et je me rendis compte que j'étais resté injoignable pendant des heures. Je vis s'afficher le nom de Sampson.

— John ?

— Alex, je suis avec Damon.

74

— Où est-il ? Où êtes-vous ?

En pleine paranoïa, je repensais aux menaces proférées par Kyle Craig, à SW qui s'était vanté de nous surveiller.

— On est à l'école Sojourner Truth. Damon a traîné en ville, puis il est venu ici pour tirer quelques paniers. On a eu une discussion. Il est prêt à rentrer à la maison. On sera là dans quelques minutes.

— Non, c'est moi qui viens vous chercher.

J'avais dit ça comme ça, sans réfléchir. Je sentais que c'était moi qui devais aller vers Damon, et non l'inverse.

— Je peux venir, papa ?

Ali me regardait, ses toutes petites mains tendues,

les yeux pleins de curiosité, toujours prêt à vivre une nouvelle aventure.

— Pas cette fois, bonhomme. Je reviens bientôt.

— Tu dis toujours ça.

— C'est vrai. Et je reviens toujours.

Plus ou moins tard…

Je me rendis à l'école, celle que Damon et Jannie avaient longtemps fréquentée, et où j'allais très bientôt inscrire Ali.

Damon et Sampson jouaient l'un contre l'autre sur le béton craquelé. Mon fils portait encore le pantalon et la chemise classique qu'il avait mis pour son rendez-vous avec l'entraîneur. Un foulard noir et rouge dépassait de sa poche de derrière. Tandis que j'approchais du terrain, il marqua un panier avec beaucoup de facilité.

Je m'accrochai au grillage.

— Joli. Évidemment, pour ça, tu n'as eu qu'à vaincre un vieux croulant.

Impassible, pour ne pas dire glacial, il ne daigna même pas me regarder.

Sampson s'accroupit, le visage ruisselant de sueur, et pas uniquement à cause de la chaleur. Damon était doué, et il ne cessait de progresser. Il avait grandi, gagné en technique, et encore plus en rapidité. Il y a longtemps que je ne l'ai pas vu jouer, me dis-je.

— À mon tour, lançai-je à Sampson.

Il leva le doigt d'un geste sans équivoque. *Moi, j'abandonne*.

— Pas de problème, lui dit Damon. On arrête la partie.

Il sortit du terrain. Je m'étais garé près de la porte. Je lui pris le bras au passage. Je voulais qu'il me regarde. Il me regarda. Ce n'étaient plus des yeux, mais de vrais poignards.

— Damon, je suis désolé de ce qui s'est passé aujourd'hui. Je ne pouvais pas faire autrement.

— Bon, vous n'avez plus besoin de moi, je vais y aller, fit Sampson.

En partant, il donna une claque amicale dans le dos de Damon. Le colosse sait toujours à quel moment rester et à quel moment s'éclipser.

— Viens, on va s'asseoir un peu.

Je désignai les marches de l'entrée de l'école. Damon vint s'asseoir à côté de moi, sans enthousiasme. Je le sentais en colère, mais peut-être était-il aussi un peu déboussolé. Nos rapports se dégradaient rarement à ce point ; en général, nous faisions la paix avant d'en arriver là. Damon était un bon garçon – un garçon épatant, même – et j'étais presque toujours fier de lui.

— Tu veux commencer ? proposai-je.

— D'accord. Tu peux me dire ce que tu foutais ?

— Oh, oh.

Je fis sauter le ballon qu'il avait entre les mains et le calai contre la marche.

— Tu ne me parles pas sur ce ton, Damon, jamais. On va discuter, mais en se respectant, OK ?

Mes traits se raidirent. Damon ne saurait jamais à quel point ses paroles m'avaient fait mal. Je pouvais comprendre son besoin de se venger, mais tout de même…

— Désolé, marmonna-t-il, et j'étais à deux doigts de le croire.

— Damon, je n'ai pas arrêté de courir partout à cause de cette enquête, hier soir et ce matin. Je n'ai pas dormi du tout, et il y a eu encore un meurtre. Je ne dis pas ça pour que tu t'inquiètes, mais c'est ce qui s'est passé. Il y a des gens qui se font tuer dans la région, et, mon boulot, c'est de faire en sorte que ça s'arrête. Je suis désolé, mais c'est un problème qu'on doit régler ensemble.

— C'était important, pour moi, me répondit-il. Comme ton métier est important pour toi.

— Je sais. Et je vais faire ce qu'il faut pour me racheter. S'il le faut, on ira en voiture à Cushing pour voir ton coach, d'accord ?

Il y avait tellement de choses que j'aurais voulu lui expliquer, à commencer par le fait que rien ne comptait davantage, pour moi, que son bonheur, même si, parfois, cela ne se voyait pas. Mais je préférais ne rien dire pour ne pas compliquer les choses. Damon faisait tourner son ballon entre ses mains en regardant le sol.

Et enfin, il releva la tête.

— D'accord. Ça me va.

Nous nous levâmes ensemble pour regagner la voiture. J'avais encore une dernière chose à lui dire, avant qu'il monte.

— Damon ? Étant donné que tu t'es sauvé comme ça sans prévenir, sans téléphoner, alors que ta grand-mère était morte d'inquiétude…

— Ouais, je regrette.

— Moi aussi, je regrette. Parce que, à partir de maintenant, tu es privé de sortie.

— Je sais.

Il s'installa à côté de moi.

Mais juste avant d'arriver, je lui dis :

— Écoute, on oublie la punition. Va juste voir Nana, et explique-lui que tu regrettes.

75

C'était là un indice qui aurait été des plus utiles aux flics, un fragment de réalité parfaitement authentique qu'ils ne découvriraient jamais. Ou alors, après sa mort…

SW choisit une cabine téléphonique perdue en Virginie pour passer son coup de fil dominical. Maintenant qu'il avait la stature d'un vrai hors-la-loi ayant fait ses preuves, il eût été idiot de prendre des risques inutiles en se servant de son téléphone mobile, surtout pour appeler ce numéro-là, qu'un flic particulièrement intelligent ou chanceux aurait pu tracer. Ce qui était peu probable, cela dit. Avait-on jamais vu un flic intelligent ?

Il entendit une voix familière, qui lui donnait presque la nausée.

— Bienvenue à la résidence Meadow Grove en cette belle journée. À qui souhaitez-vous parler ?

— Chambre 62, s'il vous plaît. Je vous remercie.

— Pas de problème.

Un déclic, puis une autre sonnerie. Une seule.

— Allô ? Qui est à l'appareil ?

— Salut, maman. Devine.

— Oh, Seigneur, c'est vraiment toi ? D'où m'appelles-tu ? Tu es toujours en Californie ?

La conversation commençait toujours de la même manière. C'était une sorte de rituel, complètement artificiel, mais qui facilitait les choses et les mettait tous deux à l'aise.

— Eh oui. En fait, là, je suis sur Hollywood Boulevard, à l'angle de Vine Street.

— Je parie que c'est magnifique, là-bas. C'est magnifique, hein ? Le climat, les vedettes de cinéma, le Pacifique, tout.

— Tu as raison. Un vrai paradis. Je vais t'envoyer un billet d'avion un de ces jours pour que tu viennes me voir. Et à part ça, toi, comment ça va ? Tu as tout ce qu'il te faut ?

La voix se réduisit à un chuchotement.

— Tu sais, la fille de couleur qui vient faire le ménage ? Je crois qu'elle m'a volé mes bijoux.

— Hum…

C'était difficile à croire. Il avait vendu les derniers bijoux de sa mère depuis longtemps déjà. L'argent lui avait servi à financer les débuts de sa carrière d'acteur et lui avait permis de tenir un certain temps.

— Mais ne t'occupe pas de moi, parle-moi plutôt de toi. Je veux tout savoir. J'adore quand tu me téléphones. Ton frère et ta sœur ne m'appellent presque jamais.

Et cet accent qui l'énervait toujours autant, alors que lui s'était donné tant de mal pour le perdre ! Contrairement à ses parents, il avait toujours eu l'ambition de devenir quelqu'un, de tirer un trait sur ses origines modestes. Et, aujourd'hui, il avait le monde à ses pieds. Il s'était créé un personnage unique, sans rival.

— Je t'ai dit que j'avais une grosse sortie, bientôt ? Ce film, tout le monde va aller le voir. Enfin, c'est ce que pense le studio, en tout cas. La Paramount.

Il entendit un halètement à l'autre bout du fil.

— C'est pas vrai !

— Je t'assure, maman. Dedans, il y a moi, Tom Hanks et Angelina Jolie…

— Oh, elle, je l'adore. Elle est comment, en vrai ? Elle est gentille, ou coincée ?

— En fait, elle est vraiment sympa. Elle est folle de ses gosses, maman. Je lui ai montré ta photo et je lui ai beaucoup parlé de toi. D'ailleurs, c'est elle qui m'a dit de t'appeler.

— Oh, c'est vrai ou tu dis ça pour me faire marcher ? J'en ai des frissons. Angelina Jolie ! Et Tom Hanks. Je savais bien que tu réussirais. Tu as tellement de volonté.

Pour lui, rien de plus facile que de jouer ce petit numéro au téléphone. C'était le moins qu'il puisse faire, et le maximum aussi, d'ailleurs, puisqu'il ne retournerait jamais voir sa mère. Pas comme Kyle Craig, dans le Colorado, tout récemment.

— Quand je vais raconter ça à ton père ! Tu sais que c'est bientôt son anniversaire, dis ?

Quelle famille de timbrés ! Elle se souvenait de l'anniversaire de son vieux, mais avait oublié qu'il s'était tiré une balle dans le front vingt ans et quelques plus tôt. Cette conversation commençait à l'oppresser. Il était temps d'y aller.

— Bon écoute, on m'attend sur le plateau, il faut que je te laisse.

— Entendu, mon chéri, je comprends. Ça m'a fait plaisir d'entendre ta voix. Et surtout, continue à faire un malheur, d'accord ?

Ça, c'était plutôt marrant.

— Oui, maman, je te promets. En ton honneur. Je vais leur en faire voir de toutes les couleurs.

76

Jeudi, vers midi, je reçus un appel de Bree. Et ce n'était pas du tout ce que j'avais envie d'entendre.

— Alex, ne m'en veux pas, mais je ne vais pas pouvoir me libérer ce week-end. J'ai trop de boulot. Je suis désolée, vraiment désolée.

Nous espérions nous rattraper, après notre escapade ratée, mais elle avait raison, bien entendu. Le moment était mal choisi. La rue et la presse ne parlaient que de SW tandis que Kyle Craig, lui, demeurait introuvable.

— Et si je te proposais, pour me faire pardonner, de prendre un verre ce soir ? Disons à vingt et une heures, aux Suites Sheraton, dans la vieille ville. Tu vois où ça se trouve ? Tu te souviens ?

— Oui, bien sûr. J'y serai. Les Suites Sheraton. À vingt et une heures.

Tout le monde se sentait un peu frustré, en ce moment. Surtout nous. Nous menions une enquête difficile, sans ménager nos efforts, sans compter nos heures, et pour quels résultats ? Des dizaines de questions sans réponses, et une escalade de l'horreur qui se poursuivait. Comment SW avait-il pu frapper à la fois à Baltimore et au musée de l'Air et de l'Espace, à Washington ? Qui était la mystérieuse femme qui l'avait aidé à Baltimore ? Que représentaient les chiffres inscrits sur le sac postal ?

Et que se passerait-il si SW décidait de se surpasser une fois de plus ?

Ou plutôt, quand il le déciderait. Nous avions une véritable épée de Damoclès au-dessus de la tête.

Les Suites Sheraton, à Alexandria, nous rappelle-
raient de bons souvenirs. Bree et moi y avions passé
une soirée mémorable. Le Sheraton se trouvait au
cœur de la vieille ville, et en deux minutes on pouvait
aller se promener sur les bords du Potomac. C'était un
bel endroit pour conclure la journée, et j'avais hâte de
retrouver Bree.

Peu avant vingt et une heures, je m'installai au
comptoir du Fin and Hoof, le bar de l'hôtel, et com-
mandai une bière pression. Le barman, un jeune homme
sympathique, râblé, avec une moustache épaisse, me
regarda.

— C'est vous Alex ?

J'eus comme un pincement. Quand un inconnu
s'adresse à un flic, c'est rarement pour lui apprendre
une bonne nouvelle.

— Oui, c'est moi.

— Alors, je crois que ceci est pour vous.

Il me tendit une enveloppe frappée du logo de
l'hôtel. Je reconnus l'écriture de Bree et ouvrit la
lettre.

Alex, changement de programme. B.

À l'intérieur de l'enveloppe, il y avait également
une carte magnétique. Pour une chambre.

— Je vous souhaite une bonne nuit, Alex, ajouta le
barman avec un sourire suggérant que Bree lui avait
elle-même remis le message. Je suis sûr qu'elle sera
bonne.

77

Je pris l'ascenseur jusqu'au troisième étage, frappai à la porte de la suite 3B. Rien ne semblait avoir changé. Toujours cet air délicatement parfumé. Mais Bree portait un jean et un chemisier, alors que je m'attendais à la trouver moins vêtue.

— J'espère que cette spontanéité ne te dérange pas, me dit-elle.

Elle me tendit un verre de vin rouge. Un nez épicé – du zinfandel, peut-être ? Peu m'importait le cépage, peu m'importait la marque.

Je commençai à embrasser Bree, et très vite mes mains glissèrent vers le dos de son chemisier. Ses bras m'enveloppèrent. J'entendis la porte se refermer avec un bruit mat, et il n'y eut plus que le cocon de cette suite aux douces teintes bleu pastel et crème. Bonne idée, me dis-je. Tenons le monde à l'écart, aussi longtemps que possible.

Les rideaux étaient déjà tirés, le lit ouvert comme il fallait, chaque chose à sa place.

— Ce lit est très tentant. Et on y dort bien. Je m'en souviens.

— Déshabille-toi, m'intima-t-elle avec un petit sourire. Et je te préviens : ce n'est pas ce soir que tu vas dormir, Alex.

Je la regardai par-dessus mon verre.

— Tu es pressée, ou quoi ?

— Pas le moins du monde.

Elle s'affala dans un fauteuil club pour m'observer, l'œil pétillant.

— Prends ton temps, si tu veux. Je t'en prie. Je te demande juste d'enlever quelque chose, Alex. Je ne suis absolument pas pressée.

Je fis donc ce qu'elle me demandait de faire. Un bouton, un baiser. Deux jambes de pantalon, deux baisers. Et ainsi de suite.

Puis, brusquement, elle se releva et me prit dans ses bras.

— Ne te méprends pas. Je ne suis toujours pas pressée.

Nous finîmes par basculer sur le lit, toujours aussi confortable.

— Et toi ?

Elle n'avait strictement rien enlevé.

— Je te rattraperai. Tôt ou tard. Pourquoi, tu es pressé ?

Elle tendit le bras, ouvrit le tiroir de la table de chevet. Qu'espérait-elle y trouver ?

Et à ma grande, très grande surprise, elle en sortit deux cordelettes.

Voilà qui promettait. Les battements de mon cœur s'accélérèrent.

— C'est pour toi ou pour moi ?

— Disons, pour nous deux.

Je lui faisais confiance, non ? Ni doutes ni soupçons ? Enfin, là, j'étais tout de même en train de me poser quelques questions. En deux ou trois gestes, Bree m'attacha la main gauche au lit, solidement mais sans me faire mal. Puis elle m'embrassa. Un premier baiser rassurant sur la bouche, suivi d'un autre, plus appuyé. *Connaissais-je vraiment Bree ?*

— Il commence à faire chaud, ici, ou c'est moi ?

— J'espère qu'il commence à faire chaud, rétorqua-t-elle.

Ensuite, elle m'attacha la main droite. Visiblement, elle savait faire des nœuds.

— C'est pour ça que tu es devenue flic ? Ce qui t'intéresse, c'est de pouvoir exercer ton pouvoir, madame l'inspecteur.

— C'est possible, monsieur le docteur. Nous le saurons bientôt, n'est-ce pas ? En tout cas, là, tu es à croquer.

— À ton tour. Déshabille-toi.

Elle me regarda d'un air enjôleur, avec ses grands yeux noisette. Je me demandais ce qui allait bien pouvoir m'arriver, mais je dois avouer que je commençais vraiment à aimer ça…

— Dis *s'il te plaît*.

— S'il te plaît. On pourrait peut-être aller plus vite, non ?

— Ah, tu es pressé, donc.

— Un petit peu, maintenant.

— Un petit peu ? Je ne sais pas si le terme *petit* est vraiment d'actualité.

Elle enleva d'abord son chemisier, lentement, très lentement, puis son jean. Je ne les avais encore jamais vus, ces dessous de dentelle bleu pervenche. Et Dieu que ce soutien-gorge était bien rempli ! Tout cela se mariait délicieusement avec le décor chaleureux de la pièce.

Je voulus toucher Bree, mais les cordelettes m'en empêchèrent.

— Bree, viens m'embrasser. S'il te plaît. Juste un baiser.

— Juste un baiser, hein ? Et tu t'imagines que je vais te croire ?

Elle finit par consentir à m'embrasser, mais uniquement après m'avoir longuement goûté du bout de la langue, partout. Je me contorsionnais, j'entrelaçais nos jambes, mais je ne pouvais rien faire d'autre. Il y avait de quoi devenir fou, mais le fait d'être ainsi immobilisé ne me déplaisait pas entièrement. J'avais très envie de l'inspecteur Bree Stone. *Visiblement*.

Elle, elle était au spectacle.

— Intéressant, commenta-t-elle. Ça fonctionne encore mieux que je ne le pensais. On devrait venir ici plus souvent.

— Je suis d'accord. Pourquoi pas tous les soirs ?

Enfin, elle s'allongea sur moi. Ses lèvres étaient à deux centimètres des miennes, ses seins me brûlaient le torse, ses yeux étaient magnifiques, si proches.

— Veux-tu que je dénoue ces vilaines cordes, maintenant ?

J'acquiesçai, le souffle court.

— Oui.

— C'est tout ?

Ses ongles me griffèrent doucement la poitrine, puis les jambes, puis entre les jambes. Je frissonnais, sans pouvoir lutter.

— S'il te plaît ! Tu veux me dominer, c'est ça ?

— Non, Dr Cross. Ce n'est pas une question de domination, mais de confiance. As-tu confiance en moi ?

— Je devrais ?

— Ne réponds pas à une question par une autre.

— Oui, j'ai confiance en toi. Je ne sais pas si c'est très malin de ma part.

— Très. Si on veut être ensemble, c'est le seul moyen.

Je me mis à rire.

— Ça tombe bien, j'ai justement envie qu'on soit ensemble. Et tout de suite, d'ailleurs.

— Ah, bon ? C'est vrai ?

— En fait, ton truc, c'est la torture.

Et finalement, en deux gestes, elle tira sur les cordelettes et me libéra les mains. Ses connaissances en matière de nœuds auraient pu m'impressionner, mais j'avais l'esprit ailleurs. Je la retournai, l'embrassai, et la seconde suivante j'étais en elle. Tout au fond d'elle.

— Doucement, murmura-t-elle. Je veux que ça dure.

Je compris plus tard que c'était exactement ce qu'elle recherchait depuis le début. Faire durer le plaisir.

Dans l'histoire, nous étions tous les deux gagnants. Et quel bonheur d'échapper à toute cette folie le temps d'une nuit !

Peut-être étions-nous même prêts à aller plus loin. Peut-être nous restait-il beaucoup de chemin à parcourir. Pour l'instant, rien de tout cela ne comptait.

Nous fîmes l'amour une première fois, et juste après, Bree me dit :

— Il y a le wifi dans la suite. Tout l'équipement nécessaire. Veux-tu qu'on regarde ce qui se passe dans le monde ?

— Pas question… de regarder… quoi que ce soit.

78

Le lendemain matin, de bonne heure, le grand Kyle Craig franchit les portes de l'université de Chicago. Il avait adopté ce qui était, selon lui, la tenue d'un prof de fac dans l'exercice de ses fonctions : pantalon mou, tennis, chemise en jean, veste en laine grise, cravate assortie. Craig trouvait l'idée plutôt drôle : lui, en train d'éduquer la jeunesse de ce pays ! Au moins, il s'amusait, contrairement à bien d'autres.

Ayant déjà soigneusement étudié le site Web de l'école, il se rendit directement à la bibliothèque, l'immense Regenstein. Il consulta quelques dossiers de référence et trois minutes plus tard, s'installa dans une salle de lecture attenante pour envoyer un nouveau message à SW. Cette fois-ci, il prit la précaution de dissimuler le texte à l'intérieur d'une photo. En prison, il avait eu tout le loisir de s'initier à l'art de la stéganographie pour préparer son avenir.

Nous nous retrouvons une nouvelle fois, cher ami. J'espère être bientôt dans votre région, ce qui me rappellera d'agréables souvenirs et me permettra, en outre, d'être un peu mieux placé pour apprécier votre œuvre. Vos exploits feront date, après tout, comme les miens. Tout se passe à merveille. Si vous souhaitez que nous nous rencontrions, je

```
serai chez X, à minuit, samedi de la
semaine prochaine.
    Je comprendrais parfaitement que vous
ne soyez pas au rendez-vous. Vous êtes
extrêmement occupé. Et quel artiste !
Votre talent m'impressionne et j'attends
votre prochaine prestation avec impa-
tience.
```

Kyle Craig s'arrêta, relut son texte et appuya sur la
touche « envoyer », en murmurant : « S'il est incapable de deviner ce que j'entends par *chez X*, c'est
qu'il ne mérite pas de me rencontrer en chair et en
os. »

79

Kyle changea trois fois de taxi pour rentrer à son
hôtel, à deux pas de Michigan Avenue. Il se sentait
fébrile pour de multiples raisons, entre autres de se
retrouver à Chicago, en toute liberté. C'était l'une de
ses villes préférées ; il la trouvait bien plus propre,
bien plus branchée que New York, Los Angeles ou
même Washington.

Dans le troisième taxi qui remontait l'avenue assez
encombrée, il se fit la réflexion que la liberté était
vraiment un concept formidable, surtout pour un
homme ayant occupé l'une des minuscules cellules de
l'ADX Florence. La vie du détenu, là-bas, s'apparen-
tait à une étrange et cruelle punition, une lente agonie,

une mort par suffocation, au fil des ans. Tel un organisme vivant, cette prison dite de très haute sécurité broyait littéralement ses occupants.

Mais aujourd'hui, il était libre.

Il avait des choses importantes à faire. Il devait notamment réaliser un projet des plus excitants : se venger de toutes les personnes qui lui avaient fait du mal. Toutes sans exception. La vengeance – faire mal, voire torturer ceux et celles qui l'avaient offensé – avait toujours joué un rôle primordial dans sa vie, et cela n'avait pas changé. Peut-être mettrait-il des années à accomplir son projet, mais c'était son chef-d'œuvre, après tout.

Kyle songea un instant à SW. Il avait en fait croisé son chemin la première fois alors qu'il était encore au FBI. Le tueur travaillait sur la côte Ouest. Comédien, il vivait de petits rôles et commettait un meurtre de temps à autre. Kyle avait fait le lien entre cet homme et différents crimes perpétrés à Sacramento, Seattle et Los Angeles. Il l'avait contacté deux fois, par mail. Puis, à sa grande surprise, il avait lui-même été arrêté. Paradoxalement, il lui avait fallu connaître la prison pour découvrir qu'il avait autant de fans… et d'imitateurs. Ce qui était, somme toute, assez logique. Une fois le Cerveau sous les verrous, sachant enfin où il se trouvait, les plus intelligents avaient trouvé le moyen de le contacter.

Mais ressasser le passé n'avait rien de passionnant, il en avait assez. Quelle foire aux zombies ! se dit-il en regardant les passants derrière la vitre de son taxi qui roulait à bonne vitesse. Il aurait bien aimé en tuer quelques-uns, mais il s'était fixé un programme et devait s'y tenir.

À l'hôtel, personne ne lui prêta la moindre attention. Ni respect ni manque de respect, ce qui était sans doute une bonne chose. Non ? Il s'était rasé le crâne et portait presque tout le temps l'une des six prothèses faciales qu'il transportait dans sa valise.

Il monta à sa chambre en pensant encore à SW et à ce qu'il lui préparait, glissa sa carte magnétique dans la serrure, et entendit quelqu'un à l'intérieur.

Comment ? De la visite ? Il avait pourtant laissé sur la porte le carton NE PAS DÉRANGER.

Il sortit son arme, un petit Beretta facile à dissimuler sous ses vêtements amples.

Oui, il y avait bien quelqu'un dans la chambre. Intéressant. Qui était-ce ? Alex Cross ? Non, ce n'était même pas envisageable. SW ? Ici, à Chicago ? Peu probable. La police de Chicago ? Voilà qui était plus vraisemblable.

Il entra dans la pièce et vit une femme de ménage, une jeune Noire, passer l'aspirateur tout en écoutant son iPod, coupée du monde. Qui le lui aurait reproché ? Elle était pas mal, en fait. Forte poitrine, jambes longues et minces, pieds nus sur la moquette. La peau bien lisse, une queue de cheval serrée. Ça lui avait tellement manqué, en prison, chaque jour, plusieurs fois par jour.

— Ex… excusez-moi, balbutia la jeune femme en le voyant.

Il avait glissé le Beretta dans sa ceinture, dans le dos. À quoi bon terroriser cette pauvre fille ?

— Oh, il n'y a pas de problème. Terminez ce que vous êtes en train de faire.

Il rengaina discrètement son arme dans l'étui, sous sa veste, et sortit son pic à glace. Le tripota comme

Humphrey Bogart avec ses billes d'acier dans *Ouragan sur le Caine.*

— Vous êtes trop mignonne pour travailler ici comme ça, à faire le ménage. Excusez-moi si vous trouvez que c'est une insulte. J'oublie les bonnes manières, ces temps-ci.

Sans le regarder, la fille bredouilla :

— Je… je reviendrai plus tard.

— Eh non, vous ne reviendrez pas. Il n'y a pas de vie après la mort.

Et en murmurant : « En mon honneur », il lui frappa la poitrine une fois, deux fois, par souci de symétrie, pour la beauté du geste, pour le plaisir. Il se fit la réflexion qu'elle lui rappelait l'une des fiancées d'Alex Cross. Et il la poignarda encore.

Avant de quitter définitivement la chambre, il laissa même sur place un autre petit indice, une figurine, avec tête à ressort, du grand hors-la-loi Jesse James.

Jesse James ! Qui pourrait comprendre ?

À moins d'être complètement givré ?

80

Nana jure à qui veut l'entendre que, dans la vie, les événements positifs arrivent toujours par deux ou par trois. Moi, je n'ai pas souvenir que ça me soit arrivé, et ces derniers temps, j'aurais déjà apprécié un événement positif, même seul.

Ce matin-là, j'eus au téléphone l'éditrice de Tess

Olsen, dans sa maison d'édition new-yorkaise, puis l'assistante de la romancière, dans le Maryland. Je réussis à obtenir une copie du projet soumis par Olsen lorsqu'elle avait décidé de consacrer un livre à Kyle Craig. Il y avait une trentaine de pages de synopsis et d'argumentaire. Quelques lignes retinrent mon attention.

Tess Olsen avait écrit :

```
Il est important que je gagne la
confiance de Kyle Craig et que je réus-
sisse à lui faire croire que je vais
écrire un livre flatteur qui mettra en
lumière son ingéniosité et son talent.
    Après lui avoir plusieurs fois rendu
visite à l'ADX Florence, j'ai la quasi-
certitude d'y parvenir. Je sens que
Kyle Craig m'aime bien. Après tout, j'ai
moi aussi une bonne connaissance de l'es-
prit criminel.
    À mon sens, Kyle Craig est persuadé
qu'il sortira un jour de l'ADX Flo-
rence. Il fait des projets d'avenir.
    Il est même allé jusqu'à me dire qu'il
était innocent. Est-ce possible ?
```

Manifestement, Kyle avait encore réussi à duper quelqu'un. Avait-il commandité le meurtre de Tess Olsen ? Ou peut-être que celui ou ceux qui avaient assassiné la romancière à Washington l'avaient fait en hommage à Craig ?

Dans les deux cas de figure, il y avait un lien, et c'était l'une des rares pistes sérieuses susceptibles de nous mener à SW. Ou à Kyle Craig, bien entendu.

Le deuxième événement positif se produisit alors que j'étais en train de réexaminer tous les éléments de l'enquête. Une pièce du puzzle se mit soudain en place ; elle concordait avec les premiers indices relevés chez Tess Olsen.

Je compris enfin la signification de la carte de vœux Hallmark ! Il m'était venu à l'esprit que le siège social de la société Hallmark se trouvait à Kansas City – KC.

KC, comme Kyle Craig.

Très vite, je parvins à faire le lien avec d'autres indices.

La police avait retrouvé une figurine de *L'Éclaireur* dans l'appartement d'une femme assassinée à Iowa City. Kyle Craig était soupçonné du crime. Et *L'Éclaireur* était une statue célèbre de la ville de Kansas City.

Dans la cuisine de la mère de Kyle, il y avait un flacon de sauce barbecue Arthur Bryant's. Or c'était le nom d'un restaurant très connu de KC.

Nous progressions enfin, même si ces petits cailloux avaient été laissés là par les tueurs, à notre intention.

Pourquoi ? S'agissait-il de prouver que nous étions à la hauteur ? Étais-je en train de démontrer que j'avais les qualités requises pour participer à cette chasse à l'homme ?

Était-ce le cas, d'ailleurs ?

81

Quelques jours plus tard, SW fit de nouveau parler de lui. Après avoir assuré mes consultations matinales – dont une avec mon vétéran, Anthony Demao, qui m'était revenu un peu liquéfié, comme pour me prouver qu'il avait besoin de moi – je rejoignis Bree au Daly Building. Mon bureau était inutilement encombré de pièces relatives à l'affaire SW, une profusion de dossiers qui, pour la plupart, ne nous menaient nulle part. Nous avions prévu de passer le restant de la journée à trier et à archiver nos documents afin de concentrer nos efforts sur les éléments réellement susceptibles de nous aider.

Nous n'en eûmes pas le temps.

Vers quatorze heures trente, mon téléphone sonna. Je décrochai et reconnus instantanément la voix.

— Inspecteur Cross ? C'est Jeanne Phillips, du *Post*. J'aurais voulu savoir si vous aviez vu le dernier e-mail et si vous étiez disposé à faire un commentaire ?

— J'ignore de quel mail vous parlez, Jeanne.

Jeanne m'avait déjà fourni de très précieux renseignements par le passé et j'étais donc prêt à l'écouter.

— Croyez-moi, ça va vous intéresser. Si vous voulez, je reste en ligne pendant que vous lisez vos messages.

Je n'avais aucune idée de ce qui m'attendait, mais je ne tenais certainement pas à avoir une journaliste du *Washington Post* au bout du fil au moment où je le découvrirais.

— Je vous rappelle, lui dis-je.

Ce que je lus quelques instants plus tard me sidéra. C'était un message de SW envoyé à mon adresse mail, à celle de Bree, ainsi, apparemment, qu'à toutes les rédactions, télés et radios comprises, de la région. Pour l'authentifier, comme à son habitude, il avait mis en fond de page la photo scannée de sa dernière carte de visite. C'était la pièce d'identité des services postaux, un élément que, comme tant d'autres, nous n'avions jamais communiqué à la presse.

Le style sarcastique du message m'était déjà familier.

Mes chers inspecteurs,

Suis-je le seul à penser que vous n'accordez pas à cette affaire l'attention qu'elle mérite ? D'après mon décompte, le score de la rencontre SW-police est de six à zéro. Oui, j'ai bien dit six. Ou peut-être cinq et demi, vu que le dernier n'est pas encore tout à fait mort.

J'ai fini par le retrouver, cet imitateur de merde, et ce n'est pas grâce à vous. Ça n'a pas été bien difficile, il m'a suffi de faire travailler un peu mes cellules grises. Plus que vous, en tout cas, mais je vous soupçonne d'avoir un potentiel limité.

Voici ce que je vais faire pour vous : dans une heure, vous allez recevoir un autre message, avec une adresse. C'est là que vous trouverez votre imitateur, et si vous avez de la chance, il sera encore en vie. Je n'ai pas encore pris ma décision. C'est mon choix, bien entendu. Mort ou vif ? Mort ou vif ? Nous verrons bien.

Comprenez-vous, maintenant, pourquoi les gens ont aussi peur de moi ? À ce jeu-là, je suis meilleur que vous, et ils le savent. C'est votre problème, ce sera toujours votre problème. Demain, après-demain et dans les années à venir, car j'ai l'intention de continuer longtemps encore. En attendant, faites ce que vous faites le mieux : restez le cul sur votre chaise, et attendez ma prochaine intervention.

D'ici là…

Profitez de la vie, enfoirés.

82

Bree ordonna la mise en alerte de toutes les voitures de patrouille disponibles dans l'agglomération. J'appelai moi-même Sampson pour lui dire de rester joignable. Je voulus ensuite parler à Kitz pour savoir s'il était possible de localiser la source d'un e-mail au moment de son envoi, mais je tombai sur sa boîte vocale, et n'eus pas davantage de chance avec sa secrétaire. Je répondis aux appels du surintendant Davies, du bureau du préfet, du cabinet du maire, et de Nana elle-même. Comme nous pouvions nous y attendre, la petite missive de SW était déjà sur toutes les ondes. Pour lui, il s'agissait d'attiser le feu partout où il le pouvait.

À en croire les collègues du rez-de-chaussée, une armée de journalistes nous attendait déjà dans la rue, et l'attroupement ne cessait de grossir. Rien ne se passait comme nous l'aurions voulu, et tout indiquait que cela n'allait pas changer de sitôt.

Finalement, Bree et moi cessâmes de répondre aux appels. Murés dans nos bureaux, nous attendions, conformément à la volonté de l'autre salopard. Nous nous concentrions sur le dernier mail, en quête d'un double sens, d'un élément susceptible de nous renseigner sur l'état d'esprit du tueur, de tout ce qui aurait pu nous être utile et nous empêcher de foncer une fois de plus tête baissée dans la mauvaise direction.

Le mode opératoire n'avait guère changé. Ces messages électroniques n'étaient qu'une autre forme de déguisement, et témoignaient d'un même narcissisme. Nous avions affaire à un individu profondément perturbé, qui éprouvait un indéniable plaisir à faire le mal. Il était méthodique et intelligent, et en avait conscience.

Quinze heures trente.

Seize heures.

Dix-sept heures.

De toute évidence, il jouait avec nos nerfs pour bien nous faire comprendre qu'il tenait les commandes. Nous commencions à nous demander si ce deuxième mail allait vraiment arriver.

Il tomba à dix-sept heures trente.

Le message que nous attendions tant ne comptait que huit mots.

Ce fameux sens de l'efficacité.

```
19e Rue Sud-Est et Independence Ave-
nue. Maintenant.
```

83

Je ne me rappelais pas avoir jamais eu l'estomac noué à ce point. SW nous empêchait déjà de dormir depuis un certain temps, et j'avais maintenant la certitude que Kyle Craig avait rejoint le casting. J'ignorais toujours pourquoi, tout comme j'ignorais où cette parade maudite allait nous entraîner.

Le trajet jusqu'au lieu indiqué fut un vrai cauchemar, proche de celui qui avait probablement coûté la vie à la princesse Diana et Dodi al-Fayed dans la pénombre angoissante d'un souterrain parisien. Nous traversions la ville en diagonale, en direction de Southeast, toutes sirènes hurlantes, pourchassés par une invraisemblable meute de paparazzi. Tels les joueurs de flûte de Hamelin, nous entraînions à notre suite des rats qui ne cherchaient qu'à nous prendre en photo, des photos qui feraient ensuite la une de tabloïds comme le *National Enquirer*. Et, fort judicieusement, ils misaient sur le fait que nous n'allions pas nous arrêter maintenant et dresser des contraventions pour non-respect du code de la route.

Six unités du MPD étaient déjà sur place. Les principales intersections avaient été interdites aux piétons comme aux véhicules.

À quoi ressemblait cette scène de crime ? Que s'était-il passé ?

Aucun détail particulier ne nous sautait aux yeux. C'était un quartier mi-industriel, mi-résidentiel. Sur la 19e comme sur Independence, à partir du nord-est du carrefour, les maisons accolées les unes aux autres avaient été entièrement refaites. Je me rappelais avoir lu plusieurs articles sur ce grand projet, qui mettait en avant les couleurs primaires et les angles inattendus. C'était tout à fait le décor insolite susceptible de séduire notre tueur. Cet enfoiré était en train de tourner un film. Dans sa tête.

D'un côté, il y avait la nouvelle école St. Coletta, juste en face. De l'autre, l'Armory Building, une ancienne fabrique d'armes reconvertie en salle de spectacle. Le secteur à couvrir était immense, et dans cette meule de foin géante, notre aiguille était le cadavre d'un homme. Ou peut-être un homme encore en vie. Fallait-il y croire ? SW pouvait avoir décidé de changer de rythme.

Je vis arriver encore plus d'une douzaine de voitures de patrouille, puis je cessai de compter. J'attendais impatiemment l'arrivée de Kitz et de ses gars. Sur ce coup-là, nous avions besoin des techniciens du FBI, de toute l'aide possible.

Priorité au résidentiel. Par équipes de deux, nous commençâmes à frapper à toutes les portes. Pour le reste, y compris les problèmes de maintien de l'ordre, on verrait plus tard. Nous étions déjà en plein délire, avec ces équipes télé qui ne nous lâchaient pas et nous filmaient sous tous les angles.

Peu après le début de l'opération, un homme en uniforme nous héla :

— Inspecteurs ! Il y a quelque chose par ici, inspecteurs !

Bree se précipita, je la suivis. C'était une petite maison jaune vif, avec une grande baie vitrée donnant sur la 19e Rue. La porte d'entrée paraissait de guingois, et des marques profondes étaient nettement visibles autour de la poignée et de la plaque de serrure. Comme si quelqu'un était récemment entré par effraction.

— Moi, ça me suffit, dit Bree. Traces d'effraction caractérisées. On entre.

84

Nous pénétrâmes dans la maison tout doucement, sans faire de bruit, accompagnés d'un flic du quartier, un jeune qui s'appelait DiLallo et qui était mort de trouille. Les autres collègues en tenue étaient restés dehors pour tenir à l'écart les journalistes trop aventureux, voire les curieux parfois prêts à tout pour surprendre une scène scabreuse.

À l'intérieur, tout était parfaitement calme, mais on étouffait dans la chaleur de cet air vicié – ni fenêtre ouverte ni climatisation. Comme à l'extérieur, la déco se voulait moderne. J'aperçus une copie de canapé Eames dans le séjour, à ma gauche, et dans la salle à manger, plus loin, une table en laque rouge et des chaises cannelées. Rien de déterminant pour l'instant, mais je devinais qu'il s'était passé quelque chose ici.

D'un mouvement du menton, Bree indiqua qu'elle s'occupait du séjour, et elle fit signe au flic en tenue d'aller vers la cuisine.

Moi, je prenais l'escalier.

Les lattes de bois massif et la rambarde d'acier ne firent aucun bruit à mon passage. Cet endroit était trop calme à mon goût. L'expression « silence de mort » m'aurait paru appropriée, et je redoutais la découverte macabre.

Étions-nous, cette fois, censés jouer le rôle du public ? Était-ce ça, la grande nouveauté ? Cette mise en scène nous était-elle exclusivement destinée ?

Sous le petit dôme de verre, inondé de soleil, je sentais déjà mes épaules ruisseler.

En haut, l'escalier se dédoublait pour rejoindre un palier ouvert surplombant le rez-de-chaussée. Je vis une porte fermée sur la gauche, et plus près de moi, une autre, ouverte, laissant entrevoir une salle de bains vide. Enfin, elle avait l'air vide de là où j'étais.

Personne en vue en tout cas, mort ou vif.

J'entendais arriver d'autres collègues, en bas. Il y avait déjà du monde à disposition. Chuchotements nerveux, crachotements de radio. La voix éraillée de l'officier DiLallo – quelqu'un l'appela Richard, genre *Richard, calme-toi*.

Bree réapparut dans le hall, en contrebas, et m'indiqua qu'il n'y avait pas de problème. Je lui fis signe de monter.

— Pourquoi, tu te sens seul ?

— Quand tu n'es pas là, toujours.

Lorsqu'elle m'eut rejoint, je lui montrai la porte de la chambre.

— C'est la seule qui soit fermée.

Me préparant au pire, je fis irruption à l'intérieur de la pièce en braquant d'abord mon Glock sur l'angle opposé avant de balayer à gauche et à droite.

Je n'aurais pu dire si j'étais déçu ou soulagé. Il n'y avait rien, dans cette pièce. Rien d'inhabituel. Un lit bien fait dans un coin, un placard ouvert, avec des vêtements de femme.

Qu'avions-nous négligé ? Nous étions bien au bon endroit, non ?

Et là, nous entendîmes tous les deux le petit staccato d'un hélicoptère en approche rapide. Quelques secondes plus tard, l'appareil survolait la maison.

D'autres bruits nous parvenaient de la rue. Un cri les domina.

— Sur le toit !

Je levai la tête, et compris alors que le dôme s'ouvrait.

85

— Il nous faut une échelle ! hurla Bree à l'adresse des hommes restés en bas. Et vite !

Je distinguais des traces de frottement noires sur le mur, à l'endroit où devait normalement se trouver l'échelle permettant d'accéder au toit. Quelqu'un l'avait visiblement enlevée.

Impossible d'atteindre la lucarne, même en montant sur les épaules de quelqu'un.

Je me ruai au-dehors avec Bree, car il n'était plus question de cacher la situation à la presse. Deux autres hélicoptères s'étaient joints au premier pour tournoyer au-dessus de nous comme des charognards. Le trottoir et la rue étaient noirs de monde : des voisins, des passants, et d'innombrables journalistes. Tout cela commençait à tourner au cirque, alors que nous ne savions toujours pas le fin mot de l'histoire.

— Faites-moi dégager tout le secteur, ordonnai-je à l'agent le plus proche. Je ne plaisante pas. SW est venu ici !

Laissant Bree sur place, je me frayai un chemin jusqu'au premier fourgon télé équipé d'une antenne satellite. En l'occurrence celui de Channel Four, garé juste en face, devant l'ancienne fabrique d'armes.

Une journaliste était déjà en train de débiter son texte. Je l'interrompis en pleine phrase et pointai le doigt vers le ciel.

— Un de ces hélicos est à vous ?

Elle était belle, elle avait des cheveux blond cendré, elle ne devait pas avoir trente ans. Elle s'étrangla d'indignation.

— Et vous, vous êtes qui ?

Son caméraman, lui, se fichait pas mal de savoir qui j'étais. Il braqua son objectif sur moi.

Sans attendre la réponse, j'ouvris la porte coulissante du van de Channel Four et je brandis ma plaque sous les yeux ébahis du technicien qui sirotait son café devant la console.

— Police de Washington ! Je veux voir exactement ce que voit votre hélico.

Il lâcha sa paille et, sans un mot, désigna l'un des écrans. Sur l'étiquette bleu métallisé, je lus DIRECT.

Voilà où était le public.

Je m'étais demandé de quelle manière SW allait procéder lors de sa prochaine exhibition, et j'avais maintenant la réponse. Tous les téléspectateurs verraient son spectacle. Ce fumier avait tout prévu.

À ma montre, il était un peu plus de dix-huit heures. L'heure des infos. Voilà pourquoi le tueur avait attendu avant de nous envoyer le second mail…

La caméra de l'hélicoptère était trop éloignée pour saisir tous les détails, mais il y avait bien un corps, là-haut. J'aurais presque juré que c'était celui d'un homme. Un pantalon foncé, une chemise claire, et une petite flaque de sang, semblait-il, au niveau du cou. Le visage avait quelque chose de bizarre. Il paraissait déformé, pour une raison que je ne m'expliquais pas encore.

Il y avait une échelle rétractable posée non loin.

— Dites à votre type, là-haut, de balayer le toit. Tout de suite.

— Il n'a pas à te donner d'ordres !

La jeune journaliste avait pointé son casque d'or à l'intérieur du fourgon, et je commençais à me sentir un peu à l'étroit.

— Si vous ne voulez pas être arrêtés, vous faites ce que je vous dis. Je n'hésiterai pas à vous boucler. Tous les deux.

Le technicien acquiesça et parla dans son micro.

« Bruce, tu veux bien me faire un pano du toit ? Rapproche-toi si tu peux. C'est une demande de la police. »

D'après ce que la caméra me permettait de voir, il n'y avait apparemment personne sur le toit. À part ce corps…

— OK, c'est bon.

Derrière moi, la journaliste aboya :

— Reviens sur le corps ! On est en direct !

— Alex !

C'était Bree, sur le trottoir d'en face.

— On a récupéré une échelle. On va monter.

J'eus le temps de jeter un dernier coup d'œil vers l'écran, et à cet instant précis, je vis la victime bouger le bras. Un léger mouvement, mais un mouvement tout de même. Je sortis du van si vite que Miss Channel Four faillit en perdre ses talons hauts.

— Bree ! Il est encore en vie, celui-là !

86

Je fus le premier à arriver sur le toit. Bree me talonnait, suivie de deux secouristes très nerveux. Après s'être brièvement assurés qu'ils ne risquaient rien, ils se précipitèrent auprès de la victime. Nous l'espérions toujours en vie.

Il y avait un deck en bois près de la lucarne. Au-delà, le revêtement goudronné du toit fumait littéralement sous le soleil. Je voyais également des vapeurs de chaleur ondoyer autour du corps. La flaque de sang s'était considérablement élargie.

— Ça se présente mal, maugréa Bree.

— Effectivement.

Nous eûmes un choc en voyant le visage de la victime. Il était recouvert d'un masque, et je comprenais mieux, à présent, pourquoi je l'avais trouvé étrange à l'image. C'était un masque à l'effigie de Richard Nixon, semblable à celui utilisé lors du double meurtre de l'autoroute.

— Je ne sais pas pourquoi, mais je n'ai pas l'impression que ce soit l'imitateur, hurlai-je dans l'oreille de Bree pour couvrir le vacarme des hélicos. Si tant est qu'il y en ait eu un…

— Je crois que tu as raison.

Nous pensions de nouveau la même chose. Les crimes prétendument commis par un imitateur étaient en réalité un hommage à sa propre personne. Et nous devions nous en rendre compte maintenant, sous l'œil des caméras. Pendant que le monde entier regardait, ce salaud nous roulait une fois de plus dans la farine.

— Il est vivant ? criai-je au sauveteur le plus proche.

Je n'avais pas vu la victime bouger depuis que nous étions sur le toit.

— Je n'ai pas de pouls. Rythme cardiaque cent vingt.

Son collègue était en train de réclamer une civière.

— Enlevez-lui ce masque ! hurla Bree.

Plus facile à dire qu'à faire, car à l'arrière du crâne, le latex avait fondu au contact du toit brûlant. Il fallut finalement découper le devant du masque.

Et, quand on le retira enfin, un visage familier nous apparut.

Bree retint un cri, et je lui pris le bras comme pour me soutenir.

C'était Kitz !

Livide, l'agent du FBI qui nous avait tellement aidés grâce à ses connaissances en informatique avait les yeux clos. De grosses perles de sueur roulaient sur son visage.

Je m'agenouillai à son côté. Les compresses ne suffisaient pas à arrêter l'hémorragie, et ce spectacle tragique me révoltait.

— Kitz !

Je lui pris la main et pressai légèrement sa paume.

— C'est Alex. Les secours arrivent.

Ses doigts s'agitèrent sans vraiment réussir à serrer les miens, mais, au moins, il était toujours conscient.

Il finit par ouvrir les yeux.

Il avait le regard vague. Quand il me vit enfin, il voulut me dire quelque chose. Ses lèvres boursouflées, cloquées bougèrent, mais je n'entendis rien.

— Accroche-toi, lui dis-je. On s'occupe de toi, tu vas t'en sortir. Tiens bon, Kitz.

Il tenta encore une fois de parler, mais seul un son inintelligible s'échappa de sa bouche.

Au prix, semblait-il, d'un immense effort, il abaissa deux fois les paupières. Puis ses yeux se révulsèrent. Les secouristes firent ce qu'ils purent, mais quand la civière arriva, tout était fini.

Kitz était mort, sous l'œil des caméras, comme SW l'avait prévu.

Je me tournai vers Bree, l'esprit en ébullition.

— Kitz a cligné deux fois des yeux. Il y aurait deux tueurs ?

87

Avant l'arrivée de la police et des hélicoptères de la télévision, SW avait franchi deux toits, puis il était descendu le long d'un échafaudage de peintre un peu branlant pour se retrouver sur un petit parking public, à l'arrière de l'immeuble, où il serait tranquille.

Aujourd'hui, il était chargé. La sacoche renfermant un ordinateur portable et du matériel photo lui sciait un peu l'épaule, mais ce n'était pas grave. Remonté à bloc, il ne pensait plus qu'à son nouveau rôle... et au scénario.

Il enleva ses gants de latex et sortit de sa poche un briquet argenté. Quelques secondes plus tard, il n'y avait plus qu'une petite flaque de caoutchouc fondu sur le ciment. Les flics pouvaient toujours essayer d'y trouver des empreintes et de remonter jusqu'à lui !

Il ne changea rien au reste. Des cheveux blonds assez longs réunis en catogan, un peu de barbe pour faire écho aux sourcils décolorés, des lentilles marron, des lunettes à monture d'acier, et une casquette des White Sox, à l'envers.

Aujourd'hui, il avait décidé de s'appeler Neil Stephens. Il se faisait passer pour un photographe de l'agence Associated Press venu de Chicago. Son appareil photo était un Leica neuf. Il n'aurait aucun problème à se mêler à la foule, et pourrait assister à l'évolution de la situation, jusqu'au dénouement final. Il verrait tous les joueurs de près, épierait leurs réactions sous pression. Personne n'aurait pu faire mieux, pas même Kyle Craig au meilleur de sa forme.

Lorsqu'il tourna à l'angle de A Street, la 19e lui fit l'effet d'un cirque Barnum. Dans le bon sens du terme. Debout sur le pare-chocs d'une voiture en stationnement, il prit plusieurs photos au grand angle – le ballet des voitures de patrouille, les ambulances, le camion des unités spéciales du SWAT sur le parking de l'Armory, plus d'une douzaine de télés et de radios. Des centaines de riverains arpentaient la rue en essayant de savoir ce qui se passait.

Quelqu'un avait-il deviné, ou est-ce que tout le monde s'interrogeait encore ? SW allait enfin apporter la notoriété à ce petit quartier minable et chacun, bientôt, remercierait le ciel d'avoir échappé au pire.

Eh oui, ce soir, les petits esprits étriqués n'allaient pas en revenir. Désormais, il avait rejoint les rangs des meilleurs. Aux côtés de Kyle Craig.

Quand arrivèrent les hélicoptères, la police, au sol, avait réussi à délimiter un périmètre pour contenir la foule. Alex Cross était sur place, ainsi que Bree Stone. Il se fit d'ailleurs la réflexion que celle-ci commençait à prendre un peu trop d'importance. Peut-être était-il temps d'y remédier.

Le prochain scénario ?

88

Neil Stephens, de l'AP, jouait des épaules avec ses confrères, en face de la maison jaune où avait été découvert le corps de l'agent du FBI. Tous se battaient pour avoir la photo la plus juteuse possible. Lui s'en fichait, bien sûr. Il avait déjà son cliché à un million de dollars : un joli gros plan du visage de Brian Kitzmiller, les yeux écarquillés, le cou ouvert, pissant le sang comme un cochon égorgé.

— Sacrée scène, hein ? fit un autre photographe à côté de lui, un excité à la peau bien brune. C'est incroyable, cette histoire, hein ? Vous couvrez le truc depuis le début ?

On peut dire ça, songea SW.

— Je viens d'arriver à Washington, répondit-il en veillant à reproduire l'accent légèrement nasillard de Chicago.

Il adorait ces petits détails. C'était ce qu'il y avait de plus magique, et de plus diabolique.

— Je fais un sujet sur les enquêteurs et les experts de scènes de crime. C'est mon angle. Les experts, ils ont vraiment la cote. Ce petit événement n'est qu'un… comment dire…

— Un heureux hasard ?

Le tueur renvoya au type son sourire cynique.

— C'est un peu ça. J'ai de la chance.

— Les voilà ! cria quelqu'un, et, comme les autres, Neil Stephens de l'AP leva son appareil.

De l'autre côté de la rue, la porte s'ouvrit. Les inspecteurs Cross et Stone sortirent les premiers, devant les secouristes qui emmenaient le corps. Ils faisaient tous les deux une tête d'enterrement parfaitement appropriée, qui ressortait très bien au téléobjectif.

Clic ! Sympa, ce petit plan double de l'opposition. En piteux état, certes, mais pas encore tout à fait vaincue. Toujours debout.

Cross avait l'air particulièrement mauvais. On voyait encore le sang de Kitzmiller sur ses mains et sa chemise.

Clic !

Encore une photo d'anthologie.

Les deux flics en rejoignirent un autre, John Sampson, l'ami de Cross, qui attendait sur le trottoir. Bree chuchota quelque chose à l'oreille du grand gaillard – clic ! – qui se mit à secouer la tête d'un air incrédule. Il venait sûrement d'apprendre que c'était Brian Kitzmiller qu'on avait retrouvé sur le toit.

Clic, clic, clic !

Ces photos valaient de l'or.

Le petit mec à côté de lui n'arrêtait pas de parler en shootant. Un vrai moulin à paroles.

— Il paraît que Cross, le type qui est là-bas, est un de nos meilleurs flics. J'ai l'impression que ce coup-ci, il est en train de se prendre un savon.

— On dirait, hein ?

Neil Stephens mitraillait toujours les trois inspecteurs en s'efforçant d'obtenir des plans des visages aussi serrés que possible. Rien d'esthétisant, mais du solide tout de même. On restait ancré dans le réel.

Puis il recula un peu et les prit tous les trois ensemble.

Clic, clic, clic !

Il s'arrêta enfin et regarda leurs visages quelques secondes à travers le viseur du Leica. Était-ce ainsi qu'il les tuerait à la fin ? Tous les trois en même temps, d'un seul coup, dont l'écho ferait le tour du monde ? Ou bien l'un après l'autre, gentiment, calmement ?

Stone.

Sampson.

Cross.

Il n'avait pas encore décidé. Rien ne pressait. Il valait mieux qu'il poursuive sa route tranquillement, en profitant du paysage. De toute manière, cela ne changerait rien au dénouement. Au bout du voyage, il y aurait un mort, deux morts, trois morts. Et il entrerait dans la légende, aux côtés des meilleurs.

Et l'autre, pendant ce temps, qui n'arrêtait pas de jacasser.

— Vous venez juste d'arriver, vous dites. Alors, ça veut dire que vous ne leur avez pas encore parlé, aux flics ?

— Pas encore, répondit Neil Stephen avec son merveilleux accent. Mais j'ai hâte de le faire.

89

Chaque fois que survient un drame de ce genre, aussi tragique qu'imprévu, mon optimisme en prend un coup. J'avais le sentiment que, dans mon cœur, le meurtre de Kitz avait fait un peu plus de place à la haine. Était-ce la vérité ? J'en étais réduit à me raccrocher à l'espoir qu'un jour nous finirions par neutraliser le ou les tueurs et mettre un terme à ce massacre.

Si je voulais faire quelque chose de positif, je n'avais pas le choix : je devais poursuivre mon enquête avec encore plus d'acharnement. La collecte d'indices dans la maison de la 19ᵉ Rue se poursuivit donc jusque tard dans la nuit, mais sans grands résultats. Tout était clean. Il s'avéra que les propriétaires s'étaient absentés pour le mois. Les voisins n'avaient rien remarqué de spécial. Personne n'avait aperçu SW avant ni après le meurtre de Brian Kitzmiller.

De retour vers trois heures trente, je réussis à dormir quelques heures avant de me forcer à me lever pour repartir à l'attaque. Comme tous les matins, mes patients m'attendaient, mais je pus profiter de mon petit footing jusqu'au cabinet pour me repasser le film de l'enquête. Une fois, deux fois, trois fois.

Quelque chose m'avait échappé, forcément, mais quoi ? Il était manifeste que SW évoluait, comme presque tous les tueurs en série qui prospèrent. L'important, c'était la manière. Ses méthodes gagnaient en efficacité et en complexité. Le meurtre de la veille marquait une nouvelle escalade : une mise en scène plus audacieuse, une couverture presse plus importante, plus de reportages en direct.

Ce qui semblait être en jeu, ce qui avait changé de la manière la plus spectaculaire, c'était sans aucun doute son sentiment de pouvoir. J'étais en train de traverser le National Mall, les poumons en feu, quand cette réflexion se cristallisa littéralement dans mon esprit. À chaque nouveau crime, le pouvoir de SW se renforçait, son ascendant sur nous augmentait. Autrement dit, paradoxalement, le temps ne jouait pas en notre faveur.

Je me représentais toujours le tueur sous la forme d'un homme, mais peut-être me trompais-je. Nous avions sans doute affaire à un couple homme-femme qui prenait un malin plaisir à semer derrière lui un chapelet d'indices.

90

À bien des égards, j'avais l'impression de mener une double vie, et sans doute n'était-ce pas qu'une impression. Ce matin-là, après Sandy Quinlan, je recevais Anthony Demao. Après la crise dépressive de la dernière fois, j'avais bien l'intention de lui fixer plusieurs rendez-vous rapprochés.

J'ignorais où en étaient mes deux patients depuis la scène à laquelle j'avais assisté dans la salle d'attente, et c'est avec un certain soulagement que je les vis se croiser en s'ignorant. Sandy avait l'air mal à l'aise, Anthony feignit de n'être pas concerné. Tant mieux, me dis-je, car je les voyais mal ensemble, tous les deux. Très mal.

Dès le départ de Sandy, l'attitude d'Anthony changea. Visiblement très agité, il tremblait beaucoup plus que d'habitude. Alors qu'il faisait très chaud, il portait un pantalon et un gilet de camouflage fermé. Il entra, se laissa tomber sur le canapé.

Puis il se releva et se mit à arpenter nerveusement la pièce, les mains dans les poches, en marmonnant.

— Que se passe-t-il ? finis-je par lui demander. Je vous trouve bien énervé.

— Vous trouvez, docteur ? J'ai encore fait le même rêve, deux nuits de suite. Bassora, ce putain de désert, la guerre, le merdier total. D'accord ?

— Anthony, venez vous asseoir. S'il vous plaît.

Il avait déjà essayé de me parler de Bassora, mais ne m'en avait pas dit suffisamment pour que je comprenne où il voulait en venir. Je sentais bien que quelque chose de terrible lui était arrivé en Irak, mais quoi, je l'ignorais toujours.

Lorsqu'il finit par s'affaler sur mon canapé, je remarquai un renflement sous son gilet. Je compris immédiatement ce que c'était, et mon sang ne fit qu'un tour. Je me redressai.

— Vous êtes armé ?

Il mit la main sur la bosse et me fit sèchement :

— Il n'est pas chargé. Pas de souci.

— Soyez gentil de me le donner. Je ne veux pas d'armes ici.

Il me regarda d'un air agressif.

— Je viens de vous le dire, il n'est pas chargé. Vous ne me croyez pas ? D'ailleurs, j'ai un permis.

— Ici, il n'a aucune valeur.

Je me relevai.

— Ça suffit. Sortez d'ici.

— Non, non. Tenez, prenez-le.

Il mit la main sous son gilet, sortit un Colt 9.

— Vous n'avez qu'à le prendre, mon flingue !

— Lentement, lui dis-je. Vous prenez la crosse avec deux doigts, vous le posez sur la table. L'autre main ne bouge pas.

Anthony me regarda différemment, comme s'il venait brusquement de comprendre quelque chose.

— Vous êtes quoi, un flic ?

— Faites simplement ce que je vous dis de faire, d'accord ?

Il posa le pistolet sur la table. Après avoir vérifié qu'il n'y avait pas de cartouche dans le canon ni dans le chargeur, je le rangeai dans le tiroir de mon bureau et fermai à clé. Je respirai profondément.

— Vous voulez me parler de votre rêve, maintenant ? Bassora ? Ce qui vous est arrivé là-bas ?

Il opina, commença à parler, se remit à arpenter la pièce. Sans arme, cette fois, ce qui me rassurait un peu.

— Ça commençait de la même façon... dans le rêve. On venait d'être touchés, et j'ai couru jusqu'au fossé. Je fais toujours ça, mais cette fois-ci, j'étais pas seul.

— Vous parlez de Matt ?

— Ouais, il était avec moi. Y avait que nous deux. On s'était retrouvés séparés de l'unité.

Il m'avait déjà parlé de son copain Matt. Ils étaient affectés au même camion de munitions, mais je n'en savais guère plus.

— Il était naze. Les deux jambes en charpie, comme des hamburgers. Il a fallu que je le tire par les bras. Je pouvais rien faire d'autre.

Il me lança un regard suppliant.

— Anthony, êtes-vous en train de me parler de votre rêve, ou de ce qui s'est réellement passé cette nuit-là ?

Sa voix se réduisit à un murmure.

— Justement, docteur, je crois que je parle des deux. Matt, il hurlait comme une espèce de bête sauvage blessée. Et quand j'ai entendu les cris, dans mon rêve, c'était comme si je les avais déjà entendus avant.

— Avez-vous pu l'aider ?

— Non, pas vraiment. Je pouvais pas l'aider, je pouvais rien faire. Même un médecin, il aurait rien pu faire pour Matt, vu l'état dans lequel il était.

— Entendu. Et que s'est-il passé ensuite ?

— Là, Matt commence à me dire : « Je vais pas m'en sortir, je vais pas m'en sortir. » Il n'arrête pas de répéter la même chose, et pendant ce temps, ça tire de tous les côtés. Moi, je sais pas si c'est nos gars ou ces putains d'Arabes qui tirent. Dans l'état où il est, avec les jambes flinguées et les boyaux qui sortent, on peut aller nulle part. Et là, il commence à me dire : « Tue-moi. Je t'en supplie, tue-moi. »

Anthony était parti. Il revivait son cauchemar, l'horreur de ce qu'il avait vécu cette nuit-là en Irak. Je le laissai poursuivre.

— Il sort son arme de service. Il arrive même pas à la tenir, et je le vois qui pleure parce qu'il y arrive pas, et moi je pleure parce que je veux pas qu'il le fasse. Les obus de mortier pleuvent de partout. Dans le ciel, c'est un vrai feu d'artifice.

Il dodelina de la tête, s'arrêta de parler, les larmes aux yeux. Je ne pouvais qu'essayer de le comprendre : il n'y a pas de mots pour décrire une situation pareille.

— Anthony ? Avez-vous aidé Matt à mettre fin à ses jours ?

Une larme roula sur sa joue.

— J'ai posé ma main sur celle de Matthew, j'ai fermé les yeux… et là, on a tiré. Tous les deux.

Il me regarda.

— Vous me croyez, Docteur Cross, dites ?

— Je dois vous croire, non ?

— Je ne sais pas.

Je lus, dans ses yeux, un vrai ressentiment.

— C'est vous, le toubib. Vous devez pouvoir faire la différence entre un cauchemar et la réalité, non ? Répondez-moi.

91

Au début de cet entretien étrange et d'une violence peu commune, Anthony Demao m'avait demandé si j'étais flic. Je n'avais pas répondu. J'étais moi-même dans le doute, ces temps-ci. J'étais en train de réintégrer le MPD, et ma situation pouvait être qualifiée de « spéciale ». Je n'avais qu'une seule certitude : jamais je ne m'étais autant investi dans une enquête, et celle-ci paraissait chaque jour plus complexe et plus difficile.

De surcroît, et même si cela n'avait rien de très exceptionnel en de telles circonstances, nous enragions tous d'avoir les mains liées par l'enquête sur la mort de Brian. La cyberbrigade du FBI nous avait promis un contact dans les prochains jours et un rapport complet sur les activités de Kitz au moment où celui-ci avait été tué, mais en attendant, ce qu'on nous disait en substance se résumait à : on vous rappelle.

C'est pour cela que, le lendemain, Sampson et moi sonnâmes à la porte de Beth Kiztmiller, à Silver Spring, Maryland. Nous n'avions aucune envie d'ennuyer la famille en cette période de deuil, mais nous n'avions guère le choix.

— Merci d'avoir accepté de nous recevoir, dis-je tandis que Beth nous faisait entrer dans le vestibule.

Les traits tirés, elle semblait extrêmement fatiguée, mais il y avait dans sa voix de la force et de la détermination.

— Brian est mort en recherchant ce monstre. Faites ce que vous avez à faire, restez ici aussi longtemps qu'il le faudra. Il faut que justice soit rendue, Alex. Pour moi, pour mes enfants.

Du haut de l'escalier, Emily, six ans, nous regardait en silence, avec de grands yeux. Je lui fis un clin d'œil, je lui souris, et elle finit par sourire à son tour. Elle était vaillante, la petite, et elle me faisait mal au cœur. Moi aussi, j'avais besoin que justice soit rendue.

— Nous espérions pouvoir jeter un coup d'œil dans son bureau, expliquai-je. Je sais qu'il travaillait beaucoup chez lui.

Et si quelqu'un pouvait avoir croisé la route de notre tueur sur le Net, c'était bien Kitz, me dis-je sans oser partager ma réflexion.

— Bien sûr. Je vous conduis dans l'Antre.

Elle ouvrit une double porte coulissante à l'arrière de la belle villa coloniale que Kitz ne reverrait jamais. Le bureau donnait sur le jardin. J'aperçus une balançoire et un parterre de tournesols. La vie continue. Enfin, pour certains d'entre nous.

Beth s'arrêta sur le seuil de la porte.

— Je ne sais pas si vous trouverez quoi que ce soit d'intéressant, mais n'hésitez pas à fouiller partout. Rien n'est secret, dans cette maison.

— Est-ce le seul ordinateur dont il se servait ici ? voulut savoir Sampson.

Il s'était installé devant un grand bureau bien encombré. À ma grande surprise, le matériel informatique, assez rudimentaire, se limitait à une unité centrale Dell assortie d'un vieil écran.

— Il avait un ordinateur portable fourni par le FBI, répondit Beth, mais je ne crois pas qu'il soit ici. Je ne l'ai vu nulle part.

Je regardai Sampson. Nous n'avions pas trouvé de portable dans le bureau de Kitz, ni dans sa voiture.

— Avez-vous une idée des mots de passe qu'il pouvait utiliser ? demandai-je.

Elle soupira bruyamment. Ce n'était pas facile pour elle, mais elle faisait tout pour nous mettre à l'aise.

— Essayez *Scoubidou*. C'est ce qu'il mettait, parfois.

Nous échangeâmes un petit sourire gêné.

— C'est le surnom qu'il avait donné à Emily, expliqua-t-elle. De temps en temps, il m'appelait aussi comme ça.

Sampson tapa *Scoubidou*.

92

C'était bien le mot de passe de Kitz, du moins sur cet ordinateur, et tandis que Sampson pianotait fébrilement sur le clavier, je m'intéressai aux tiroirs du bureau.

Je tombai rapidement sur une grosse pile de dossiers d'enquêtes en cours, concernant pour la plupart des tueurs en série. Il s'agissait de photocopies des documents originaux. Je soupçonnais Kitz d'avoir effectué ces reproductions sans l'autorisation de ses supérieurs. Après tout, en vrai fan, il collectionnait tout ce qui touchait à ce domaine, et si sa passion virait parfois à l'obsession, c'était aussi ce qui faisait de lui un homme aussi compétent. Au fond de moi-même, je ne pouvais m'empêcher de faire le rapprochement avec Kyle Craig, qui lui aussi avait fait partie du FBI. Malheureusement, à ce compte-là, je devenais moi aussi suspect.

Le premier dossier que j'ouvris concernait une affaire dont j'avais entendu parler. Dans les banlieues chic du Maryland, plusieurs femmes avaient été étranglées dans leur lit. Chaque fois, l'auteur des crimes était entré par effraction, sans rien voler ni saccager. On comptabilisait pour l'instant trois meurtres en l'espace de cinq mois, soit un toutes les sept semaines.

Le dossier suivant, dont le nom de code était « Cartographe », détaillait une série de meurtres par balles, commis avec la même arme chaque fois. Les victimes semblaient choisies au hasard, elles n'avaient en commun que l'endroit où elles se trouvaient. Quatre avaient déjà été tuées, à des coins de rue différents, mais tous situés sur une ligne droite traversant le nord-ouest de Washington.

Puis je découvris un dossier sur Kyle Craig. Il renfermait même des détails sur son arrestation, dont j'étais l'auteur. Kitz avait en outre repris les notes de Kyle sur les différentes enquêtes en cours au moment de son interpellation.

Le dossier SW, lui, contenait essentiellement des renseignements déjà anciens sur les meurtres commis dans la région de Washington : copies de rapports, plans de rues détaillés, résultats d'analyse, interrogatoires – des centaines de pièces relatives aux homicides répertoriés, mais rien de nouveau ni de très utile. Et aucun élément permettant d'établir un lien direct entre SW et Kyle Craig.

— Et de ton côté, qu'est-ce que ça donne ? demandai-je à Sampson. Du nouveau, en bien ou en mal ?

— Il y a énormément de choses à voir. Il a installé Technorati, Blogdex, PubSub... Ce sont des programmes de dépistage. Une fois qu'on les a bien calibrés, on peut retrouver qui a laissé un commentaire sur un blog ou visité tel ou tel site.

— Et qu'est-ce qu'on peut faire avec ça ? Tu penses qu'il aurait pu enregistrer quelque part ce qu'il avait découvert ?

Sampson tambourina sur le bureau.

— Je veux regarder l'historique de ses connexions, voir s'il y avait des sites qu'il fréquentait régulièrement. Je crois que je vais commencer par là.

Quelques minutes plus tard, il se redressa brutalement et laissa échapper un sifflement.

— Nom de Dieu. Viens voir ça, Alex.

Je vins regarder par-dessus son épaule.

— Ça te rappelle quelque chose ? me dit-il. Ça
devrait, en tout cas.

Sur l'écran s'affichait une liste immense. Des noms
de sites. Certains m'étaient familiers, car j'avais moi-
même déjà passé un certain temps à enquêter sur la
Toile, mais un autre détail retint mon attention. La
liste comprenait, outre ces noms de sites, des
dizaines de suites de chiffres. Et en y regardant de
plus près, je vis qu'il s'agissait toujours de la même
combinaison, seulement agencée différemment avec
des points de séparation et des slash.

344.19.204.411
34.41.920.441/1
34.419.20.44/11
344.192.04.411

Plus bas, la liste des noms reprenait, mais nous
venions de trouver notre numéro mystère. C'était celui
du sac postal retrouvé au musée de l'Air et de
l'Espace.

— C'est une adresse IP, Alex. Celle d'un site Internet. Du moins, Kitz le pensait.

— Pourquoi ne nous a-t-il rien dit ? Qu'est-ce ça
cache ?

— Il n'avait peut-être pas encore trouvé la bonne
combinaison. Ou peut-être qu'il n'avait pas encore eu
le temps de voir ce que c'était. Ou bien le site était
inactif.

— Il y a un moyen très simple de vérifier. On les
fait tous, dans l'ordre.

93

Seule sur le toit de la maison de la 19ᵉ Rue, Bree Stone contemplait l'emplacement du corps de Brian Kitzmiller et la flaque de sang qui, sous le soleil, s'était réduite à une tache noire craquelée. Dans sa tête, les questions, les questions dangereuses, se bousculaient. As-tu beaucoup souffert, Kitz ? As-tu été attaqué par surprise ? As-tu au moins eu la possibilité de te défendre ? Sais-tu qui a fait ça ?

Mais, si inévitables soient-elles, si intrinsèquement humaines, ces interrogations ne l'aidaient guère dans son enquête. Il fallait qu'elle se concentre sur les méthodes du tueur, et ne laisse passer aucun indice qu'il aurait pu laisser sur place.

La société Bio-Tec devait venir le soir même pour nettoyer la « maison jaune ». Les propriétaires rentraient le lendemain. Pour Bree, c'était la dernière inspection, la dernière chance de déceler un fragment de piste avant que la vie de tous les jours n'efface tout.

Tout laissait à penser que le tueur était entré en passant par le toit, et qu'il s'était ensuite enfui en utilisant l'échafaudage monté à l'arrière d'un immeuble, deux maisons plus loin. L'autopsie de Kitz avait révélé des traces de frottement sous les bras et la présence de fibres sur la chemise ; on l'avait hissé à l'aide d'une corde de nylon, ou d'un filin. On avait retrouvé dans ses veines de l'hydrate de chloral, pas assez pour que la dose soit mortelle, mais cela signifiait qu'il était inconscient, et c'était la seule bonne nouvelle pour l'instant.

L'examen de l'intérieur de la maison n'avait mis au jour aucune trace de sang significative. Kitz avait été égorgé ici même, sur le toit, peu avant l'arrivée de la police. Le tueur avait sans doute minuté son coup.

Ce salaud voulait jouer avec le feu, songea Bree. Il avait tout calculé. Kitz devait mourir juste après notre arrivée.

Bree se malaxa la nuque. Le mal de tête avec lequel elle s'était réveillée le matin était parti pour durer. Et la chemise noire qu'elle avait eu la mauvaise idée de mettre était déjà détrempée de sueur.

En se dirigeant vers l'échafaudage, d'un toit à l'autre, elle passa devant un endroit jonché de mégots de cigarettes et de grandes canettes de bière à demi écrasées. Elle n'avait rien remarqué la première fois, autrement dit quelqu'un était venu depuis. « Des psychotouristes », comme les surnommait Alex, de pauvres malades fascinés par les scènes de crime. Et, dans le genre, on n'avait sans doute jamais vu quelque chose d'aussi médiatique depuis une dizaine d'années.

Bree regarda en bas. Le parking était quasi vide à cette heure de la journée. C'était là qu'on avait retrouvé la Camry de Kitz, sur un emplacement réservé aux résidents de l'immeuble.

Soit le tueur était reparti à pied, soit un véhicule l'attendait.

Enfin, s'il était reparti.

Ce qui n'est pas sûr, à bien y réfléchir.

Il pouvait avoir choisi de rester sur place, pour faire le plein de souvenirs.

Est-ce que cela faisait partie de ses habitudes ?

Le meurtre lui-même s'était déroulé sans témoins, ce qui était une nouveauté intéressante. Le public était plus important, mais plus abstrait, puisqu'il s'agissait de téléspectateurs. Bree était prête à parier son badge que SW, poussé par un besoin irrésistible, avait donc pris le risque de rester sur place pour voir la foule rassemblée sur la 19ᵉ Rue, pour voir son *vrai* public.

Et sa complice de Baltimore ? Avait-elle participé à ce meurtre, elle aussi ? Et aux précédents ? Quel pacte sanglant avaient-ils signé ? Étaient-ils amants ? Avaient-ils été internés dans le même hôpital psychiatrique ? Qu'est-ce qui les reliait à Kyle Craig ?

Bree s'assit au bord du toit, passa sur l'échafaudage et descendit tout doucement, car elle se sentait un peu vacillante. Trop de stress, pas assez de sommeil, pas assez d'Alex.

Une fois au sol, elle se força à suivre le chemin vraisemblablement emprunté par le tueur. Elle remonta la ruelle jusqu'à A Street et revint vers la 19ᵉ.

Tout était calme, surtout après le tumulte de l'avant-veille. Une seule voiture de patrouille était garée devant la maison. Adossé à la portière, côté passager, Howie Pearsall, l'agent qu'elle avait emmené avec elle, attendait. Howie était un type bien, un ami, mais l'ambition ne le dévorait pas.

Il était là par mesure de précaution, mais pour Bree, cette mesure tenait du gag. En cas de problème, on pouvait se demander lequel était le plus à même de protéger l'autre. Dès qu'il la vit arriver, il se redressa et épousseta sa chemise du revers de la main.

— Repos, soldat. Ne vous inquiétez pas. Désolée d'avoir été aussi longue, Howie.

— Alors ? s'enquit le jeune collègue.

— Chou blanc, Howie. Attendez-moi, je reviens tout de suite.

Elle gravit les marches du perron et arracha l'avis de scellé collé sur la porte. Pauvre scène de crime…

— Excusez-moi, inspecteur ?

Le type sur la pelouse, derrière elle, semblait surgir de nulle part. Que lui voulait-il ?

— Je suis Neil Stephens, de l'Associated Press. J'aurais aimé vous poser quelques questions.

94

Neil Stephens, ou plutôt SW, aurait surtout voulu transformer Bree Stone en passoire, là, devant la maison. Sortir son .357 et pan ! Morte, la fliquette. Et le bleu qui traînait près de la voiture, il lui aurait bien réglé son compte, à lui aussi.

Mais non. Là, il ne s'agissait même pas d'une répétition, encore moins d'une représentation. Un travail de préparation, tout au plus. Et un petit moment de rigolade. L'inspecteur Stone avait tout d'un animal à sang froid, mais c'était aussi la petite amie d'Alex Cross, il ne fallait pas l'oublier. Ce qui la rendait vraiment intéressante. À ses yeux, elle gagnait en stature et en importance.

Stone poursuivit son chemin vers la voiture de patrouille.

— Je n'ai pas de commentaire à faire, lâcha-t-elle sans même daigner le regarder.

Autrement dit, non seulement elle ne valait pas grand-chose comme flic, mais c'était en plus une vraie salope. Logique. Les flics n'étaient pas souvent à la hauteur. Individuellement, en tout cas.

Il empoigna son Leica.

— Juste une petite photo, alors ?

Comme s'il ne s'en fichait pas, de cette photo. Non, ce qu'il voulait, lui, c'était que Stone le voie. Qu'elle se souvienne du personnage qu'il incarnait aujourd'hui, Neil Stephens.

Son public, aujourd'hui, c'était l'inspecteur Bree Stone, et elle ne le regardait même pas. Elle leva la main et monta dans la voiture.

C'est ça, parle à ma main.

— On y va, dit-elle au flic installé au volant, et la voiture démarra.

Fin de l'interview.

Neil Stephens eut juste le temps de crier :

— Alors, inspecteur Stone, encore une journée pourrie ?

Il jouait son rôle, ni plus ni moins. La dernière pique d'un journaliste trop insistant. Il se demanda même si elle l'avait entendu, jusqu'au moment où la voiture de police freina brutalement, et fit marche arrière jusqu'à lui.

Bree Stone descendit et le toisa brièvement. Il avait enfin réussi à capter son attention. Était-ce une bonne chose ?

— Excusez-moi, lui dit-elle, mais je n'ai pas retenu votre nom. Vous êtes ?

— Stephens, de l'AP, à Chicago.

Ce n'était pas le moment de flancher. Il se rapprocha. Comme l'aurait fait Neil, pour obtenir son exclusivité.

— Je vous ai laissé un message ce matin.

(C'était faux.)

— Pour tout vous dire, j'espérais faire un sujet sur votre équipe pendant que je suis ici, à Washington.

Il s'en sortait plutôt bien, mais sa situation demeurait périlleuse. Pour lui, tout cela manquait un peu de logique, de substance.

Stone était sans doute du même avis.

— Auriez-vous une pièce d'identité ?

Que faire ? Il fit encore un pas et lui tendit sa carte. Du coin de l'œil, il surveillait l'autre flic, toujours au volant de la voiture. Bree Stone avait une arme, bien sûr, mais le Glock était dans son étui, sur la hanche droite, à côté de la plaque. Il la tenait, ça ne faisait aucun doute. Il pouvait se la faire là, tout de suite. Il le devait.

Elle le regarda de nouveau, mais moins crispée, cette fois-ci.

— Bon, d'accord. On peut faire ça rapidement au bureau. J'essayerai de vous présenter quelques personnes. Ça vous va ?

Elle était presque convaincante. *Vous avez failli m'avoir, inspecteur*. Mais, à ses intonations, SW sut tout ce qu'il avait besoin de savoir. Il fallait qu'il passe immédiatement à l'action, ou il était fichu.

Son poing jaillit et frappa Bree à la tempe. Elle avait le crâne sacrément dur pour une femme. Il s'empara du Glock et tira sur l'autre flic à travers la vitre ouverte, puis fit feu une seconde fois sur la silhouette recroquevillée, pour être sûr. Il se retourna vers Stone.

Elle gisait toujours au sol, visiblement blessée, mais toujours consciente. Elle se tenait le front, les doigts dégoulinant de sang. Lorsqu'elle tendit le bras vers lui, il la retourna du pied.

— On ne bouge plus !

Il lui colla le pistolet sous les yeux.

— Regarde-moi, Bree. Je veux que tu te souviennes de mon visage. Et, chaque fois que tu y penseras, tu pourras te dire à quel point tu auras été nulle. Aussi nulle que ton petit ami, Alex Cross. Bravo, tu viens de rencontrer SW !

95

Je fonçai retrouver Bree aux urgences de St Anthony, où était décédée ma femme Maria, et j'avais du mal à chasser ces souvenirs morbides de ma tête. À mon arrivée, elle était en train de se faire poser des points de suture, mais je crus comprendre qu'il avait fallu la traîner de force à l'hôpital. Malheureusement, un jeune collègue du nom de Howie Pearsall avait trouvé la mort. Encore un flic à la morgue.

— Il a commis une énorme erreur, aujourd'hui, Alex, me dit-elle dès qu'elle m'aperçut. Je suis sûre que ce n'était pas censé se passer comme ça.

— Je pense effectivement qu'il ne s'attendait pas à te trouver là-bas, mais nous n'en sommes pas totalement sûrs. C'est quand même un type qui ne laisse jamais rien au hasard...

Le dernier passage de l'aiguille la fit grimacer. Le médecin sollicita mon aide du regard, mais Bree était lancée.

— Cela dit, il n'a pas perdu son temps. Il m'a narguée, Alex. Il se faisait passer pour un journaliste ou un photographe de l'Associated Press, Neil Stephens, il a dit. Ce nom te dit quelque chose ? Et le fait que, cette fois-ci, il ait choisi la presse ? Il m'a dit qu'il était de Chicago.

— On parlera de tout ça quand monsieur aura fini se s'occuper de toi, répondis-je en lui serrant la main.

Elle réussit à rester tranquille quelques secondes, puis lança brusquement :

— Tu savais que Howie Pearsall venait de se marier ? Il y a deux semaines à peine. Sa femme est enseignante ; pour des handicapés.

J'opinai, tentant de lui inspirer le silence tant qu'on n'avait pas fini de la recoudre. Peine perdue.

— Je n'ai vu personne d'autre, Alex. Pas de femme à l'horizon. Celle de Baltimore n'était peut-être là que pour détourner notre attention. Hé, allez-y doucement avec votre aiguille à tricoter, vous !

— Désolé, inspecteur.

— Je ne vous demande pas de vous excuser, je vous demande juste d'y aller doucement.

Quand ce fut fini, nous allâmes nous asseoir dans le hall pour discuter un peu. J'avais à lui dire deux, trois choses qui, je le savais, n'allaient pas lui plaire.

— Bree, on vient de franchir un nouveau cap, dans cette histoire, et tu le sais aussi bien que moi. Si ce type ne t'a pas tuée aujourd'hui, c'est uniquement parce que ça ne collait pas avec le plan qu'il a établi, avec un autre rôle qu'il a l'intention de jouer. Je serais plus tranquille si tu ne travaillais plus seule à partir de maintenant. Tu comprends ce que je veux dire ?

— Alex, je n'étais pas seule, là-bas. J'y suis allée avec quelqu'un, et le pauvre s'est fait descendre.

— D'accord, je vois. Excuse-moi si je te parais condescendant. Il faut que je te dise autre chose. Je veux que tu viennes habiter à la maison…

— Non. Non merci, Alex. Je ne vais pas déménager à cause de ce connard. Je l'ai vu. On va le coincer. Il sera bientôt hors d'état de nuire, je te le garantis. Et même six pieds sous terre, si ça ne tient qu'à moi.

J'avais envie de sourire. Combien de fois avais-je moi-même tenu ce genre de discours ? La réaction de Bree ne me surprenait pas, et je la respectais beaucoup trop pour ne fût-ce que lui suggérer de se retirer de l'enquête. Elle ne m'aurait pas écouté, de toute manière.

— Je t'assure que je vais bien, Alex, mais j'apprécie que tu t'inquiètes pour moi. Sortons d'ici, si ça ne t'ennuie pas. Il y a des gens qui meurent, dans les hôpitaux.

Nous nous dirigions vers ma voiture quand Sampson appela. Il paraissait surexcité.

— Alex, on a cracké l'adresse IP. Je crois qu'elle est active. Et il a un nouveau site Web.

— Tu plaisantes ? Attends, je m'occupe de Bree et j'arrive.

— Pardon ?

Elle me foudroyait déjà du regard.

— Je ne sais pas de quoi il retourne, mais je viens avec toi. Un point, c'est tout.

— Sampson, on arrive.

96

À notre arrivée, les bureaux de la criminelle nous parurent étrangement calmes. Ils étaient même pour ainsi dire déserts. À l'évidence tout le monde était à la recherche de SW, ou de la moindre piste pouvant mener à lui, dehors, sur le terrain.

— Ça va, Bree ?

Sampson aurait voulu qu'elle s'assoie, mais elle resta plantée là, toujours aussi têtue, toujours aussi forte. On ne l'appelait pas le Roc pour rien.

— Ça va très bien. Ça ne pourrait aller mieux. Qu'avez-vous trouvé ?

— Un nouveau best-of. Je vais vous montrer.

La page d'accueil du site s'afficha sur l'écran, identique à celle que je connaissais : MA RÉALITÉ, en grosses lettres blanches sur fond noir.

— Il commence à me gonfler, ce type, marmonna Bree. La prochaine fois que je le vois, je le massacre.

— Bree, on se calme.

Je m'en tins là.

À l'aide de la souris, je fis défiler les pages. Il ne s'agissait plus d'un blog, cette fois. Il n'y avait que des images, sans le moindre texte, sur deux colonnes. Dans celle de gauche, les personnages incarnés par SW. Dans celle de droite, leurs victimes respectives. Les deux premières étaient extraites de la fausse vidéo irakienne. Puis on voyait Tess Olsen à quatre pattes, en laisse, un collier rouge autour du cou.

Ensuite, le prof à la *X-Files* du Kennedy Center, en face d'un portrait publicitaire de Matthew Jay Walker, barré d'un X vert.

Puis le faux imitateur affublé d'un masque de Richard Nixon, et deux photos des jeunes qu'il avait assassinés sur la passerelle surplombant l'autoroute.

Abby Courlevais, elle, apparaissait sur un portrait de famille qui avait fait le tour du monde. On la voyait aux côtés de son mari et de son petit garçon, qui faisait un grand sourire.

Les deux dernières photos étaient floues, et en très basse définition, mais cela ne nous empêcha pas de distinguer les détails. Bree reconnut Neil Stephens, son « photographe », malgré la casquette des White Sox dissimulant le haut de son visage.

Puis Kitz.

Il avait les yeux et la bouche ouverts, et le menton barbouillé de sang. Ce cliché avait manifestement été pris alors qu'il venait d'être égorgé, et avant que son bourreau lui ajuste le masque en caoutchouc. C'était une photo de Kitz à l'agonie.

Bree tapa du poing sur le bureau.

— Il veut quoi, cet allumé ? C'est ça, sa conception de la célébrité et de la gloire ?

Elle tourna les talons et sortit de la pièce. Mieux valait qu'elle lâche la vapeur ici qu'ailleurs. Je l'entendis marcher de long en large, puis se servir au distributeur d'eau.

— Laissez-moi juste une seconde, lança-t-elle depuis le couloir. Ça va aller, Alex. Je pète un peu les plombs, c'est tout.

Sampson me poussa du coude.

— Continue.

En bas de la page se trouvait une icône semblable à celle que nous avions vue sur le premier site : un poste de télévision, un peu plus grand cette fois, avec de la neige sur l'écran. Et, juste au-dessous, un lien intitulé BIENTÔT.

— Quel enculé, siffla Sampson. Il nous nargue en permanence, maintenant.

Je cliquai, pensant tomber sur une autre image ou une vidéo, mais c'est une fenêtre de message sortant qui s'ouvrit, adressée à SW@hotmail.com.

Bree, de retour, vint se poster derrière moi pour me masser la nuque et les épaules.

— C'est le surmenage. Ça ne se reproduira plus.

— Oh, si. Que penses-tu de ça ?

— C'est ce qu'on espère d'habitude – un moyen d'entrer directement en contact. Évidemment, répondre signifierait qu'on continue à jouer le jeu, selon ses règles. Mais on devra peut-être en passer par là.

— Sampson ?

— Je crois qu'à ce stade, on a plus à gagner qu'à perdre.

Mes doigts restèrent un instant en suspension au-dessus du clavier, puis je me mis à taper les premiers mots qui me venaient à l'esprit.

Tu n'en as plus pour longtemps, pauvre merde.

J'entendis Bree toussoter.

— Euh, Alex ?

J'étais déjà en train de supprimer ma phrase, mais au moins j'avais réussi à la faire rire. Je décidai d'essayer autre chose.

Que voulez-vous ?

Je me renfonçai dans mon fauteuil, contemplai l'écran.

— Voilà. C'est simple et direct.

— Vas-y, me dit Bree. C'est la bonne question.

« Envoyer ».

97

L'étape suivante consistait, en toute logique, à demander à la cyberbrigade du FBI de se pencher sur le nouveau site. Notre nouveau contact, Anjali Patel, était un tout petit bout de jeune femme aux yeux gris acier. Elle avait pris le poste de Kitz, et je me demandais comment elle vivait le fait d'avoir remplacé l'homme qui était mort en faisant ce job.

Elle occupait un bureau vitré au premier étage du Hoover Building. Elle avait affiché le site de SW sur deux écrans et nous parlait sans cesse de naviguer sur le Web, depuis son portable.

— Voici ce qu'il en est : « SW » n'apparaît pas dans le codage du site, pas même dans les méta-tags, les marqueurs que les moteurs de recherche font ressortir. Ce qui explique sans doute que personne d'autre n'ait vu ce site pour l'instant.

— Tant que nous sommes les seuls, lui dit Bree, autant la garder en ligne. Nous allons peut-être réussir à communiquer avec lui, et il ne faudrait pas que ça foire, sauf cas de force majeure.

Patel se remit au travail.

Quelques minutes plus tard, elle s'interrompit.

— Il y a autre chose. Ce site est une sorte d'hybride. L'essentiel du contenu a été posté avec un protocole FTP classique, mais deux images, celle-ci et celle-ci – à l'aide de la souris, elle traça un cercle autour des photos de Kitz et de son tueur —, ont été mobloguées.

Avant que nous ayons eu le temps de lui poser la question, elle expliqua :

— Autrement dit, mises en ligne à partir d'un téléphone mobile.

— Est-ce que ça facilite le dépistage ? demandai-je, sans me faire trop d'illusions.

— Dans ce cas précis, oui.

Elle nous glissa une feuille. C'était un relevé à l'entête de l'opérateur Verizon. Il y avait une adresse de facturation.

À Babb, Montana.

— Il a peut-être enfin commis une erreur, poursuivit Anjali. Le nom Tyler Bell vous dit-il quelque chose ?

— Non, pourquoi ? fit Bree.

— Je balance ça comme ça, pour voir. SW s'est sûrement servi d'un téléphone volé.

Patel se remit à pianoter sur son clavier.

— Un instant, dis-je.

J'avais le relevé Verizon sous les yeux.

— Ce nom-là, Bell. J'étais sur une enquête, il y a de ça un certain temps, quand je faisais encore partie du FBI. Ça se passait à Los Angeles. L'affaire Mary Smith, ou Mary, Mary, je ne sais plus.

— Oui, je vois très bien, opina Patel. Les meurtres de Hollywood. Des acteurs, des producteurs, etc. D'ailleurs, c'est à cette occasion que j'ai entendu parler de vous pour la première fois.

— L'auteur des crimes était un certain Bell, Michael Bell.

Il avait fait plusieurs victimes et avait bien failli me tuer, moi aussi.

— Combien de temps vous faudrait-il pour localiser ses proches ? Je sais qu'il avait des filles.

— Ça ne devrait pas être trop difficile.

— Et nous devrions envoyer quelqu'un chez ce Tyler Bell, dans le Montana, histoire de voir s'il est chez lui, ajouta Bree.

— C'est bizarre, dit Sampson, j'ai comme l'impression qu'il ne sera pas là...

Bree avait déjà sorti son téléphone.

— Peut-être parce qu'il est ici, à Washington.

Anjali nous prêta quelques bureaux inoccupés, et nous nous répartîmes le travail. Sampson recensa rapidement cinq Tyler Bell répertoriés dans la région de Washington, dont trois domiciliés dans la capitale même. Quant à trouver celui que nous recherchions, il ne fallait peut-être pas rêver, mais nous devions explorer toutes les pistes.

Aucun Tyler Bell, ou Ty Bell, ne figurait dans le fichier central des crimes commis au cours des cinq dernières années.

J'en étais encore là quand Bree vint vers moi, le téléphone toujours collé à l'oreille.

274

— Je viens d'avoir la police d'État du Montana. Devine qui a disparu il y a trois mois ? Attends, je vais t'aider un peu. Ça commence par un *b* et ça se termine par deux *l*.

QUATRIÈME PARTIE

Un choc inévitable

98

C'était vraiment génial.

S'il y avait bien un endroit que Kyle Craig ne pensait plus revoir, c'était les Champs-Élysées. Et pourtant il se trouvait à Paris, sans doute sa ville préférée. L'une de ses villes préférées, avec Rome, Amsterdam, et peut-être Londres. Grisé par un formidable sentiment de liberté, il vivait chaque instant avec intensité, tenaillé par le besoin de faire ce qu'on n'attendait pas de lui, d'assouvir le moindre de ses caprices, de recommencer à tuer et à torturer, d'exprimer sa colère de mille nouvelles façons.

Les soirs précédents, il avait dîné dans certains des meilleurs restaurants du monde, tels que Taillevent ou Le Cinq, la grande table du George V, juste à côté du Prince de Galles où il avait établi ses quartiers. Aucun de ces repas ne lui avait coûté moins de quatre cents euros, mais peu lui importait. De l'argent, il en avait plus qu'assez, et, après tout, les « vacances » n'étaient-elles pas faites pour cela ? Oublier le boulot, la course permanente, les meurtres. Prendre le temps de réfléchir, de peaufiner ses projets.

Le Prince de Galles lui convenait parfaitement, à tout point de vue. Situé sur l'avenue George-V, où il y avait toujours quelque chose à voir, à deux pas des Champs-Élysées, l'hôtel était somptueux. Ah, ce style Art déco, ces dorures et ces magnifiques lustres, partout ! Il appréciait particulièrement le Regency Bar, si anglais, où tout n'était que cuir, chêne foncé et velours. Elvis Presley avait séjourné au Prince de Galles, et Kyle Craig pouvait désormais en dire autant.

Le matin, il y avait les musées à visiter. Kyle avait une nette préférence pour le musée d'Orsay et l'Orangerie, à cause des Impressionnistes. Peut-être irait-il au Louvre, aujourd'hui, mais juste pour voir la Joconde. Et il s'était longuement promené sur les quais de la Seine. Il avait eu le temps de réfléchir, de calculer.

Et de prendre au moins une décision : il ne laisserait pas SW s'offrir Alex Cross en trophée. Non, Alex Cross était à lui, tout comme sa famille – Nana, Janelle, Damon et Alex Junior. C'était prévu depuis longtemps. Il ne pensait qu'à ça depuis des années.

Et peut-être, mais vraiment peut-être, s'accorderait-il un petit meurtre juste avant de quitter Paris, pour enrichir son œuvre, tout aussi belle, tout aussi importante que celle des prétendus maîtres d'hier. Lui figurait au rang des nouveaux maîtres. En phase avec son époque, il était celui dont cette ère barbare avait besoin. Personne n'avait fait mieux que lui, et certainement pas SW.

Il remarqua une jeune femme, très jolie. Chemisier gris cintré, jupe noire, bottes, cheveux longs auburn. Elle balayait le trottoir devant une petite galerie d'art. Des allers-retours précis, efficaces. Et elle était si mignonne, avec son balai.

Kyle s'arrêta donc pour entrer dans la galerie. Elle le laissa seul les premières minutes. Ah, ce sens de l'indépendance, si français. Rien d'étonnant à ce qu'il les adore…

Au bout d'un moment, elle se matérialisa à son côté.

— Je peux vous aider ? lui demanda-t-elle en anglais.

Kyle sourit, et son regard s'illumina. Il répondit en français.

— Vous êtes de la police ? Mes vêtements, ma coupe de cheveux, c'est ça qui m'a trahi ?

— Non, en fait, ce sont vos chaussures.

Il rit.

— Vous dites juste ça… par perversion.

Elle riait aussi, maintenant.

— C'était peut-être de l'humour ?

— Ça n'est pas drôle, rétorqua-t-il.

Non, ça n'était pas drôle. Il la tua, et cela dura plus d'une heure. Puis il prit le balai, mais pas pour balayer. En fait, il ne se servit que du manche.

Après quoi, il s'offrit un fabuleux dîner d'adieu à l'Atelier de Joël Robuchon.

Ah, Paris. Quelle ville miraculeuse !

99

Grâce à la piste du Montana, l'enquête progressait enfin. Les renseignements sur Tyler Bell affluaient. C'était le frère de Michael Bell, décédé. Et, paradoxalement, le plus énigmatique des deux. Pendant que Michael faisait une petite carrière à Hollywood, Tyler gagnait sa vie comme guide de rivière et homme à tout faire. Il avait lui-même construit son petit chalet dans les Rocheuses. À Babb, Montana, une localité de cinq cent soixante âmes, il avait la réputation d'un homme tranquille, relativement sympa, mais plutôt solitaire. Il n'avait jamais eu de compagne, semblait-il.

Il y avait plus intéressant. À la mort de son frère, Tyler avait hérité de près d'un million de dollars. Il n'avait pas touché à cette somme durant six mois puis, un beau jour, il avait clôturé son compte et s'était fait établir des dizaines de chèques de banque, encaissables n'importe où. Personne ne l'avait revu depuis. Étrange. Où se trouvait-il aujourd'hui ?

Il fut décidé d'organiser une réunion par téléphone, à laquelle participeraient Bree, Sampson, Anjali, moi, le bureau du shérif de Glacier County, un agent senior du FBI du bureau de Salt Lake City, et John Abate, un agent senior chargé du dossier SW, ici, à Washington.

— Où en est l'enquête sur cette disparition ? demanda Abate.

— Elle est toujours officiellement ouverte, mais inactive, je dirais.

Steve Mills, l'adjoint du shérif, avait un curieux accent anglais. Voilà qui était exotique, pour le Montana.

— Et de votre côté, Forrest ?

Abate, un peu sec, voulait sans doute faire comprendre qu'il était le patron, sur cette affaire.

— Dites-nous tout ce que vous savez.

— D'après les éléments qu'on a recueillis, il était plutôt coupé du monde. Son abonnement de téléphone

282

mobile est prépayé jusqu'en décembre, et il n'a pas utilisé tout son temps. Il a aussi une carte de crédit, une VISA, mais elle n'a jamais été utilisée.

— Il faut dire qu'il avait un million de dollars à sa disposition, observa Sampson.

— Il n'a presque rien emporté, signala Mills. Son téléphone, son portefeuille, quelques vêtements, c'est tout. Cela dit, il n'avait pas grand-chose. Il vivait de manière plutôt spartiate, c'était un adepte de l'auto-dépendance.

— Je le vois mal avec un téléphone mobile, dis-je.

— Sauf quand la seule alternative consiste à faire passer des fils sur sa propriété, répondit Mills. D'ailleurs, je pense qu'il ne s'en est pas servi souvent, de son cellulaire.

— En tout cas, quelqu'un s'en est servi.

Patel avait un relevé de communications sous les yeux.

— Hier, à quatorze heures dix très précisément.

— Quelqu'un ? s'étonna Christopher Forrest. Vous avez des raisons de penser que ce n'était pas lui ?

— Absolument pas, mais nous n'avons aucune preuve tangible que c'était lui.

— Si ce n'était pas lui, ce serait une sacrée coïncidence, vous ne trouvez pas ?

— Sûrement.

Patel me parut un peu à cran. Les autres ne suivaient pas, et elle aussi, elle faisait des journées à rallonge.

— Quoi d'autre sur Bell ? demanda Bree. Quand pourrons-nous avoir une photo ?

— C'est fait, lui répondit Forrest. Je viens de vous l'envoyer.

Patel eut vite fait de récupérer la reproduction du permis de conduire de Tyler Bell. Elle la fit basculer sur l'écran de la salle de réunion.

Lors de notre première rencontre, à Los Angeles, son frère m'avait fait l'impression d'un bûcheron, mais version rock californien, un peu comme un membre égaré des Eagles. Tyler, lui, c'était de l'authentique. Il avait une tignasse brune et une grosse barbe désordonnées, mais pas négligées. D'après le permis, il pesait cent kilos pour un mètre quatre-vingt-dix.

— Qu'en penses-tu, Bree ? Tu le reconnais ? Est-ce qu'il pourrait être ton reporter de l'AP ?

Elle scruta longuement l'image, prit son temps.

— Sachant qu'il sait se déguiser, oui, c'est possible. Le photographe était grand. Il pouvait faire un mètre quatre-vingt-dix.

— Et que te dit ton instinct ?

Cette fois, elle ne réfléchit pas.

— Il me dit qu'on vient de trouver notre psychopathe. Et maintenant, comme prévu, on va le coincer.

100

Sitôt que l'info selon laquelle nous avions identifié un suspect possible du nom de Tyler Bell parvint au bureau du chef de la police, le retour de bâton ne se fit pas attendre. On nous demandait de rendre cette information publique, sans délais. Ce qui était beaucoup plus facile à dire qu'à faire.

Certes, il fallait bien donner quelque chose aux journalistes. Si un autre meurtre était commis sans que nous ayons fait état des progrès de l'enquête, la presse nous incendierait sans même chercher à connaître nos raisons. Nous perdrions beaucoup de temps en communication de crise, et nos investigations en pâtiraient.

D'un autre côté, notre suspect faisait partie du grand public, et diffuser trop d'informations sur ce que nous savions et ce que nous ignorions eût été une faute irréparable.

Que faire ?

En guise de compromis, il fut décidé d'organiser un point presse improvisé sur les marches du Daly Building. Nous n'y tenions pas vraiment, mais aucune autre proposition n'avait l'heur de plaire au grand patron. À ses yeux, il fallait impérativement « communiquer sur les progrès de l'enquête ». Et tant pis pour les éventuelles conséquences…

Le soir même, à vingt heures, la rencontre avec les journalistes eut donc bien lieu, mais elle fut brève. Nous révélâmes simplement que notre principal suspect s'appelait Tyler Bell.

Bree, elle, avait préféré ne pas apparaître devant les caméras. Elle ne voulait pas entendre une nouvelle fois évoquer l'agression dont elle venait de faire l'objet.

Quand ce fut fini, on nous attendait pour une réunion d'urgence. L'enquête s'accélérait et, curieusement, SW semblait tout faire pour qu'il en soit ainsi.

Lui, ou quelqu'un d'autre.

101

C'était le grand cirque, et rien n'indiquait que la situation allait s'améliorer. Tout le monde nous attendait. En plus de l'équipe élargie, il y avait là pratiquement tous les enquêteurs de la section criminelle, et au moins un représentant de chaque commissariat de quartier.

Quelqu'un fit circuler une enveloppe pour la famille de l'agent Pearsall tandis que je me préparais à prendre la parole et à répondre à toutes les questions. J'attendis quelques minutes la fin de la lugubre collecte avant de commencer.

— Je serai aussi bref que possible. Je sais que vous êtes impatients de retourner sur le terrain. Moi aussi.

Je brandis la photo de Bell.

— Voici Tyler Bell. On va vous distribuer des copies de la photo. Il y a une forte probabilité qu'il s'agisse de SW.

» D'ici quelques heures, ce sera la photo la plus célèbre de Washington, pour ne pas dire du pays tout entier. Le problème, c'est que Bell n'aura pas ce look-là. À tout hasard, nous sommes en train de faire des simulations, sans les cheveux. Il n'y a que sa taille qui ne risque pas de changer. Autour d'un mètre quatre-vingt-dix.

Un des gars du Deuxième District leva la main.

— Dr Cross, s'il s'agit d'une vengeance de la part du frère de Michael Bell, comment se fait-il, à votre avis, qu'il ne se soit pas attaqué directement à vous ?

Je hochai la tête. C'était une bonne question, et un sujet dont j'étais pressé de me débarrasser.

— Premièrement, je vous répondrai qu'il s'est bel et bien attaqué à moi, mais pas de la manière que vous évoquez. Plus il réussit à se rapprocher de ceux d'entre nous qui le traquent, plus ça l'excite. Je crois que c'est le prolongement du plaisir qu'il peut éprouver en commettant ses meurtres devant un public. Mais, à ce stade, ce n'est qu'une supposition éclairée. Nous n'avons aucune certitude.

» Deuxièmement, je ne suis pas encore persuadé qu'il s'agisse d'une vengeance. L'avenir nous le dira. Tout ce que je me hasarderai à dire, c'est qu'il essaie peut-être de réussir là où son frère a échoué, et qu'il se sert de son frère pour brouiller les pistes. Voire pour se convaincre que ce n'est pas une simple question d'amour-propre. En réalité, ça n'a jamais été un problème de vengeance lié à la mort de son frère. C'est son ego qui est en cause, un ego démesuré.

Lisa Johnson, une de nos enquêtrices, leva le nez de ses notes.

— Comment Bell pouvait-il deviner que vous seriez sur cette enquête ? Quand il a commencé à sévir, vous n'aviez pas encore réintégré la police. Enfin, si je ne me trompe pas.

Bree prit la question.

— Lisa, même si Alex n'était pas dans le coup au début, le lien avec Michael Bell l'aurait de toute manière impliqué. Et n'oubliez pas qu'on nous a volontairement mis sur cette piste.

— Si j'ai bien compris, vous pensez donc qu'il s'est sciemment servi du téléphone mobile ?

— Absolument. Je ne crois pas qu'il fasse quoi que ce soit sans motif. Si nous avions lâché le ballon, si nous avions négligé un indice, il se serait empressé de faire en sorte que nous en trouvions un autre. Plus il en fera, plus il satisfera ses besoins.

— Vous voulez parler du besoin de tuer, et d'échapper ensuite à la justice ? lança quelqu'un dans le fond.

— J'allais plutôt vous dire : le besoin de nous ridiculiser, de nous en mettre plein la vue. C'est ce qu'il a fait jusqu'à ce jour.

102

Tard dans la soirée, en point d'orgue, je reçus un message de SW qui disait, en substance : que tu sois prêt ou pas, j'arrive et tu vas en prendre plein la gueule !

J'étais chez moi, je surfais sur le Net. Inspiré par le cas Michael et Tyler Bell, je m'intéressais aux implications de membres d'une même famille dans les affaires de meurtres en série. J'avais découvert le parcours sanglant de Danny et Ranny Ranes, qui avaient sévi chacun de leur côté dans les années 1960 et 1970. Et il y avait le cas des jumeaux Spahalski, à Rochester. L'un des frères avait avoué deux meurtres et était soupçonné d'en avoir commis deux autres, tandis que l'autre purgeait une peine pour un homicide bien plus ancien.

En dehors des liens du sang, rien ne me permettait d'établir un parallèle avec l'histoire des frères Bell, dans laquelle je jouais involontairement un rôle.

Dans presque tous les cas, il s'agissait de proches qui s'étaient associés pour participer à des crimes concertés.

Restait également le mystère de la femme de Baltimore. Qui était-ce ? Qu'était-elle devenue après la course-poursuite ? SW avait-il une complice ? Kyle Craig pouvait-il être son mentor ?

J'ouvris ma boîte mail professionnelle pour envoyer quelques messages et communiquer une partie des éléments que j'avais glanés.

Et là, je vis qu'un nouveau message m'attendait. Il n'avait rien de sympathique.

```
Ce que je veux, inspecteur Cross ?
C'est tout ? Franchement, je m'étonne
que vous ayez à me poser cette question,
mais je vais m'efforcer d'être aussi
clair que possible.
JE VEUX vous faire payer ce que vous
avez fait à mon frère. C'est raisonnable,
vous ne trouvez pas ?
JE VEUX que vous preniez conscience
du fait que vous n'avez jamais réel-
lement essayé de le comprendre avant
de l'abattre. Vous ne me comprenez pas
davantage, d'ailleurs, et vous ne me
comprendrez jamais.
JE VEUX vous démontrer que vous êtes
loin d'exceller à ce jeu, contrairement
à ce que vous pensez. Aucun psy de la
police n'est vraiment très doué dans
ce domaine. Idem pour les profilers, qui
sont de vrais escrocs, comme vous devez
le savoir.
```

```
    Et JE VEUX que vous compreniez une
dernière chose : c'est toujours moi qui
fixerai les règles du jeu.
    Cela se terminera donc quand je le
voudrai, et comme je le voudrai.
    D'autres questions ?
    — T.B. (or not T.B.?)
```

Je commençai par transmettre le message à Anjali
Patel en lui demandant de l'analyser le plus vite possible. Malgré l'heure excessivement tardive, elle me
répondit que ce ne serait pas un problème. Elle se
consacrait exclusivement à l'affaire SW.

Puis j'appelai Bree pour lui lire et lui relire le texte.

— Alors, tu y crois, toi, à cette histoire de vengeance ? me demanda-t-elle.

— Non, pas vraiment, et toi ?

— Pourquoi devrait-on le croire ? Tout ce qu'il a
fait jusqu'à maintenant n'est qu'un gigantesque men-
songe. Et que penses-tu de la signature ?

La question revenait régulièrement : qu'y avait-il
de Tyler Bell dans le personnage de SW, quelle était
la part purement théâtrale ? Qui était précisément
Tyler Bell avant le début de l'affaire, avant que nous
entrions en jeu ?

— Ce qui est sûr, m'entendis-je dire, c'est que
j'aimerais bien jeter un œil sur sa cahute. Fouiner un
peu dans le coin.

— Je me disais la même chose, mais je vois mal
comment faire. On n'a plus une minute de libre, avec
cette enquête. Mais je suis d'accord avec toi. Moi
aussi, j'aimerais bien voir cette cahute.

— On pourrait partir vendredi, et revenir dimanche.

Bree ne répondit rien, pensant sans doute, au début, que je plaisantais. Puis elle se mit à rire.

— C'est ça, ton idée d'un week-end en amoureux ?

103

Kyle Craig était enfin de retour à Washington. Génial, non ? Bien reposé, il se sentait prêt à passer à l'action. Toutes les routes convergeaient vers le même point, et il attendait avec impatience le crash final. Ou plutôt, les crashes.

Combien auraient misé sur lui les parieurs de Las Vegas lorsqu'on l'avait enfermé dans son cachot du Colorado ? Et, pourtant, il avait déjoué tous les pronostics. Comme toujours.

Avant d'arriver à Washington, il avait acheté une Buick dans le Maryland. Étonnamment rapide et nerveuse, elle avait l'avantage de passer inaperçue. Les voleurs de voitures de la capitale ne s'y intéresseraient guère, ce qui était un plus.

De très bon matin, de quatre à six heures pour être exact, il sillonna Washington en jouant au touriste et en se rappelant l'époque où il y travaillait comme agent du FBI. Il descendit First Street, passa devant la Cour Suprême, la Chambre et le Sénat, le Capitole, et salua même la statue de la Liberté de Thomas Crawford, sur son dôme. Quelle ville grandiose ! Il l'aimait toujours autant, même si, à ses yeux, elle ne rivalisait pas tout à fait avec Paris. Il avait toujours admiré les Français et leur dédain parfaitement justifié à l'égard des Américains et de tout ce qui pouvait être américain.

Pour finir, il rejoignit Pennsylvania Avenue et passa devant le Hoover Building. Le siège du FBI avait été le théâtre de ses nombreux succès comme agent, puis comme directeur, alors qu'il chassait d'ignobles assassins, avec un goût marqué pour les tueurs en série. Le plus drôle de l'histoire, c'était que personne n'avait égalé son taux de réussite, pas même Alex Cross.

Et voilà qu'il était de retour, le sang plein de ce bon vieux venin, prêt à faire des dégâts, prêt à déchirer la ville. Comme à la grande époque.

Avec son ordinateur portable Sony VAIO, il pouvait accéder à Internet depuis sa voiture. Beaucoup d'innovations techniques avaient vu le jour pendant qu'il croupissait dans sa cellule de l'ADX Florence, et il avait manqué tout cela à cause d'Alex Cross et de quelques-uns de ses collègues, qui avaient participé à la trahison.

Kyle mit son ordinateur en marche.

Puis il écrivit : *Je suis à Washington. C'est assez émouvant. Si votre emploi du temps le permet, n'oubliez pas notre rendez-vous samedi soir. Je suis persuadé qu'ensemble nous pouvons faire de grandes choses. Chez X.*

Il ne prit pas la peine d'ajouter : *Maintenant, c'est vous contre moi.* Selon lui, ce devait être une évidence pour SW.

Nous verrons bien, se dit-il. Nous verrons bien.

104

Le pire est encore à venir ! C'était une phrase qu'il avait entendue bien avant d'être capturé par Alex Cross. Il venait de tuer un journaliste du *Washington Post* spécialisé dans les affaires criminelles, qui lui avait honteusement manqué de respect, ainsi que la femme de ce connard arrogant. Il avait prévu de faire mieux que les grands esprits de son temps, les Gary Soneji, les Geoffrey Shafer, les Casanova, dont il avait été le coauteur, pour ainsi dire. Mais le plus important, pour lui, était de se surpasser lui-même, de croître, d'évoluer, d'atteindre les sommets de son art, de suivre son rêve.

Soudain, il se rappela autre chose. C'était un souvenir très douloureux, remontant à son arrestation. Au moment de l'interpellation, Alex Cross lui avait cassé deux incisives ! On l'avait vu dans cet état sur les photos publiées par les journaux et magazines de toute la planète, dans tous les journaux télévisés.

Le Cerveau !

Édenté.

Comme un imbécile.

Comme un SDF, comme une épave.

Et cette femme, qui s'était publiquement moquée de lui ! Qui avait osé lui hurler en pleine face qu'il ne reverrait jamais le soleil. Qui s'en était vantée, ensuite, devant toutes sortes de témoins. Qui avait même écrit un livre prétentieux que le *Washington Post*, toujours aussi peu inspiré, avait qualifié de « tableau saisissant de la justice criminelle ».

C'était donc ici que vivait le juge Nina Wolff, dans cette sinistre maison d'époque en brique rouge, dans le quartier de la Cité de Fairfax ? Décidément, les cours de morale, ça ne payait pas.

Kyle se dirigea vers la maison, emportant une petite bombe de peinture qu'il secoua violemment. Car il était furieux, et à juste titre. Le juge Nina Wolff lui avait volé quatre années de sa vie.

Maintenant, Kyle savait que son heure avait enfin sonné.

SW appartenait déjà au passé.

À partir.

De.

Cet instant.

C'était lui le chef.

Comme avant.

Il braqua sa bombe et inscrivit le message.

105

J'avais été prévenu par Monnie Donnelley, une excellente amie, analyste à Quantico, qui savait sans doute que j'étais proche du juge Nina Wolff. Nous avions travaillé ensemble au moment du procès de Kyle Craig, et, plus tard, je l'avais un peu aidée pendant la rédaction de son livre. Nina avait trois filles adolescentes qu'elle aimait éperdument. Son mari, George, une bonne nature, avait tellement d'humour qu'il aurait pu faire des *one-man shows*. C'était le partenaire idéal pour Nina, qui paraissait austère.

Et, aujourd'hui, ce crime abominable, à leur domicile. Je savais, bien sûr, qui avait tué Nina Wolff, bien que j'eusse presque préféré me tromper. Il y avait une infime possibilité pour que l'auteur du meurtre soit SW et non Kyle Craig, mais c'était une hypothèse tirée par les cheveux.

En arrivant à la Cité de Fairfax, à deux heures, je vis des dizaines de voitures, de fourgons et de camions, et presque autant de gyrophares zébrant la nuit. Sinistre spectacle. Tout le quartier était réveillé. Semblables à des yeux apeurés et vigilants, presque toutes les fenêtres brillaient.

Quelle tristesse. Un coin de banlieue si calme, si joli, où les gens essayaient simplement de vivre leur vie avec un minimum d'harmonie et de dignité. Était-ce trop demander ? Apparemment, oui.

Je descendis de ma R350 au bout d'une impasse et, très vite, mon pas s'accéléra. Sans doute avais-je besoin de courir. Peut-être même avais-je envie de prendre la fuite, par instinct de survie, mais je me dirigeais vers la maison des Wolff. Comme toujours, attiré par le danger, le chaos, la mort, la catastrophe.

Brusquement, je stoppai net. Un frisson me cisailla. Je n'étais pas encore arrivé, et il y avait déjà cette image horrible, juste devant moi.

Il savait que j'allais venir et que je la verrais de mes propres yeux.

Un X rouge vif barrait le toit de la voiture des Wolff, une Mercedes classe S noire.

Un autre avait été peint sur la porte d'entrée, presque du haut en bas.

Mais je savais que ce n'étaient pas des X, mais des croix. Croix, Cross. Ces inscriptions m'étaient destinées.

Derrière le périmètre de police, les journalistes hurlaient des questions, les photographes mitraillaient la maison et la voiture. Je n'y voyais plus grand-chose.

Dans la confusion ambiante, j'entendis tout de même quelqu'un demander : « C'est SW, hein ? Qu'est-ce qu'il fait ici, en Virginie ? Il a décidé d'étendre son rayon d'action ? »

Non, me dis-je, en me gardant de répondre. Kyle Craig n'est pas en train d'étendre son rayon d'action. En fait, c'est le contraire. Il se rapproche de son point de départ, et il a identifié sa cible.

Non, ses cibles. Kyle voyait toujours grand.

106

Je me demandais pourquoi Kyle avait épargné George Wolff et les trois enfants. Peut-être ne voulait-il pas se disperser. Il avait prévu de s'attaquer au juge Nina Wolff, et à elle seule. Qu'allait-il faire ensuite ? Quand finirait-il par sonner à ma porte, par surgir dans ma maison ?

Ce matin-là, Sandy Quinlan avait rendez-vous à huit heures, mais elle ne vint pas. Cela ne fit qu'accroître mon malaise. Voilà que mon cabinet de psy commençait, lui aussi, à battre de l'aile.

J'étais un peu inquiet, car Sandy n'avait encore jamais manqué une consultation. J'attendis une bonne heure, puis Anthony Demao me fit faux bond à son tour. Qu'est-ce qu'ils trafiquaient, ces deux-là ? Que pouvait-il encore m'arriver aujourd'hui ?

Après avoir patienté aussi longtemps que je le pouvais, j'appelai Bree pour lui dire que je passais la prendre. En milieu d'après-midi, nous devions partir dans le Montana, *via* Denver, pour aller jeter un œil sur le chalet de Tyler Bell. Il nous paraissait indispensable de l'inspecter nous-mêmes.

En sortant de l'immeuble, je faillis bousculer Sandy Quinlan. Elle était sur le trottoir, juste devant la porte, entièrement vêtue de noir, le visage en sueur, haletante.

— Sandy, que se passe-t-il ? lui demandai-je en m'efforçant de rester calme. Où étiez-vous ?

— Oh, Dr Cross, j'avais peur de vous manquer. Excusez-moi de ne pas vous avoir appelé.

Elle me fit signe de me rapprocher de la rue.

— J'étais venue vous dire… que je partais.

— Vous partez ?

— Je retourne dans le Michigan. Je ne me sens pas à l'aise, ici, à Washington, et, entre nous, je suis venue pour les mauvaises raisons. Je veux dire, d'accord, j'ai rencontré quelqu'un, mais quel intérêt si je déteste la ville ?

— Sandy, pourrait-on caler une dernière consultation avant votre départ ? À la première heure, lundi matin ? Je dois m'absenter, sans quoi je vous aurais reçue ce week-end.

Elle sourit. Jamais je ne l'avais vue aussi confiante. Puis elle secoua la tête.

— Je suis juste venue vous dire au revoir, Dr Cross. J'ai bien réfléchi, je sais ce que je dois faire.

— Bon, d'accord.

Je voulus lui serrer la main, mais elle m'ouvrit les bras, et son geste me parut étrange, forcé, presque théâtral.

— Je vais vous dire un secret, me chuchota-t-elle à l'oreille. J'aurais bien aimé vous rencontrer ailleurs, mais pas en tant que psy.

Et elle se dressa sur la pointe des pieds pour m'embrasser sur la bouche. Ses yeux s'écarquillèrent, comme les miens, sans doute, et elle rougit, avant de lâcher, comme une ado :

— Je n'arrive pas à croire que j'aie fait ça.

— Oh, je pense qu'il y a début à tout.

J'aurais pu mal réagir, mais à quoi bon ? Elle retournait dans le Michigan, et c'était peut-être aussi bien ainsi.

Après un bref silence gêné, elle fit un signe du pouce, par-dessus l'épaule.

— Vous me raccompagnez jusqu'à ma voiture ?

— Je suis garé en face, répondis-je.

Elle inclina la tête avec un petit air timide.

— C'est moi qui vous raccompagne, alors ?

Je pris cela comme un compliment, en riant.

— Au revoir, Sandy. Et bonne chance dans le Michigan.

En guise d'adieu, elle agita les doigts et me lança un petit clin d'œil.

— Bonne chance à vous, Dr Cross.

107

Au même instant, SW incarnait l'inspecteur James Corning, qui avait posé son appareil photo pour regarder ce qui se passait dans la rue, comme l'aurait fait n'importe quel crétin de flic. Il venait de prendre Alex Cross en train d'embrasser sa patiente Sandy Quinlan. C'était un pseudonyme, bien entendu. Sandy Quinlan était un personnage créé de toutes pièces, comme Anthony Demao et l'inspecteur James Corning.

Corning avait passé toute la semaine à espionner Cross et Bree Stone. Il essayait de ne pas trop s'approcher pour limiter les risques, mais n'avait eu aucune difficulté à connaître leurs déplacements habituels.

Il suivit Cross jusqu'à son parking, près du cabinet, et de là jusqu'à la résidence où vivait Bree Stone, sur la 18ᵉ Rue.

Le couple ressortit une dizaine de minutes plus tard. Stone n'avait pris qu'un tout petit sac. Elle voyageait léger, ce qui tenait de l'exploit pour une femme. James Corning les garda en visuel jusqu'au moment où il comprit qu'ils se dirigeaient vers l'aéroport Reagan. Tiens, tiens. Cela ne le surprenait guère, en fait.

Il les rattrapa à l'entrée du parking de l'aéroport. Cross trouva une place au niveau trois, Corning continua. Il se gara au quatre, et rétablit le contact avec le couple sur la passerelle menant au terminal.

Il leur laissa de la marge pour éviter d'être repéré.

Ils enregistrèrent à un comptoir American Airlines, ce qui réduisait le choix sur le panneau d'affichage des départs. Logiquement, ce devait être Denver. Il attendit qu'ils prennent l'escalier mécanique pour passer les contrôles de sécurité, puis fit demi-tour jusqu'à la zone d'enregistrement.

Il montra son badge au premier voyageur de la file d'attente.

— Excusez-moi, j'en ai pour une seconde, c'est une affaire de police.

Puis il s'identifia auprès de l'agent de comptoir d'American Airlines.

— James Corning, du MPD. J'ai besoin de quelques renseignements au sujet de deux personnes que vous venez d'enregistrer. Stone et Cross.

Après avoir obtenu les informations désirées, Corning alla s'acheter un beignet qu'il n'avait aucune intention de manger. Cela faisait partie de son plan. C'était une sorte d'accessoire, plutôt amusant. Il retourna au parking.

Au niveau trois, il s'arrêta près de la voiture de Cross. Il glissa un téléphone mobile neuf à côté du beignet, replia le sac et le fixa sous la rainure de la porte, côté conducteur, à l'aide d'un bout de ruban adhésif. Personne ne le verrait sauf Cross et Stone, à leur retour.

Dimanche, seize heures trente, vol 322 en provenance de Denver.

SW serait peut-être même là en personne.

108

Nous prîmes un premier avion pour Denver le vendredi après-midi, puis un autre pour Kalispell, Montana, le lendemain matin. Nous repartions de bonne heure le dimanche, ce qui nous laissait à peine une journée pour découvrir tout ce que nous pouvions sur Tyler Bell, sur ce qui s'était passé dans cette région des North Woods, et sur ses projets éventuels.

La route de Kalispell à Babb passait par le Glacier

National Park. Moi qui avais toujours voulu le voir, je ne fus pas déçu. Avec ses innombrables lacets, la route de la Montée vers le Soleil nous faisait frôler tantôt la muraille rocheuse, tantôt le précipice. Nous nous sentions tout petits dans ce paysage magnifique, que nous aurions pu également trouver romantique si nous avions eu un peu de temps pour ce genre de choses. À un moment, d'ailleurs, Bree me regarda en me lançant : « Quand on veut... »

Nous arrivâmes à Babb peu après midi, le samedi. L'adjoint Steve Mills accepta de faire le trajet depuis Cut Bank, ce qui nous épargna cent vingt kilomètres de route sinueuse.

Décontracté et d'une grande amabilité, il répondit à notre toute première question sans que nous ayons à la poser.

— J'ai rencontré ma femme alors que j'étais en vacances, nous expliqua-t-il dans son anglais impeccable. Je vivais à Manchester, j'étais venu pêcher. Si, je vous assure. Douze ans se sont écoulés, et je n'ai jamais regretté mon choix. Une fois que cet endroit vous met le grappin dessus, il ne vous lâche plus. Je suis sûr que vous allez vous en rendre compte. Avant, je m'appelais Stephen, pas Steve.

Nous suivîmes Mills sur la 89, en direction du sud, jusqu'à la pointe du Lower St Mary Lake, après la réserve Blackfeet.

Là, il emprunta un chemin de terre sans indications. Deux kilomètres plus loin, un autre chemin envahi par les herbes partait sur la droite.

Deux barrières de police en bois, dont l'une était renversée, en interdisaient officiellement l'accès. Pour décourager les journalistes de CNN et les curieux, j'avais déjà vu mieux…

De grands épis de blé griffaient les flancs de la voiture. Il nous fallut parcourir encore plusieurs centaines de mètres avant d'atteindre une zone dégagée dont la surface devait avoisiner le demi-hectare.

Le chalet de Tyler Bell n'avait rien d'un palace, certes, mais ce n'était pas non plus la cabane misérable de Unabomber. La petite maison, dont les murs de cèdre rouge non traité se fondaient agréablement dans le paysage, était nichée dans le coude d'une petite rivière. Dans le lointain, la montagne offrait un panorama grandiose.

Je voyais très bien un homme s'installer ici, si les contacts humains ne lui manquaient pas. Et si l'assassinat était son gagne-pain…

109

La porte du chalet n'avait pas de serrure. Mills nous attendit dehors, et, dès notre entrée, nous comprîmes pourquoi. Il régnait ici une odeur de pourriture pestilentielle. Des détritus, de la nourriture qui devaient traîner ici depuis des mois.

— Tu parles d'un petit coin de paradis ! fit Bree en se collant un mouchoir sous le nez comme s'il s'agissait d'une scène de crime.

Ce qui n'était pas impossible…

La pièce principale tenait lieu à la fois de cuisine, de séjour et de salle à manger. Une grande baie vitrée donnait sur la rivière. Le long du mur latéral, il y avait un atelier jonché d'outils et de dizaines de mouches à truite à différents stades de confection. Quelques cannes à pêche étaient accrochées au-dessus.

Hormis deux fauteuils en cuir, tout le mobilier semblait avoir été fabriqué par Tyler lui-même. C'était aussi le cas des étagères en pin.

— Les livres en disent long sur leur propriétaire.

Mills, qui s'était finalement décidé à nous rejoindre, inspectait la bibliothèque.

— Biographie, biographie, cosmologie. Aucun roman. Vous en déduisez quelque chose ?

— Ma première question serait : des bios de qui ? répondis-je.

Je vins voir.

Il y avait beaucoup d'ouvrages consacrés aux présidents américains – Harry Truman, Abraham Lincoln, Bill Clinton, Ronald Reagan et les deux Bush – ainsi qu'à d'autres leaders de stature internationale tels que Margaret Thatcher, Oussama ben Laden, Ho Chi Minh ou Winston Churchill.

— Un complexe de supériorité, peut-être ? suggérai-je. Ça correspondrait bien à SW. Enfin, d'après ce que nous croyons savoir de lui.

— Vous n'avez pas l'air très sûr de votre profil, gloussa Mills, qui était du genre glousseur.

— Je ne le suis pas. Depuis le début, il nous mène en bateau. Il adore jouer.

La chambre de Bell était petite et sombre, presque humide. Une autre étagère séparait le lit d'un coin toilette, avec lavabo et w-c. Ni douche ni baignoire, sauf si on comptait la rivière. En fait, cela me faisait un peu penser à une cellule de prison. Et, par associa-

303

tion, à Kyle Craig. Qu'est-ce que Kyle venait faire là-dedans ?

Les seuls éléments de décoration étaient trois photos encadrées, accrochées l'une au-dessus de l'autre – une disposition qui me rappelait la page du nouveau site Web. Celle du haut, un vieux portrait de mariage en noir et blanc, devait représenter papa et maman. Celle du milieu, deux chiens de chasse, des golden retrievers.

Sur la dernière, on voyait cinq adultes devant un pick-up rouge, celui qui était en train de rouiller devant le chalet.

J'en reconnaissais déjà trois, ce qui était un bon début : Tyler Bell, Michael Bell et Marti Lowenstein-Bell, que son mari finirait par tuer. Les deux autres, un homme et une femme, ne me disaient rien. La femme avait mis les doigts en V derrière la tête de Tyler pour lui faire des oreilles d'âne.

— C'est curieux, non ? me dit Bree. Ils ont l'air vraiment heureux, tu ne trouves pas ?

— Ils l'étaient peut-être. Et lui, il l'est peut-être toujours.

Après avoir passé des heures à passer la chambre au peigne fin, sans résultats, nous retournâmes dans la pièce principale pour nous attaquer à la cuisine, que nous avions gardée pour la fin. Rien ne servait, en effet, d'ouvrir trop tôt la porte de ce réfrigérateur. Fonctionnant au propane, il avait dû s'arrêter depuis longtemps. Il était à moitié rempli. Les denrées semblaient, pour la plupart, avoir été achetées en gros ; des sacs plastiques de céréales et de haricots côtoyaient d'autres produits réduits à l'état de bouillie indéfinissable.

— Il aime bien la moutarde, en tout cas.

Il y en avait plusieurs sortes dans la porte.

— Et le lait.

Je vis deux bidons, taille familiale, dont l'un n'avait pas été ouvert.

— Le lait ne se garde pas, dis-je.

— Il n'y a pas que le lait.

Elle remit le mouchoir sur son nez.

— Non, ce que je veux dire, c'est que la date de péremption de celui-ci correspond au lendemain du jour où il a disparu.

Je me relevai et refermai la porte du réfrigérateur.

— L'autre pouvait tenir neuf jours de plus. Pourquoi avoir racheté du lait s'il s'apprêtait à disparaître ?

— Et pourquoi s'être volatilisé aussi soudainement ? Il avait l'air d'être tranquille, ici, en sécurité. Qui pouvait le menacer ?

— Exact. C'est une autre piste. Laquelle suivre ?

La question, hélas, resta en suspens. À cet instant, mon téléphone sonna, et tout bascula de nouveau.

110

Je vis s'afficher le numéro de la maison.

— C'est sûrement les enfants, dis-je à Bree en prenant la communication. Ici les grands espaces, j'écoute ?

Mais j'entendis la voix de Nana.

— Alex, c'est moi, Nana.

Sa nervosité était si perceptible qu'une onde d'effroi me parcourut la colonne vertébrale.

— Que se passe-t-il ? Les enfants vont bien ? Damon ?

— Les petits vont bien...

Elle exhala un soupir mêlé de frissons.

— C'est Sampson, Alex. Il a disparu. On ne l'a pas vu de la journée.

Ces mots me firent l'effet d'une douche glacée. Je m'attendais à être accueilli par des voix joyeuses. *Bonjour, papa. Tu rentres quand ? Tu me rapportes quelque chose ?*

Et j'apprends ça.

— Alex, tu m'écoutes ?

— Oui, je t'écoute.

Autour de moi, tout redevint net. Bree me regardait en se demandant ce qui se passait. Son téléphone sonna. Elle prit l'appel.

Quelque chose me disait qu'elle allait apprendre la même nouvelle, d'une autre source. Je vis ses lèvres articuler : D-a-v-i-e-s. Elle avait le surintendant en ligne.

— Oui, monsieur, je vous écoute.

— Nana, une seconde, dis-je.

— Sampson est allé à la salle de sport à l'heure du déjeuner, me raconta Bree. On a retrouvé sa voiture, avec des traces de sang. On ne sait pas où il est.

— Il est en vie. S'il était mort, SW nous l'aurait déjà fait savoir. Ce qu'il lui faut, c'est un public.

Il avait déjà manipulé d'autres tueurs, en particulier un garçon très brillant qui se faisait appeler Casanova et qui travaillait dans le triangle de la Recherche, à proximité de l'université de Caroline du Nord et de Duke. Évidemment, à l'époque, il faisait partie du FBI.

Un jour, il avait même tout expliqué à Cross.

« Ce que je fais… c'est ce que tous les hommes voudraient faire. Je vis leurs fantasmes les plus secrets, leurs petits rêves inavouables… Je ne suis pas les règles érigées par mes prétendus pairs. »

Il s'était vanté d'attirer à lui d'autres personnes partageant ses idées.

Kyle Craig avait une conception bien à lui de la suite des événements. Il savait que l'heure était venue de prendre le commandement. Peut-être même aurait-il dû le faire plus tôt. Lorsqu'il était incarcéré, l'homme qu'on appelait SW l'avait contacté par l'intermédiaire de son avocat, Wainwright, comme d'autres allumés de son espèce. SW s'était présenté comme admirateur et élève, comme l'avait fait, en son temps, Wainwright lui-même, mais il était à présent grand temps que le professeur intervienne et reprenne la main.

Chez X. Voilà qui devrait être facile à deviner, songea-t-il. Surtout pour quelqu'un qui s'estime aussi intelligent.

Samedi soir, peu avant minuit, Kyle était sur place. Comme promis. Il était curieux de voir ce qui se passerait ensuite, à plusieurs égards. Tout d'abord, SW saurait-il trouver le lieu ? La question était légitime, mais Kyle ne se faisait pas beaucoup de souci de ce côté-là, car SW était un maniaque des plus rusés.

Et SW dévoilerait-il son visage ? Ça, c'était plus difficile à prévoir. Sans doute une chance sur deux, estima Kyle. Tout dépendrait de son goût du risque. Était-il totalement sûr de lui ?

Ou bien viendrait-il grimé et costumé, comme à son habitude ? Kyle l'imagina déguisé en Kyle Craig, et cette pensée le fit sourire. Puis il passa à autre chose. Le concept de liberté n'en finissait pas de l'intriguer. Il était dehors, il pouvait aller où il le voulait, et le monde lui appartenait. Il sentait son cœur battre à un rythme régulier, mais plus rapide. Son emprise sur son corps et son esprit ne cessait de s'améliorer.

Puis il entendit quelque chose. Quelqu'un. Une voix, derrière lui.

— En votre honneur.

SW était arrivé. Il émergea de l'ombre des chênes, sans masque, sans déguisement. Grand, bien bâti, il devait avoir une trentaine d'années. Et ne manquait pas de culot.

Derrière lui se dressait la maison des Cross, dans la Cinquième Rue.

Chez X. Le domicile de Cross, bien entendu.

— C'est aussi un honneur pour moi, lui répondit Kyle.

Il savait qu'ils mentaient l'un comme l'autre, et il se demanda si SW se régalait autant que lui.

112

— Je suis ravi de vous voir enfin en personne, lui dit SW, avec un soupçon de nervosité et de raideur. Tout ce que vous avez annoncé s'est produit. Tout.

— Je sais. Je vous avais dit que je sortirais de l'ADX, et me voici.

Kyle, lui aussi, semblait un peu intimidé, mais c'était voulu.

— Vous pensez qu'il dort ? Qu'il lui arrive de dormir ?

SW désigna la maison, qu'il connaissait bien pour l'avoir photographiée des dizaines de fois, sous tous les angles.

— Au dernier étage, dit Kyle. C'est là qu'il travaille, généralement, qu'il essaie de résoudre les énigmes auxquelles il est confronté. Mais je n'ai pas l'impression qu'il soit chez lui. Il n'y a pas de lumière.

— En fait, il n'est pas chez lui. Il est dans le Montana, il me cherche. Vous pensez qu'il a deviné notre petit jeu. Moi, je ne le crois pas.

— Tout va bien, donc. Mais vous devriez vous montrer prudent. Je ne sous-estimerais pas le Dr Cross, à votre place. Il possède un sixième sens pour ce genre de choses. C'est un obsessionnel, et un travailleur acharné. Il pourrait vous surprendre.

SW ne put réprimer l'esquisse d'un sourire. Cruel.

— C'est ce qui vous est arrivé ? Si vous me permettez de poser une question aussi directe.

— Je vous en prie. Ce qui m'est arrivé, c'est que j'ai été rattrapé par mon pire ennemi – mon amour-propre, mon ego, mon orgueil. Et j'ai fini par simplifier la tâche de Cross.

— Vous le détestez profondément, non ? Vous voulez l'abattre, mais publiquement.

Kyle sourit. SW faisait des supputations qui en révélaient beaucoup trop sur lui-même.

— Disons qu'effectivement j'ai envie de le ramener à davantage d'humilité. Détruire sa réputation ne me gênerait pas. Mais cela dit, non, je ne déteste pas Alex. Pas du tout. En fait, je le considère comme un ami cher.

SW éclata de rire.

— Alors je n'aimerais pas être l'un de vos ennemis.

— Certes, fit Kyle avant de rire à son tour. Mieux vaut éviter de me prendre à rebrousse-poil.

— L'ai-je fait ? Suis-je allé trop loin ?

Kyle tapota l'épaule du tueur pour lui faire comprendre qu'il n'y avait pas de problème entre eux.

— Maintenant, parlez-moi de vous. Je veux tout savoir. Et après, vous pourrez me parler de votre partenaire. Je viens de voir quelqu'un, là-bas, tapi derrière les arbres. Qui que ce soit, je serai navré de devoir lui tirer dessus, mais je n'hésiterai pas à le faire, comme vous le savez.

La jeune femme connue sous le nom de Sandy Quinlan sortit de l'ombre.

« En votre honneur » furent les premiers mots qu'elle adressa au grand Kyle Craig. Son ton obséquieux manquait certainement de sincérité. Encore que… Mais, bien sûr, elle était actrice avant tout.

Kyle hocha lentement la tête.

— Bien, parlez-moi de John Sampson. Où le détenez-vous, et qu'avez-vous prévu ?

113

Nous reprîmes la voiture tard dans la soirée pour foncer à Kalispell, mais il se trouva que nous ne pouvions pas rentrer à Washington plus tôt que prévu. Les vols commerciaux étaient complets, et toute autre solution aurait fait exploser notre budget.

Il ne nous restait plus qu'à prendre une chambre dans un motel. Nous eûmes du mal à trouver le sommeil. Les premières heures étaient toujours critiques, être si loin de Sampson et ne pas pouvoir l'aider nous minait, Bree et moi. Surtout moi. Ce gars-là était mon meilleur ami depuis l'enfance, et cela était pire que tout. Heureusement que j'étais avec Bree. Nous finîmes par dormir un peu dans les bras l'un de l'autre.

Le dimanche, nous étions de retour à Washington. Lessivés, mais toujours focalisés sur la disparition de John. J'appelai Billie Sampson depuis le hall d'arrivée pour lui annoncer que nous serions chez elle d'ici une vingtaine de minutes, et du parking, je donnai un coup de fil au surintendant Davies. Il chapeautait personnellement l'enquête. Il faisait également partie des amis de Sampson.

— Il y a eu du nouveau pendant que vous étiez dans l'avion, me dit-il. Ce salaud va organiser un webcast, autrement dit une émission sur le Web, dans la journée.

— Que voulez-vous dire ? Quel genre de webcast ? À quelle heure ?

— Nous n'avons pas encore tous les détails. Vers

deux heures, tout le monde a reçu un e-mail, un peu comme la première fois.

Ce qui signifiait que la presse au grand complet serait au rendez-vous.

— Il a donné l'URL de son site et a simplement précisé que la diffusion aurait lieu dans la soirée.

— Nous serons là dès que nous pourrons. Nous passons d'abord voir Billie Sampson. C'est presque sur notre chemin. Surtout, restez connecté en permanence. Il faut qu'on voie ce qu'il prépare.

— C'est ce qu'on avait l'intention de faire. Ce pourrait être le seul moyen de dépister cette horreur.

Par « horreur », nous savions l'un et l'autre qu'il entendait à la fois le meurtre de Sampson et le spectacle ignoble que nous réservait le tueur.

Je raccrochai en arrivant à hauteur de la voiture.

— Qu'a-t-il dit ? voulut savoir Bree.

Je ne répondis pas tout de suite. J'avais les yeux rivés sur un paquet scotché au niveau de ma portière.

Du papier blanc, du ruban argenté. J'avais déjà vu quelque chose qui ressemblait beaucoup à ça.

— Bree ? Écoute-moi bien. Éloigne-toi de la voiture. Viens ici. Tu restes calme, et tu ne t'approches pas.

Elle fit le tour du véhicule.

— Oh, mon Dieu. C'est de l'explosif ?

— Je ne sais pas ce que c'est.

Je sortis ma mini lampe-torche et me penchai sur le paquet.

— Ça peut être n'importe quoi.

En entendant la sonnerie, nous reculâmes tous les deux d'un bond.

312

114

Il nous fallut quelques secondes pour comprendre qu'il s'agissait de la sonnerie d'un téléphone placé à l'intérieur du sac.

Je déchirai le papier blanc, trouvai des petits morceaux de beignet et un Motorola. Le coup du beignet, ce devait être une allusion aux flics, censés en manger toute la journée. Pitoyable.

Au lieu d'un nom ou d'un numéro, c'est une image qui s'affichait. C'était Sampson, un bandeau sur les yeux. Une large entaille couverte de sang séché lui barrait un côté du visage. Je sentis monter une bouffée de colère, et dus respirer profondément avant de répondre.

— Bell ?

— Cross ? fit-il en se moquant de mon intonation.

— Où est-il ?

— C'est moi qui parle. Vous, vous écoutez. Je veux que vous sortiez tous les deux vos téléphones et que vous les teniez en l'air. Avec deux doigts, s'il vous plaît.

— Non, c'est vous qui allez m'écouter. Je veux parler à Sampson avant de faire quoi que ce soit.

Il y eut un silence, suivi d'un bruit de pas, et j'entendis quelques mots à peine audibles : « C'est pour vous. »

Puis la voix caractéristique de Sampson, bien nette.

— Alex, ne le fais pas !

— John !

Mais Bell avait déjà repris la main.

— Vos téléphones ? En l'air. Les deux.

Je fis un tour sur moi-même pour scruter le parking. Quelqu'un devait nous observer pour transmettre les informations, mais je ne voyais personne.

— C'est maintenant ou jamais, Dr Cross. Vous ne voudriez pas que je vous raccroche au nez. Croyez-moi, vous ne le voudriez pas.

— Bree, sors ton téléphone. Tiens-le en l'air.

Il nous demanda de poser nos téléphones derrière les roues arrière, puis de monter dans la voiture.

— Maintenant, vous reculez. Vous roulez sur les téléphones. Puis vous sortez du parking et vous tournez à droite.

— Où allons-nous ?

— Pas de questions. On fait ce que je dis, et on se dépêche ! Il ne vous reste plus beaucoup de temps.

— Putain, marmonna Bree.

Pas à cause des téléphones, mais parce que nous étions obligés de suivre ses instructions.

Nous venions à peine d'émerger du parking quand Bree griffonna quelque chose sur son calepin, qu'elle me montra discrètement. *Highlander noir. Plaque Washington. Femme. Troisième voiture.*

Je vis le Highlander et sa conductrice dans le rétroviseur. Cheveux longs, noirs. Lunettes de soleil. Je pouvais difficilement en dire plus.

— Qui est-ce qui nous suit, Bell ? Ma copine de Baltimore ?

J'entendis un bruit sourd effroyable, comme un coup, et Sampson qui poussait un gémissement.

— Voilà ce qui se passera à partir de maintenant. Une autre question ?

Je ne répondis pas.

— Voilà qui est sage. Maintenant, tournez à gauche au prochain feu et fermez vos gueules tant que je ne vous demande pas votre avis.

115

J'aurais sans doute suspendu un collègue s'il avait fait ce que nous étions en train de faire, mais la vie de Sampson était en jeu, et je ne voyais pas d'autre solution. Pendant plusieurs minutes, Bree et moi communiquâmes par gestes et par écrit pendant que SW aboyait ses instructions.

Le Highlander noir et sa mystérieuse conductrice ne nous lâchaient pas, ne laissant jamais plus d'un ou deux véhicules s'intercaler entre nous.

Une idée de l'endroit où on va ? écrivit Bree.

Je fis non de la tête, aussi discrètement que possible.

Tu as un plan ?

Même réaction.

Des armes dans la voiture ?

Soupir. Non.

Nous n'avions pas emporté nos armes dans le Montana. Tyler Bell l'avait sans doute deviné, car il ne nous en avait pas parlé quand il nous avait demandé de nous débarrasser de nos téléphones.

Il nous fit revenir dans Washington, prendre Massachusetts Avenue, puis la Septième Rue, en nous éloignant du Capitole.

Je profitais des plages de silence pour gamberger

frénétiquement. Où nous conduisait-il ? Que se passerait-il une fois sur place ?

De la Septième, nous nous engageâmes sur Georgia, puis nous dépassâmes le campus de Howard University. Nous allions toujours tout droit, à présent.

Quelque part entre Columbia Heights et Petworth, nous traversâmes un quartier de commerces plus ou moins fauchés où se succédaient fast-foods et petits garages. Bell me demanda de ralentir et d'ouvrir l'œil.

— J'ouvre l'œil, ne vous en faites pas.

Je regardais les numéros. Une gargote jamaïcaine, une onglerie, une station-service, un prêteur sur gages, puis des devantures vides.

— Numéro 3337, me dit Bell. Vous le voyez ?

On ne pouvait pas le manquer. Dans la vitrine, une affichette LOUÉ avait été collée par-dessus la pancarte À LOUER.

— Vous prenez la ruelle juste après, et vous rentrez dans l'immeuble par le côté. Et pas d'embrouille. Mais moi, je ne vous promets rien…

116

Au bout de la ruelle, il y avait un petit parking, juste assez grand pour trois véhicules. En descendant de ma voiture, je vis le Highlander noir bloquer la sortie.

La conductrice nous observait, l'air à la fois mystérieux et menaçant. Enfin, était-ce vraiment une femme ? Nous avions été trop souvent abusés pour être certains de quoi que ce soit.

Nous nous approchâmes du bâtiment. La porte métallique verte, en bien mauvais état, était maintenue ouverte par une demi-brique. À l'intérieur, il y avait une cage d'escalier en ciment. J'avais l'impression d'être sur le plateau d'un film d'horreur genre *Saw*.

— Descendez, nous intima Tyler Bell. Un peu de courage.

Sous une autre porte, au pied de l'escalier, je vis une bande de lumière étrangement vive.

— Bell, qu'y a-t-il, en bas ? Où allons-nous ?

— Refermez la porte derrière vous. Et vous avez intérêt à entrer, sans quoi votre ami va être provisoirement victime d'un terrible accident.

Bree et moi échangeâmes un regard. Si nous voulions renoncer, c'était le moment où jamais, mais pour moi, en tout cas, il n'en était pas question.

— On n'a pas le choix, me chuchota Bree. On y va. Et à la première occasion, on passe à l'action.

Je descendis le premier.

Le mur en parpaings bruts n'était pas équipé de rambarde, et une vague odeur d'acide sulfurique me picotait le bout de la langue. Arrivé en bas, je saisis un bouton rouillé qui refusait de tourner. Une poussée, et la porte s'ouvrit brutalement.

Un projecteur m'aveugla. La main en visière, je vis qu'il y en avait plusieurs, sur trépied, illuminant chaque coin de ce sous-sol humide.

— Ah, voilà notre ami ! s'exclama Bell.

Sampson était assis sur une chaise, les mains liées dans le dos, du ruban adhésif argenté sur les yeux. Lorsqu'il tourna la tête, alerté par le bruit de la porte, je vis l'horrible plaie sur son visage. Le sang n'était pas encore sec, et ce même sang avait servi à inscrire les lettres SW sur le mur, derrière lui. En quantité.

À la droite de Sampson, je vis deux chaises vides, et au pied de chacune d'elles, un rouleau de corde.

Un homme qui devait être Tyler Bell se tenait sur le côté, une caméra dans une main, un pistolet dans l'autre. Il m'était impossible de voir son visage, toujours dans l'ombre. Mais la fin était proche, n'est-ce pas ?

La caméra était reliée à un ordinateur portable posé sur une table – en fait, une simple planche – encombrée de matériel vidéo. Le câble passait par-dessus un chevalet. Sur l'écran du portable, je reconnaissais la page d'accueil du site de SW, avec une différence notable. À la place de la petite télévision sans image, on nous voyait, Bree et moi. En temps réel.

Bell délaissa lentement le viseur de sa caméra pour nous dévisager et lorsqu'il vit que je le regardais, il déclama :

— Bienvenue dans mon studio !

117

— Sampson, ça va ? John ? *John ?*

Il finit par opiner mollement.

— Je m'éclate.

Je sentais bien qu'il exagérait. Il n'avait pas l'air très en forme, comme ça, voûté, le T-shirt et le sweat couverts de taches foncées.

— Bien répondu, inspecteur Sampson, ricana Bell. Il semblerait que je ne sois pas le seul comédien de cette digne assemblée.

— C'est mon Glock ? s'écria Bree en regardant l'arme qu'il brandissait.

— Eh oui. Un excellent pistolet. Vous ne vous souvenez pas, quand Neil Stephens vous l'a arraché ? Eh bien oui, c'était moi. Que voulez-vous, je sais jouer la comédie.

— Je me souviens de tout, connard. Vous n'êtes pas aussi fort que vous le croyez.

— Peut-être, mais suffisamment, en tout cas. Vous n'êtes pas de mon avis ?

— C'est quoi, toute cette histoire ? dis-je pour calmer le jeu, avec l'espoir d'obtenir quelques réponses de la part de Bell.

— Oh, je suis sûr que vous avez déjà presque tout deviné, Dr Cross. Vous êtes assez intelligent pour ça, non ?

— Donc si je disais 3337 Georgia Avenue…

— Vous gaspilleriez votre souffle, bien entendu. Personne ne regarde… pour l'instant.

Le regard de Bell fit un crochet par la caméra.

— En direct, ça aurait été le *nec plus ultra*, mais je ne suis pas totalement idiot. Inspecteur Stone, je veux que vous vous allongiez, face contre le sol, les mains sur le côté. Cross…

Il indiqua la chaise du milieu.

— … asseyez-vous. Décompressez un peu.

— Et qu'est-ce…

Il tira un coup de feu dans le mur, juste au-dessus de l'épaule de Sampson.

— J'ai dit : asseyez-vous.

Je m'exécutai. Peu après, j'entendis des pas, au-dessus, qui venaient dans notre direction, mais par un autre escalier que celui que nous avions emprunté. Une porte s'ouvrit au fond de la pièce, mais je ne pus voir la personne qui entrait.

— Tu en as mis du temps, fit Bell.

— Désolée. Il fallait que je verrouille tout. Le quartier craint un peu.

Et là, je vis arriver la jeune femme que je connaissais sous le nom de Sandy Quinlan. Elle avait enlevé la perruque noire et les lunettes de soleil qu'elle portait au volant du Highlander, et ressemblait maintenant à la jeune femme que j'avais si souvent reçue en consultation. Seuls ses yeux avaient changé. Elle me regardait comme si nous ne nous étions jamais vus.

Ce choc s'accompagna d'un éclair de clairvoyance. Décidément, le talent de SW forçait le respect.

— Anthony, dis-je.

Ce n'était pas une question, mais une constatation. Un pseudo, bien entendu, mais c'était sans importance. En regardant bien SW, je voyais la ressemblance. Il fallait bien le reconnaître : cet homme maîtrisait parfaitement l'art du maquillage, et c'était un excellent comédien.

Il s'inclina.

— Je suis bon, hein ? J'ai surtout fait du théâtre. New York, San Francisco, New Haven, Londres. Et le rôle dont je suis le plus fier, à bien des égards, c'est celui d'Anthony. D'autant que je l'ai interprété devant vous. Sous votre nez, comme on dit !

— Vous êtes Tyler Bell, alors ?

320

Ma question parut le surprendre. Ou jouait-il de nouveau la comédie ?

— Vous n'êtes pas au courant ? Ce pauvre type a pété les plombs. Il est venu à Washington et il a assassiné des tas de gens, y compris l'inspecteur qui avait tué son frère, puis il a disparu de la surface de la terre. Personne ne l'a jamais revu.

— Est-ce vous qui avez tué Bell, dans le Montana ? voulut savoir Bree.

— Je vais vous dire une chose.

Il agita son Glock.

— On va d'abord vous préparer pour l'émission. Et ensuite, je vous montrerai ce qui est arrivé à Tyler Bell. Vous ne pourrez pas dire que je ne coopère pas avec la police…

« Sandy » était à côté de lui. Il l'embrassa de manière très démonstrative et lui confia l'arme, puis la caméra. Je me demandais bien à quelle sauce nous allions être mangés.

— Souriez, nous dit-il, ou ce que vous voulez, mais soyez naturels. Soyez vous-mêmes.

Elle se campa sur ses jambes pour stabiliser la caméra et fit un zoom arrière jusqu'à ce que Sampson, Bree et moi soyons tous trois dans le cadre de l'image qui s'affichait sur l'écran du portable.

— Ok, pour moi, c'est bon. Dès que tu es prêt, on commence. Maintenant, on est en direct. Ça tourne. *Action !*

118

Anthony Demao – puisque je ne connaissais que ce nom-là – vint lentement se placer derrière moi, ce qui ne me plaisait pas du tout.

Je sentis brusquement la corde me mordre les poignets. Le nœud achevé, il l'attacha à un anneau ou je ne sais quoi ancré au sol, que je ne voyais pas, ce qui m'empêchait désormais de me relever ou même de me redresser sur ma chaise. Ce qui expliquait la posture voûtée de Sampson.

Et tout cela, je le voyais en temps réel sur l'ordinateur posé en face de moi. Je me demandais combien de personnes étaient en train d'assister à la scène, en espérant que Nana et les enfants n'étaient pas dans le lot.

Lorsqu'il en eut fini avec moi, puis avec Bree, il reprit l'arme des mains de Sandy et se plaça au milieu de la pièce.

Il glissa le Glock dans sa ceinture, derrière, et s'accroupit à moitié, les mains nouées dans le dos, comme si elles étaient liées, à la manière des nôtres. Que fabriquait-il ?

Une horrible grimace lui déforma le visage, et il se mit à sangloter bruyamment, sans s'arrêter. Et là, je compris qu'il était en train de jouer. Qui voulait-il incarner cette fois ?

— Pourquoi vous me faites ça ? Je ne comprends pas. S'il vous plaît, je voudrais me lever. Je ne vais pas m'enfuir, je vous le jure. S'il vous plaît, je vous en supplie. Je vous en supplie !

Soudain, il prit son arme et la pointa sur sa tête, en jouant cette fois le rôle de SW.

— Si vous voulez rester en vie, monsieur Bell, continuez de parler. Je veux vous entendre dire A, E, I, O, U.

— A, E, I, O, U, balbutia-t-il en imitant assez bien, à mon sens, le vrai Tyler Bell. Enfin, l'idée que je m'en faisais.

— C'est vous qui avez clôturé le compte de Bell, c'est ça ? lui demanda Bree, devançant ma question.

— Et, juste avant, vous êtes allé faire des courses en vous faisant passer pour lui, ajoutai-je.

Ce qui expliquait le lait et les autres produits en double retrouvés dans le chalet du Montana.

Anthony se releva et se tourna pour bien nous montrer sa barbe, son nez, ses gros sourcils.

— Pas mal, le maquillage, non ? J'ai fait le moulage sur le visage de Tyler Bell.

— Oh, putain, soupira Bree, dégoûtée. Quand je vous vois, j'ai honte de faire partie de la race humaine.

— Attendez, je vais vous faire voir autre chose. Ça, c'est top. Regardez bien.

Il se figea un instant, puis son visage se métamorphosa. On y lisait une terrible douleur. Pas celle de Bell, celle de quelqu'un d'autre.

Il s'était replié sur lui-même, il avait perdu de sa frénésie, et sa voix avait changé de timbre. C'était celle de mon patient Anthony, plus grave, plus sudiste.

— Oh, mon Dieu, j'ai tué mon meilleur ami. Oh, Matthew, mon petit Matthew. Pardonne-moi, pardonne-moi. Qu'est-ce que je vais faire, maintenant ?

Le débit ralentissait, l'accent se renforçait, jusqu'à devenir caricatural.

— Je suis qu'un pauvre mec qui rentre d'Irak et dont le psy sait même pas faire la différence entre le syndrome de la guerre du Golfe et la rougeole.

Il me regarda froidement.

— J'ai tout enregistré, Dr Cross. Toutes nos séances. Vous n'y avez vu que du feu. J'ai même pris quelques photos.

Il regarda Sandy.

— Vous et elle. Quand Sandy vous a embrassé avec la langue devant votre cabinet en vous disant qu'elle aurait voulu vous rencontrer dans d'autres circonstances.

— Je vais vous dire un secret, chantonna Sandy, en rejouant la scène. J'aurais bien aimé vous rencontrer ailleurs, mais pas en tant que psy.

Je revis l'instant du baiser, et le geste que Sandy avait fait pour m'attirer vers la rue, et faciliter le travail de son complice.

— D'accord, fis-je, mais j'aimerais qu'on m'explique pourquoi.

— Premièrement, parce que personne n'est capable de faire ce que nous faisons. Personne ! Ensuite, parce que nous avons tous les deux fait presque dix ans de théâtre, en gagnant tout juste de quoi payer le loyer. Et peut-être aussi parce que vous étiez une célébrité, en tout cas à l'époque, et que nous voulions nous aussi avoir notre moment de gloire.

Il s'arrêta et me dévisagea longuement.

— Est-ce ce que vous vouliez entendre, Dr Cross ? Est-ce que ces petites étiquettes vous aident à nous comprendre un peu mieux ?

— Ça dépend, rétorquai-je. Y a-t-il quoi que ce soit de vrai, dans tout ça ?

Il éclata de rire, aussitôt imité par Sandy.

— Non, absolument pas. Comment voulez-vous qu'un homme comme moi ait des problèmes de fin de mois ? J'ai de l'argent, et aujourd'hui je suis célèbre. Kyle Craig lui-même compte parmi mes admirateurs, et nous, nous admirons Kyle Craig. Le monde est petit, vous ne trouvez pas ?

» Kyle Craig fait partie de nos héros, au même titre que Ted Bundy ou John Wayne Gacy. Et Gary Soneji. Quand Kyle a été incarcéré à l'ADX Florence, nous avons trouvé un moyen de le contacter. Il voulait tout savoir de nos projets, et nous, nous voulions tout savoir des siens. Vous savez, docteur, on est nombreux. Il y a ceux qui tuent, et il y a ceux qui se contentent d'en rêver. L'avocat de Kyle était un admirateur, lui aussi. Des plus dévoués, il faut bien le dire. Et aujourd'hui, Kyle Craig suit notre parcours comme nous avons suivi le sien. Il est ici, à Washington. C'est excitant, non ?

119

Tout en regardant le numéro en direct de SW – car il s'agissait bien de cela, d'un acte parfaitement calculé – je m'intéressais à quelque chose de beaucoup plus captivant.

Je voyais, par écran interposé, que les mains de Bree s'agitaient. Elle essayait de se défaire de ses liens, aussi discrètement que possible. Il fallait donc que je prolonge le face-à-face avec Anthony et Sandy pour qu'ils se concentrent sur moi.

— Mais tout ça, c'est signé Tyler Bell, fis-je remarquer. Officiellement, vous deux, vous n'existez pas. Et Sandy encore moins.

Comme si je ne m'en fichais pas totalement.

— Vous ne m'écoutez pas. Tout ça (sa main balaya toute la pièce), c'est le délire du jour, ni plus ni moins. Une fois qu'on sera partis, une fois que tout le monde aura vu les infos, on remettra ça. Peut-être avec un autre flic. Ou un journaliste. Un présentateur de télé. Un grand nom du *Washington Post* ou de *USA Today*.

— Vous savez que vous n'êtes pas le premier à faire ça, j'espère ? Colin Johns ? À Miami, en 1995 ?

Là, le vernis d'Anthony se craquela légèrement.

— Jamais entendu parler de lui.

— C'est justement le point que je voulais souligner. Colin Johns a été célèbre pendant, disons, cinq minutes. Et, à ce jeu-là, il était bien meilleur que vous, que vous deux.

Anthony me regardait en hochant la tête, les bras croisés, et je sentais bien que je commençais à l'énerver sérieusement.

— Vous savez que vous êtes vraiment nul, comme psy ? Qu'est-ce que vous espérez ? Que je vous laisse en vie ?

— Non, mais je peux vous gâcher votre plaisir.

Il fallait que je me montre sûr de moi. Peu importait que je mente, peu importait que je me serve ou non de mes compétences professionnelles. J'inventais au fur et à mesure.

— Et Ronny Jessup ? Trois meurtres, chaque fois en direct. Et sans pseudo. Vous avez entendu parler de Ronny Jessup ? Et vous, Sandy ?

Sandy me gratifia d'un petit sourire vénéneux.

— Non, mais mon vilain petit doigt me dit que vous, vous allez bientôt mourir. J'ai hâte de voir ça.

En deux foulées, Anthony traversa la pièce et me frappa le visage d'un coup de crosse.

— Continuez comme ça, Dr Cross !

Il fit mine de recommencer, mais je savais qu'il n'oserait pas. Il fallait que je reste conscient.

J'étais là pour assister au spectacle !

Je crachai du sang, puis balançai un autre nom fictif.

— Madeline Purvis, à Boston, en 1958.

— Bon, ça suffit. À partir de maintenant, port du bâillon obligatoire.

Il se précipita vers ses accessoires, rangea son arme et prit un rouleau de ruban adhésif. Il en déchira un bout, revint vers moi.

J'avais tourné la tête. Non pour l'empêcher de me bâillonner, mais pour qu'il soit mieux placé. J'ignorais si Bree avait enfin réussi à se détacher, mais, de toute manière, les dés étaient lancés.

Anthony s'approchait de moi quand Bree retrouva enfin l'usage de ses bras.

Sandy hurla : « Frangin ! »

Frangin ? Ils étaient frère et sœur ? Je tombais des nues. J'avais encore en mémoire la scène gratinée de ma salle d'attente. Frère et sœur, mais aussi amants ?

120

Anthony se retourna, mais Bree avait déjà réussi à s'emparer de son arme. Il la gifla d'un revers de la main. Il y eut un coup de feu, mais la balle se perdit quelque part ; la chaise bascula, et Bree heurta le mur.

Je vis soudain que Sandy avait, elle aussi, une arme, et qu'elle la braquait sur moi.

Bree n'avait pas lâché son Glock. Elle eut le temps d'ajuster son tir et d'appuyer deux fois sur la détente. Touchée au thorax, Sandy Quinlan ouvrit la bouche, comme frappée de stupeur. Tuée sur le coup, sans doute. Puis elle s'affala telle une marionnette, et à cet instant je ressentis une sorte de malaise. J'avais passé trop de temps avec elle et j'avais l'impression de la connaître, même si ce n'était pas le cas. Pour moi, elle était toujours l'une de mes patientes.

J'essayais de me lever, tirant de toutes mes forces sur la fixation, au sol, qui commença à bouger. Il le fallait...

Bree tira un autre coup de feu.

L'un des projecteurs explosa au-dessus d'Anthony qui courait, tête baissée. En riant. Avait-il choisi d'interpréter un nouveau personnage, ou était-il lui-même ?

Moi, je continuais à tirer sur la corde, en m'arc-boutant sur mes jambes, et elle finit par céder. Le nœud qui me mordait les chairs se détendit suffisamment pour que je puisse libérer mes mains.

Il ne me restait plus qu'à me lancer à la poursuite d'Anthony.

— Appelle du renfort !

Le Motorola noir était toujours à terre. Tout comme Sandy Quinlan, les yeux écarquillés. Le sang coulait encore des deux trous qui lui ornaient la poitrine, si rapprochés qu'ils n'en faisaient presque qu'un.

Arrivé au pied de l'escalier, j'entendis un bruit de verre brisé au-dessus de moi. Anthony, *alias* SW, s'échappait. Quelques secondes plus tard, je me retrouvai dans une boutique vide.

La porte donnant sur la rue était fermée à clé, et cadenassée de surcroît. De la vitrine, il ne restait que des échardes de verre. Une vieille chaise en bois gisait sur le trottoir.

Je sortis du magasin par la brèche. Les passants me regardaient, médusés, hésitants. Un jeune pointa le doigt.

— Un Blanc, par là-bas.

J'aperçus Anthony de l'autre côté de la rue, en train de courir. Il me vit également, s'engouffra dans un magasin, sur la droite.

— Appelez la police ! hurlais-je à qui voulait l'entendre, en espérant que quelqu'un m'aiderait. C'est SW !

Et je le pris en chasse.

121

L'endroit où SW était entré se réduisait à une minuscule gargote où on vendait des plats mexicains à emporter. Il n'y avait pas de tables. Je ne vis qu'une vieille dame étalée de tout son long, visiblement très secouée, et un vendeur squelettique plaqué au mur comme s'il n'était plus que son ombre.

Contournant la caisse, je poussai une porte battante et pénétrai dans la cuisine.

La température grimpa immédiatement de vingt degrés. Deux cuistots me hurlèrent quelque chose en espagnol.

Je vis Anthony surgir à ma droite, trop tard. Une poêle en fonte me brûla le bras, et la douleur fusa jusqu'au cerveau.

Instinctivement, je ripostai de l'autre main. Un uppercut à la tempe, un autre coup à la gorge.

Il lâcha la poêle à frire. Je la saisis à mon tour pour la lui flanquer en plein visage, mais si je continuais à me servir de cette arme improvisée, j'allais y laisser la peau de ma main. Anthony poussa un cri féroce et recula en titubant. Autour de l'une de ses oreilles, la peau artificielle, noircie, pendait lamentablement. Les deux cuisiniers braillaient comme si c'était eux qu'on venait de brûler.

Anthony retrouva l'équilibre en s'appuyant contre le piano, sur lequel il saisit une autre gamelle pour en balancer le contenu dans ma direction. Je réussis à éviter l'huile bouillante et les légumes en train de frire, mais Anthony n'était plus qu'à quelques mètres de la sortie.

Au passage, il fit tomber deux étagères de boulanger. Les plats et le matériel dégringolèrent dans un fracas de faïence brisée.

— Ma sœur est morte ! hurlait Anthony.

Devais-je en déduire qu'il était vraiment devenu fou ?

Je m'emparai d'un couteau de cuisine et me lançai à sa poursuite.

122

En débouchant dans une longue ruelle de service, assez large, j'entendis des sirènes. J'espérais qu'elles ululaient pour nous et que quelqu'un allait vite comprendre que j'étais en train de pourchasser SW.

La ruelle longeait plusieurs bâtiments. À ma droite, il y avait une impasse. À ma gauche, une rue animée, à une cinquantaine de mètres. Il n'avait pas eu le temps de couvrir cette distance.

Où se cachait-il, alors ? Il devait être tout près, mais où ?

J'ouvris la benne à ordures la plus proche. Une odeur pestilentielle me fouetta les narines, mais Anthony n'était pas là. J'allais jusqu'à me pencher à l'intérieur pour m'en assurer.

Il y en avait trois autres alignées le long du mur. De l'autre côté, des épaves de voiture. Je m'accroupis pour regarder s'il ne se cachait pas derrière l'une d'elles.

C'est alors que je le vis du coin de l'œil, juste à temps. La lame faillit me labourer le visage. Il s'était dissimulé derrière l'une des bennes, armé d'un couteau, lui aussi. Il affichait un calme et une assurance étonnants, pour ne pas dire inquiétants, en de telles circonstances, comme s'il jouait encore un autre rôle.

Moi, peu habitué au maniement d'une arme blanche, j'étais tout sauf à l'aise, mais je n'avais pas le choix.

Il revint à la charge. La lame, cette fois encore, passa à quelques centimètres de ma joue. Les attaques se succédaient.

Quand je feignis de riposter, il se contenta de rire.

— Je crois que ça va me plaire. C'est même certain. J'ai une bonne expérience du corps-à-corps. Et vous, Dr Cross ?

Et il plongea sur moi. Une fois de plus, je parvins à éviter la lame. De justesse.

Il avait les traits crispés, les veines saillantes, mais son regard restait pétillant. Il jouait avec moi. Me manquait-il volontairement, pour faire durer le plaisir ?

— Alex Cross, qui fut si grand autrefois, me dit-il. Dommage que nous n'ayons pas de public.

— Oh, mais vous en avez un, fit une voix. C'est moi votre public, cette fois, SW.

Nous nous retournâmes tous les deux. C'était Kyle Craig.

123

Kyle paraissait exubérant, presque joyeux. Heureux de nous voir ? D'être vu ?

— Quel spectacle ! Le grand SW, le grand Alex Cross enfin réunis dans un duel à mort. Avec des couteaux de cuisine ? Je serais prêt à payer pour assister à ça. Et ce qui est génial, c'est que je n'ai même pas besoin de payer, puisque je suis là !

SW brandissait son couteau tout en lançant de brefs coups d'œil en direction de Kyle.

— Que faites-vous ici ?

— Je suis venu admirer votre travail, lui répondit Kyle avec un indéniable accent de sincérité. Comme le feraient tous vos autres fans s'ils en avaient la possibilité. Cette ruelle serait noire de monde. Moi, je vous suis depuis notre rencontre chez les Cross.

— Je ne suis pas sûr de goûter vos sarcasmes, siffla SW.

— Vous devriez. Soyez prudent avec le Dr Cross. Ne le lâchez pas des yeux. Il vous tailladera à la première occasion. C'est un calculateur.

— Il ne peut pas me faire de mal, déclara froidement SW. Il n'est pas à la hauteur. Vous non plus, d'ailleurs.

— Oh, mais c'est moi que vous venez de toucher, pour ainsi dire !

Moi, je ne disais rien. J'attendais une ouverture. Je n'étais pas un as du couteau, mais je me déplaçais vite, et c'était peut-être ce qui me sauverait. Problème : j'avais aussi Kyle sur le dos. Comment était-il arrivé jusqu'ici, et quelle était la nature de ses liens actuels avec SW ? La situation avait-elle changé ?

Kyle restait sur le côté, prodiguant ses conseils à la manière d'un entraîneur.

— Il est concentré. Vous, vous ne l'êtes pas. Je vous donne mon avis, faites-en ce que vous voulez.

SW me regarda.

— Bon, d'accord. Je vais tuer Cross. En votre honneur.

En votre honneur ? Qu'est-ce que cela signifiait ? Il tenta de me porter un nouveau coup, sans succès, mais maintenant, il ne plaisantait plus. La fois suivante, la lame m'entailla le bras. Ma chemise rougit, des gouttes de sang tombèrent au sol.

Kyle encouragea mon adversaire d'une voix devenue soudain gutturale.

— Ah, c'est mieux, SW. Maintenant, il faut tout donner ! Réglez-lui son compte ! Tuez-le, ce salaud !

SW commençait à respirer par la bouche, à haleter. Pouvais-je en retirer un avantage ? Je me déplaçai sur la gauche, en arc-de-cercle, puis dans l'autre sens. Comme ça, sans réfléchir, à l'instinct.

Il essaya encore de me frapper, mais manqua son coup et cette fois, je réussis à le toucher au bras. Le sang se mit à jaillir. Il ne faut pas jouer avec les couteaux…

Kyle applaudit, lentement, sans ajouter d'encouragements.

Je me remis à me déplacer en arc-de-cercle, mais plus vite cette fois. De gauche à droite puis, brusquement, dans l'autre sens. Et je repassais à l'attaque.

Soudain, avec une sorte de rugissement, SW se jeta sur moi. Je pivotai sur la gauche, exposant brièvement mon dos, mais profitai de sa position pour poursuivre mon mouvement, prendre appui sur ma jambe droite et enfoncer mon couteau de bas en haut, sous le bras, jusque dans la poitrine.

Il poussa un immense gémissement.

— Sale con !

Il s'écroula. Il gisait là, sur le dos, les yeux dans le vide. Je me dégageai et regardai Kyle.

J'avais un couteau.

Et lui, un pistolet semi-automatique.

— Il n'était pas très coriace, hein ? me dit-il avec un petit sourire.

124

Il n'arrêtait pas de parler, comme s'il était tout content de ces retrouvailles. Peut-être était-ce moi qu'il suivait.

— J'ai été tellement déçu que tu ne viennes pas me voir plus souvent à Florence, Alex. Sérieusement. On te boucle dans une cellule minuscule, vingt-trois heures par jour. C'est inhumain, ça n'apporte rien de bon. Je ne plaisante pas !

» Je vais peut-être tourner un film, un film très dérangeant qui s'appellerait *Une vérité inavouable* ou *La Route de Guantanamo*. Ou alors, *Il ne reverra jamais le soleil*. Toutes les salles d'art et d'essai de la côte Est le passeront, et j'aurai les démocrates bien-pensants de mon côté.

— Tu as tué beaucoup de gens, Kyle. Tu as commis des meurtres depuis que tu t'es évadé. Combien, cette fois ?

Il haussa les épaules, puis prit littéralement la pose. Mais s'il exécutait ses victimes avec plus de subtilité qu'Anthony, il n'était pas aussi bon comédien.

— Sincèrement, je n'ai jamais pris la peine de faire le décompte. Il y a eu maman, bien entendu. À moins que ce n'ait été une hallucination ?

— Non, tu as effectivement tué ta mère. Tu l'as même massacrée.

— Massacrée ? Cela me semble un peu exagéré. Pour tout dire, j'ai un souvenir assez confus de cet épisode. J'étais peut-être pris de folie. Donne-moi quelques détails bien sordides. Je veux l'entendre de ta bouche, Dr Cross.

— Parce que le côté psy te branche aussi, Kyle ?

— Possible, mais je n'ai encore jamais vu les choses sous cet angle-là.

Je le dévisageai un instant, sans rien dire. Ce type était foncièrement mauvais, dépourvu de toute conscience. Je m'interrogeais sur la qualité de ses réflexes. Il semblait très sûr de lui, l'arme au poing. Logique. Il pouvait m'abattre à sa guise.

— Un genou à terre, Alex. Simple mesure de précaution. Tu vois, l'entraînement que j'ai suivi à Quantico aura fini par porter ses fruits.

Bien décidé à ne pas obtempérer, je fis mine de n'avoir rien entendu.

Il tendit le bras. Son arme ne tremblait pas.

— J'ai dit : un genou à terre. Il y a encore une petite chance pour que je t'épargne. J'aurai peut-être besoin d'un public pour ce qui va suivre.

Un public ?

— Que comptes-tu faire, maintenant, Kyle ? Quel rôle as-tu joué pour SW et sa complice ?

Il sourit, parut réfléchir à la manière dont il allait formuler sa réponse.

— Ce sont des questions intéressantes. Si je te réponds, c'est que soit tu ne seras plus là pour le voir, soit que je veux que tu puisses imaginer le massacre, pour reprendre ton expression. Dernière sommation, Alex.

Je commençai par une légère flexion, puis m'agenouillai complètement. Je voyais mal comment faire autrement. Kyle détestait qu'on lui tienne tête. J'avais eu l'occasion de m'en rendre compte.

— Ah, voilà qui est mieux. C'est comme ça que j'aime te voir, dans la position d'un suppliant. Tu sais, je regrette presque que SW ne soit pas là pour te voir.

— Tu aurais pu le sauver.

— Peut-être, mais probablement que non. Je pense réellement que ce garçon voulait mourir. J'ai étudié ses premiers meurtres à l'époque où j'étais au FBI. Il m'a contacté à Florence. Je crois que, pour lui, je représentais un peu la figure du père. Tu es mieux placé que moi pour en juger, d'ailleurs, mais moi, je ne peux pas vivre dans le passé. Et je ne cultive pas davantage les regrets. Tu peux le comprendre, j'imagine.

— Que voulait-il dire par « en votre honneur » ?

— Oh, ça. C'était un admirateur, comme tous les autres, comme la fille. Était-ce sa sœur ? Qui sait ? Ils m'ont fait passer les messages jusque dans ma cellule par l'intermédiaire de mon avocat. Un autre admirateur. Ce sont tous des fêlés, Alex, ni plus ni moins. Cela dit… il t'a bien fait courir.

» Je l'ai aidé, je lui ai fourni quelques idées. Le stade de football, c'était moi. Et c'est moi qui lui ai suggéré Tess Olsen, bien sûr. Celle-là, c'était en mon honneur.

Kyle s'avança et me braqua son arme sur la tempe, d'une main parfaitement assurée.

— Moi, Kyle Craig, sain de corps et d'esprit, déclama-t-il avec un grand sourire sardonique, choisis d'épargner la vie d'Alex Cross. Pour l'instant, en tout cas.

Il recula d'un pas.

— Je te l'ai dit, vingt-trois heures par jour, et pendant quatre ans. Je ne peux te laisser t'en tirer aussi facilement. Quelques minutes de peur intense ne sont rien en comparaison de ce que j'ai vécu. On ne peut pas parler de compensation, loin de là ! Tu vas voir.

Il recula encore.

— J'ai des projets plus ambitieux pour toi, Alex. Une chose est sûre : je vais vous torturer à mort, toi et les tiens. Inutile de chercher à les cacher. Retrouver les gens est un art dans lequel j'excelle. C'était ma spécialité, au FBI. J'ai certains talents, Alex. Tu te souviens du Cerveau ?

— Posez votre arme, Craig. Lentement, espèce de merde, où vous allez comprendre ce que j'entends, moi, par « compensation ».

C'était Bree. Je ne la voyais pas encore, mais il fallait que je la prévienne.

Face à un individu comme Kyle Craig, surtout ne jamais faire de sommations.

J'ouvris la bouche…

125

— Bree !

Avant d'être un agent du FBI, Kyle avait fait partie des forces spéciales de l'armée de terre. J'avais moi-même eu l'occasion de constater ses compétences en matière d'armes blanches, d'armes à feu et d'explosifs. Avec lui, il fallait se montrer d'une extrême prudence. Et surtout, oublier les sommations.

Bree n'avait pas fini sa phrase que, déjà, il faisait volte-face et se jetait à terre. J'étais impuissant.

— Bree !

Il releva son Beretta et le braqua sur la poitrine de Bree, pour être sûr de ne pas manquer sa cible dans une posture aussi difficile, en plein mouvement. Il l'avait en ligne de mire, et je n'eus qu'une seule pensée : non, je préférerais que ce soit moi.

Mais j'ai de bonnes raisons de penser que Bree n'avait pas, elle non plus, attendu la fin de sa phrase.

Elle tira, et Kyle Craig sursauta. Sa bouche s'ouvrit brusquement, ses yeux s'écarquillèrent.

Sans avoir eu le temps de tirer un seul coup de feu, il s'affala lourdement et resta à terre, une jambe agitée de tremblements. Il lâcha le Beretta. Puis, plus rien.

Rien, par bonheur.

Je me précipitai vers Kyle, j'écartai son arme d'un coup de pied et je m'accroupis auprès de celui que j'avais pris pour un ami et qui était devenu mon pire ennemi. Les yeux ouverts, il me regardait comme s'il essayait de lire en moi. Je me demandais s'il était en train de mourir, et s'il le savait.

Puis il murmura quelques mots, des mots si étranges que je n'en saurais jamais la signification.

— En ton honneur.

Un épouvantable gargouillis s'échappa alors de sa gorge.

Et, aussi horrible que cela puisse paraître, cette musique me plut beaucoup. J'exultais, je me sentais soulagé. Faire partie du public m'avait beaucoup plu, cette fois, et je ne pus m'empêcher d'applaudir Bree.

Mais soudain, Kyle se remit à quatre pattes, se releva et sortit une autre arme d'un étui dissimulé dans son dos.

Bree avait abaissé son pistolet. Craig nous tenait.

— Lâchez votre arme, inspecteur.

Jamais je ne l'avais entendu parler aussi calmement.

— Je n'ai pas envie de vous tuer maintenant. Pas tout de suite. Dis-lui, Alex.

— Elle est bornée, murmurai-je.

— Dans ce cas, elle est morte. *Posez votre arme*. Putain, si j'avais voulu vous tuer, il y a longtemps que j'aurais pressé la détente.

Bree se pencha pour poser lentement son arme.

Kyle tira.

À côté.

— Vous savez, Bree, on se demande toujours s'il vaut mieux viser la tête ou le thorax (il se frappa la poitrine), mais il y a la question du gilet pare-balles, et moi, j'en porte toujours un dans ce genre de petite fête. Vous devriez, vous aussi. Surtout quand on a une aussi jolie poitrine.

Kyle commença à s'éloigner, puis il lança, avec un grand sourire :

— Oh, et puis, après tout ! Désolé, Alex !

Il tira encore deux coups dans la direction de Bree, qu'il manqua volontairement. Puis il courut jusqu'au bout de la ruelle et disparut dans un grand éclat de rire.

Le Cerveau.

126

SW était toujours en vie. Accompagné de Bree, je retrouvai Nana et les enfants au Washington Hospital Center, où Sampson et « Anthony » avaient été admis.

« Sandy Quinlan », elle, n'avait pas survécu à ses blessures.

Sampson serait très vite sur pied, selon ses médecins. Il avait besoin de quelques points de suture et de perfusions, mais je savais que, le lendemain, le *staff* aurait toutes les peines du monde à l'empêcher de sortir. Nous finîmes par nous retrouver dans la salle d'attente, histoire de laisser Sampson seul avec sa famille, Billie et Djakata. Billie nous faisait d'ailleurs la gueule, à son mari et à moi.

Assaillis de questions, Bree et moi faisions tout notre possible pour répondre, mais dans certains cas, notamment en ce qui concernait Kyle Craig, cela nous était difficile.

— Alors, c'était qui, ces gens, papa ? insistait Jannie. Et SW ?

J'adorais la voir déborder de curiosité, mais son intérêt grandissant pour les enquêtes criminelles me laissait perplexe. Avions-nous réellement besoin d'une autre Tueuse de Dragons à la maison ?

— On devrait en savoir plus bientôt, lui répondis-je.

Les empreintes digitales de Sandy et d'Anthony avaient été relevées, et nous finirions vraisemblablement par les retrouver dans un fichier, voire dans les dossiers compilés par Kyle Craig à l'époque où il faisait partie du FBI.

Puis vint le moment de renvoyer ma petite famille à la maison. Bree et moi voulions jeter un œil sur notre prisonnier. Par la vitre, nous regardâmes l'équipe postopératoire le stabiliser avant le transfert. Menotté à son lit, il regardait fixement le plafond. Je l'avais déjà vu dans cet état. Impossible de lire ce visage impavide. Défaite ? Calcul ? Ennui ? Nous aurions aimé savoir s'il fallait l'expédier au pénitencier ou en service psychiatrique.

— Ils s'appellent Aaron et Sarah Dennison, fit une voix, derrière moi.

C'était Ramon Davies.

— Le fichier national nous a sorti Aaron. Il est déjà recherché dans deux États : la Californie et le Nevada. On le suspecte de meurtre dans deux affaires différentes. Sa sœur Sarah n'a pas de casier. Ils ont effectivement fait un peu de théâtre à Las Vegas, Tahoe et Sacramento, mais sans dépasser le cadre régional.

— Sait-on où ils se trouvaient juste avant Washington ? demandai-je au surintendant.

— À Los Angeles et dans les environs. Pourquoi ?

— Pour savoir s'il y avait quoi que ce soit de vrai dans tout ce qu'il m'a raconté. C'est à LA qu'il est censé s'être intéressé à l'histoire de Michael Bell. L'affaire « Mary, Mary ». Il a dû entrer en contact avec Kyle Craig à partir de ce moment-là.

Une autre question travaillait Bree.

— Et au sujet de l'émission sur le Web ? A-t-on une idée du nombre d'internautes qui l'ont vue ?

Davies nous regarda alternativement.

— Disons simplement que si vous vouliez vendre votre histoire, vous auriez intérêt à le faire maintenant.

Notre réaction se limita à un rire. Que faire, face à une popularité qui nous échappait ?

— En gros, il a eu ce qu'il voulait, non ? commenta Bree. Il est devenu célèbre, et elle va le devenir également. Ne fût-ce qu'en tant que disciples de Kyle Craig.

Je me retournai. J'en avais fini, avec ce type, avec cette affaire.

— J'espère que ça en valait la peine, *Anthony*.

J'entendis un cri étouffé par la vitre d'observation.

— Vous êtes un mort en sursis, Cross ! Un mort en sursis !

ÉPILOGUE

Derniers jours

Je n'avais plus de nouvelles de Kyle Craig, ce qui ne me surprenait pas tellement. Il avait proféré des menaces terribles, mais aurait déjà pu me tuer s'il l'avait voulu. Il en avait eu l'occasion, dans cette ruelle. Les jours suivants passèrent donc très vite. Beaucoup moins vite, sans doute, pour Damon, qui quittait la maison.

Vint le moment de charger la voiture pour le conduire à la Cushing Academy où il allait vivre son premier semestre. Depuis un certain temps, il exprimait plus facilement ses émotions. Oublié, le Damon cool qui ne laissait jamais rien paraître.

Le trajet jusqu'au Massachusetts nous prit les deux derniers jours. Nous fîmes halte au Red Hat, à Irvington, pour dire bonjour à mon cousin Jimmy et écouter un peu de jazz autour d'une bonne table, puis nous poursuivîmes notre route. J'avais remarqué que moi aussi, j'avais moins peur de montrer mes émotions, et je me disais que c'était peut-être une bonne chose, que j'avais peut-être évolué. Mais ma vie m'inquiétait. Je commençais à me demander si j'avais encore une âme, avec tous ces meurtres, tous ces tueurs que j'essayais de comprendre...

— Tu as bien noté le week-end où toutes les familles sont invitées ? me demanda Damon alors que nous approchions de Sturbridge, Massachusetts.

— Ne t'en fais pas, je l'ai déjà inscrit dans mon agenda. Je débarquerai en fanfare.

— En même temps, si tu es sur une enquête ou quelque chose, je comprendrai.

— Damon.

J'attendis qu'il se tourne vers moi.

— Je serai là quoi qu'il arrive.

— Papa, me dit-il avec un regard très adulte et un petit froncement de sourcils hérité de Nana Mama. Pas de problème, je sais que tu viendras si tu peux.

J'avais presque l'impression de me voir sur le siège passager.

— Tu vas passer une super année, Damon. En classe et sur le terrain de basket. Je suis vraiment fier de toi, à cent pour cent.

— Merci. Je crois que toi aussi, tu vas passer une super année. Occupe-toi de Bree. Elle est bien pour toi. Tout le monde le pense. Mais c'est toi qui décides, bien sûr.

À cet instant, mon portable sonna. Quoi encore ? Et il me vint une idée folle : si je jetais ce maudit téléphone ?

C'est exactement ce que je fis.

Damon m'applaudit, et ce fut le fou rire, comme si je n'avais jamais rien fait d'aussi drôle. Peut-être était-ce le cas.

Nous arrivâmes à Ashburnham, Massachusetts. L'école était si belle, si somptueuse que, sur le moment, j'eus envie d'y passer moi aussi les quatre prochaines années, histoire de revivre ma jeunesse ou je ne sais quoi.

Un message m'attendait au secrétariat. Il émanait du surintendant Davies. *Alex, mauvaise nouvelle. Il y a eu une série de meurtres à Georgetown.*

Mais ceci est une autre histoire, que je relaterai un autre jour.

James Patterson
dans Le Livre de Poche

LES ENQUÊTES D'ALEX CROSS

Des nouvelles de Mary   n° 31723

Alex Cross, agent du FBI, reçoit un coup de fil de son supérieur. Une célèbre actrice a été retrouvée morte devant son domicile de Beverly Hills. Peu de temps après, un chroniqueur du *Los Angeles Times* reçoit un mail décrivant le meurtre dans ses moindres détails.

Le Masque de l'araignée   n° 7650

À Washington D.C., Alex Cross enquête sur deux kidnappings d'enfants : celui de Michael, fils du ministre des Finances, et celui de Maggie Rose, fille d'une star et d'un financier célèbre.

Grand méchant Loup   n° 37290

Quand Alex Cross débarque au FBI, il ne sait pas que l'affaire qu'on va lui confier risque d'être l'une des plus scabreuses de sa carrière. En face de lui, un criminel que l'on surnomme Le Loup. Il enlève des hommes et des femmes et les revend comme esclaves.

Sur le pont du Loup   n° 31577

Une bombe a détruit une petite ville du Nevada. Le Loup revendique l'attentat et exige de l'argent. Alex Cross se lance dans une chasse à l'homme aux côtés du FBI, d'Interpol et de Scotland Yard.

La Lame du boucher   n° 32503

Alex Cross a vu sa vie basculer le jour où sa femme est morte, abattue par un mystérieux tireur. Depuis il a démissionné et a repris son activité de psychologue... Jusqu'à ce que son ancien équipier, John Sampson, lui demande de l'aide pour traquer un violeur en série particulièrement cruel.

Du même auteur :

Dans la série « Alex Cross » :

Le Masque de l'araignée, Lattès, 1993.
Et tombent les filles, Lattès, 1995.
Jack et Jill, Lattès, 1997.
Au chat et à la souris, Lattès, 1999.
Le Jeu du furet, Lattès, 2001.
Rouges sont les roses, Lattès, 2002.
Noires sont les violettes, Lattès, 2004.
Quatre Souris vertes, Lattès, 2005.
Sur le pont du loup, Lattès, 2007.
Grand Méchant Loup, Lattès, 2006.
Des nouvelles de Mary, Lattès, 2008.
La Lame du boucher, Lattès, 2010.

Dans la série « Women Murder Club » :

1er à mourir, Lattès, 2003.
2e Chance, Lattès, 2004.
Terreur au troisième degré (avec Maxine Paetro),
Lattès, 2005.

4 Fers au feu (avec Maxine Paetro), Lattès, 2006.
Le 5ᵉ Ange de la mort (avec Maxine Paetro), Lattès, 2007.
La 6ᵉ Cible (avec Maxine Paetro), Lattès, 2008.
Le 7ᵉ Ciel (avec Maxine Paetro), Lattès, 2009.

La Diabolique, Lattès, 1998.
Souffle le vent, Lattès, 2000.
Beach House, Lattès, 2003.
Bikini, Lattès, 2009.

www.editions-jclattes.fr

Le Livre de Poche s'engage pour
l'environnement en réduisant
l'empreinte carbone de ses livres.
Celle de cet exemplaire est de :
350 g éq. CO_2
Rendez-vous sur
www.livredepoche-durable.fr

PAPIER À BASE DE
FIBRES CERTIFIÉES

Composition réalisée par NORD COMPO

Achevé d'imprimer en mars 2013 en France par
CPI BRODARD ET TAUPIN
La Flèche (Sarthe)
N° d'impression : 72446
Dépôt légal 1re publication : mars 2013
LIBRAIRIE GÉNÉRALE FRANÇAISE
31, rue de Fleurus – 75278 Paris Cedex 06